我。文學時光 —燦爛的閱讀

陳淑滿—主編

宋邦珍、李興寧、林豔枝、季明華、
涂藍云、張百蓉、張慧珍、陳金現、
陳凱琳、曾敬宗、薛建蓉、—編著

從一篇到一本書的閱讀設計與教學

收到本校中文學群老師們合力完成的《我。文學時光——燦爛的閱讀》初稿，內心雀躍不已。從倡議發想到籌劃合作，感謝主編陳淑滿老師一年多來的規劃、討論與督促，終於完成了這本新世代的文學導讀教材，落實「從一篇到一本書的閱讀設計與教學」的想法。

書名用拼貼後現代的巧思與隱喻，是主編與教師群的用心與寄託。當「文青」不再是滑世代teenager的認同對象或主動追尋的目標，文學真的已凋已逝嗎？或文學閱讀只是極少數人的休閒之餘的選擇嗎？一般學生需要文學時光嗎？閱讀還可以如花火般燦爛嗎？科技大學的學生需要文學教育嗎？我們還需要為學生再編一本文學性導讀的教材嗎？

有人曾說過teenager是「詩」的世代，容易感動也容易受傷，對自我有期許，對未來有夢想，編織無數到遠方的浪漫綺想，難道「興於詩」的文學藝術，對於滑世代的學生已經消逝匿跡了無蹤影嗎？不，君不見動漫、手遊或影音的視聽饗宴，漫天蓋地的鋪捲而來，越來越多的「創藝」聲光影像歌曲的作品，不斷見證「故事」才是感動的核心，而文學中敘事內容與敘事形式的展現，不就是貼近人心人情的故事本質嗎？

本校中文老師自100學年開始推動全校型中文閱讀書寫課程革新的路上，因為凝聚校內外中文教師社群的力量，一群教師併肩一起走，從共學共備共研的歷程，讓中文課程有更豐富的教學活動設計，逐漸走出昔日只有聽講導致人形墓碑的講睡僵局，開啟更多元的課堂學習風景。

新編《我。文學時光——燦爛的閱讀》的主題和選文，是源自教師群延伸閱讀選文的教學經驗及推薦遴選的書目，作為本次舉薦的書籍。因為定位為學生可以自主閱讀，因此放下古典文學類別，以現代文學選讀作為導讀的教材。本書不從文學經典的角度切入，而是以主題意識選輯相關作家的佳篇之作，期勉學生從不同作家的生命經驗與敘事風格中，擷取豐富的文學種芽，植栽生命經驗的土壤，在美感體驗中開啟一

扇智慧的窗門。

　　從一篇有感的文本閱讀鑑析與活動設計引導中，啟發學生閱讀一本書的動力；在同一主題的選文中找到令學生眼睛一亮，願意青睞捧閱的好書，進而分享一本書的閱讀心得，這是編撰本書最原始的初衷與動機，冀望達到「從一篇到一本書的閱讀設計與教學」的目標，培養學生多元主題的閱讀興趣，進而提升學生閱讀能力與素養。

　　這就是本次在規劃撰寫時，除了一般的作者簡介、篇章內容賞析外，特別彰顯「書籍導讀」與「教學活動設計」，我們期待提升學生閱讀興味（參閱拙著〈滑世代學生「閱讀專注力開發」的快煮與慢燉──從閱讀興味出發，革新閱讀教材與書目舉隅〉，發表於《全國新書資訊月刊》219期，2017年3月，頁4-9），讓中文課程的語文、文學與文化的三重奏中，多一些文學時光的自由閱讀，或授課老師在導讀的過程中，透過主題文本的教學活動設計，成為呼喚生命之詩與啟迪人生之思的驛站，讓文學無關風月，無關才學，在閱讀書寫中遇見更好的自己，讓文學的燦華之光，在光影明滅的際空，多一些溫暖與陪伴。

輔英科技大學共同教育中心主任

鄭富春

燦爛的閱讀
一本導讀的誕生

如果創作是痛苦與喜悅的交織，那麼編著一本書，便涵蓋了更多層次的滋味。

一本創作集的誕生，始於創作者的巧手妙筆，捉住心頭閃現的靈光，呈現其中最深刻真摯的感受與體驗。然而一本導讀的誕生，卻有更為驚奇的創作旅程，它必經三個美好的歷程，一是酣暢的閱讀，再而轉化成內心的感受，最終則是明快的鑑賞。它蘊藏了原創者的意念與閱讀者的視角，同時也兼具啓蒙者的慈悲，對我而言，導讀的撰寫，帶來超越創作的淋漓之感與快哉的興味。

此書緣起於教育部的閱讀計畫，任職輔英科技大學多年的國文老師，秉持對閱讀的喜悅與啓發學子的用心，曾齊心編著《耕讀——進入文學花園的250本書》，提供學生好書的閱讀與指引。多年過去，輔英科技大學推動閱讀的初心仍在，從100學年起即推動教育部的全校閱讀書寫課程革新計劃，迄今已六個年頭，在提升學生書寫能力的使命下，編撰了《中國語文能力》一書，結合生命中的不同課題，啓發學生對人生面向的深刻思考。

近年，更致力於引導閱讀的興趣，基於對課程教材的延伸閱讀，我們懷抱著理想與責任，重啓撰寫導讀的意念，在五南圖書有限公司的極力支持與奔馳下，終於促成了導讀的誕生，希望能在導引閱讀與教學的領域裡，開啓共讀與共學的全新視野，藉以進入文學閱讀的心境界。

在蓄積多年的教學能量，這本書的形成，已然展現了每位老師的畢生功力，不論在撰寫的閱讀觀點與教學設計上，皆有令人驚艷之處。全書以創意教學的設計概念，在教學的層面上，注入靈動的巧思，以深入的文學閱讀，銜接與生命歷程相呼應的活動設計，緊扣著閱讀者的感受，導覽每一部文學作品的精髓，盡現優游的閱讀饗宴。因此每一篇導讀，都是一朵綻放的燦爛花火，令人神往不已。

傳承著閱讀計畫的精神，以人為核心的生命體驗、生活哲學與人生的議題，是

我們關照的重心，也是編著的核心架構。主題的設定關係著整本閱讀的精神與企望，我們嘗試以「人」為設計的主軸，從「人與自我」、「人與自然」、「人與生命」、「人與跨界」四個延伸的視角，作為閱讀的架構，並據此選定共計28本代表性書籍及文本，依主題編排，略以出版先後排序，書寫閱讀導讀、文本鑑賞與活動設計。

秉持上述的理念，此書在編輯與導讀上包含以下的特色與書寫原則：

1. 四大閱讀主題：共歸類四大主題──「旅行的記憶」、「自然的聲音」、「生命的觀照」、「跨界的交會」，每一主題皆以導言說明其中意涵，以及擇選書籍與主題的連結。

2. 作者的認識：全面性介紹作者的生平、創作歷程與風格。

3. 書籍的導覽：以全書的創作意識作為閱讀的概念，融入書籍創作精神與內容介紹。

4. 文本的鑑賞：透過賞析的敏銳力，深入文本作結構上的分析、情感的表達與美感的體驗。

5. 活動設計：活動的多重功能，一則引發閱讀的興趣，再者深化閱讀的內涵，最終透過引導式書寫，將閱讀提昇至自我內化的省思。

6. 集眾人之智慧：28篇導讀由12位認真教學的夥伴們共同完成，撰寫老師皆註明於每篇導讀的文末，以誌謝忱。

《如何閱讀一本書》，是美國作家阿德勒（Adler）在1940年所出版的書籍，書中將閱讀分為四個層次，清晰且具有漸進層次，足堪作為設計閱讀教學的重要依據。這四個閱讀層次為：一、基礎閱讀：了解語言文字、語句在說什麼；二、檢視閱讀：能略讀、了解全書大意、結構和目標是什麼；三、分析閱讀：能對所讀東西提出系統性的問題，找出、詮釋、評論作品內容的規則；四、主題閱讀：能找出書與書間的相關性，並提出一個所有書都談到的主題，加以比較、評述。依此閱讀教學的層次來看，本書已然具有全面性的觀瞻與企圖心，希望學生能反向的由文本的輕讀，而至書籍的深讀，乃至主題式的淵讀，成為一位閱讀的愛好者。

最後一說，將此書定名為「我。文學時光──燦爛的閱讀」，其實別有意涵。閱讀，有如燦爛的花火，常不經意的燃起生命中動容的光亮；而「。」代表著完美，因為與文學閱讀的相遇，那般美好的時光，蘊照了我們完整而無憾的人生。以此為名，說盡了人與閱讀的共存價值。

這是一本深入閱讀靈魂的書，夾帶著悠適的心情，神遊文學的純粹美感；這也是

一本提攜學子的導讀書，教導年輕世代閱讀的多重觀點，且體驗美好的閱讀；這更是一本教學分享的書，集結所有老師的智慧結晶，不吝分享自己與學生互動的經驗書。秉持著野人獻曝的純真與熱忱，這本書紀錄了所有編寫者最美好的閱讀記憶，願與讀者共享之！

主編 陳淑滿

目　錄

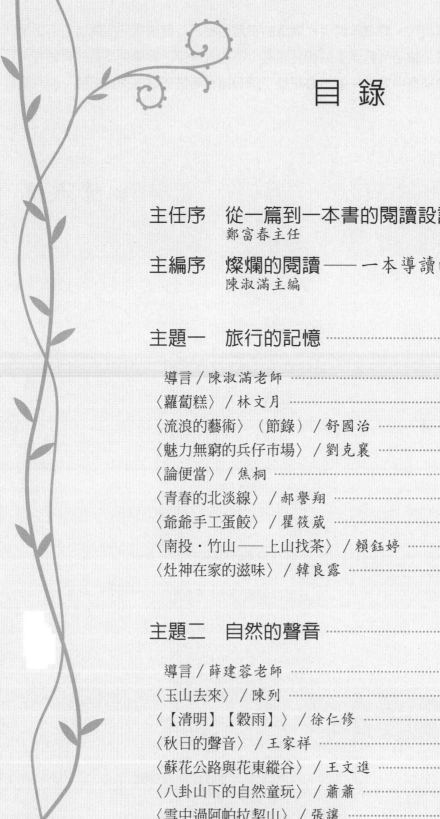

主題一

旅行的記憶

導言

■陳淑滿老師

　　因為有了「家」的存在與回歸，「旅行」的觀念於是成形，「旅行是跨越疆域的行為，……旅行之所以與流放、流浪、流離或移居遷徙不同，便在於旅行者終究回到原先所出發離去的『家』。」（胡錦媛《遠足離家──迷路回家》）

　　人需要出走，旅行其實是一種「自我的追尋」，「旅行的意義在於脫離日常生活的軌道、在撤除界線、在放鬆自我，在溶入他鄉、在嬉遊中的觀察與反省。」因為沒有包袱的輕鬆態度下，「反倒能在旅途中摘取到非常鮮明純粹的印象」。（席慕蓉《國境在遠方》）旅行也是一種反省，用異文化去檢視自身文化的不足，用客觀的態度去修正自己的偏見與主觀，因此旅遊不只是看，更是找到自己的內在，最美的東西。外在的風景，其實是自己的心情。

　　「旅行文學」一詞近年來在文學界頗受到重視，而其意義也引發諸多討論，簡單說就是具有文學價值的旅行書寫。羅智成在〈好的旅行，以及好的文學〉云：

　　旅行文學的內容應該是來自創作者個人旅行的體驗。藉由行動與觀察，我們和某個時空互動，並產生知性或感性的激盪。

作家以說故事方式陳述個人體驗，並向讀者呈現其過往人生歷程，內容不僅以文學筆觸敘述實際旅行遊歷，進而抒發個人體悟與情感。透過作家觀察後轉化的文字敘述，其實已加入作者本身的想法，也就呈現出心靈活動及人文思考的面向。

　　而「旅行的記憶」，不應只侷限在遊歷的視覺宴饗與反思，延伸而出的味覺記憶的滋味，更豐富了旅行的層次。隨著旅行的腳步，食物也成為移動記憶的一部份。

　　文學書寫人生。人生百味雜陳。若在文字的篇章中，藉著某些食物的氣味與滋味，牽引出記憶深處的心情與感動，不僅作者因之擁有一段難以忘懷的人生故事；讀者也因而可以各自品味、各自聯想者，是謂「飲食文學」。（葉思芬「飲食文學課程」）

近來飲食文學隱然結合旅行的精神，將筆觸深入異國風情，爲飲食文學打開了世界之窗。用心舌的味蕾的感受，藉由旅行中食物的體驗與觀察，抒發懷舊、人情、鄉愁與心靈的諸多領悟。因此飲食文學的書寫，不僅是食譜，是踏查，是文學，也是美學、史學與人生哲學。在旅行文學的廣義領域中，飲食書寫提供了不可或缺的素材。

本單元主題選錄旅行體悟與飲食美學兩大類的作品，共計八篇文本。

舒國治〈流浪的藝術〉，《流浪集》中的選文，對於流浪的精神，表達出個人的獨特體悟。如將無法擁有的朦朧感受稱之爲流浪的氣味；又道出「走路」的流浪藝術，是自己與身心靈對話的開始，在一片追尋自我的故作灑脫出走的芸芸眾生中，〈流浪的藝術〉一文反璞歸眞，敘述走路的寂寞與冷靜，是一趟與哲理共行的旅程。

劉克襄〈魅力無窮的兵仔市場〉，出自《11元的鐵道旅行》，以慢行的節奏，揭開鳳山兵仔市場的沿革與風貌，以雙腳踏入舊城，感受市場的風華與南臺灣的熱力四射。作者寫出對兵仔市場的旅行記憶、個人感懷，同時也呈現了在地庶民豐沛的生命力。

郝譽翔的〈青春北淡線〉，摘自《溫泉洗去我們的憂傷——追憶似水空間》一書，作者將北淡線的海景與自身的青春記憶作連結，寫年少抑鬱的歲月。過往的風景其實是生命的剪影，如果書寫是一種療癒的歷程，作者在記憶的旅程中，得到了生命的救贖。

賴鈺婷〈上山找茶〉，選自《小地方：一個人流浪，不必到遠方》，作者清新的文筆有淡淡的溫暖，對父親的記憶，透過訪茶、喝茶、茶園風情的闡述，做了最溫潤的描寫。她的作品打開臺灣全新的感官旅行，小地方，大大的溫暖。

林文月的〈蘿蔔糕〉，收錄在《飲膳札記》一書，作者描述母親的堅持，無論上海、東京的移居，蘿蔔糕是不變的年糕氣味。在飄泊的歲月裡，家鄉味的食物成了連結故鄉與異鄉的烹調記憶，也是作者對母親深深的懷念。

瞿筱葳的〈爺爺手工蛋餃〉，呼應了作者《留味行：她的流亡是我的流浪》的精神，以氣味追尋流浪的旅程，將奶奶的流亡之旅，藉由飲食的芳香，拼出一幅幅兼具哀愁與美味的美食地圖。

焦桐的〈論便當〉，選自《暴食江湖》，從便當經驗史看到各地方的飲食文化，且因行旅愁緒而化身爲美麗的便當傳說，蘊含人情的溫暖、旅人的情感，與飽滿的文化。作者用慣常的幽默，透過便當的多重風貌滋味，勾勒出一場專屬於自己的移動記憶。

韓良露〈灶神在家的滋味〉，出自《良露家之味》一書，作者以民間供奉於廚房、掌管福祉的灶神爲題，詼諧地道出對家中長輩的思念。灶神代表著飲食習慣、歷史文化，與尋常百姓的日常，不僅記載著出神入化的廚藝，也記載著綿長的情感。

　　前者四篇著眼在視覺描述的感覺之旅，是行腳踏查的旅程書寫；後者四篇選文，則聚焦在唇齒之間的味覺饗宴，是另一種兼具芳香的感官之旅。綜言之，生命的旅程裡，那些曾經走過的路，曾迴盪的滋味，都將伴隨著人生的軌跡，被記憶永久儲存。

〈蘿蔔糕〉

《飲膳札記》／林文月

　　天氣漸漸寒冷起來，牆上的月曆剛剛換上今年全新的一份。新月曆第一張的最後一個星期，中間週日的部分，卻有四天的日期是用紅色印上去，顯得喜氣洋洋。雖然推行陽曆，甚至仿西方人生活方式規定隔週休二日制，如果這些古老的節慶吉日從月曆上完全消失，生活將會變得多麼枯燥無味啊。

　　至今，我們說「過年」，恐怕大部分仍是意味著農曆的過年吧！意味著不是剛剛換上的新月曆的第一天，或者是已經被丟棄的舊月曆的最後一日吧。時序進入臘月，街頭開始騷動，應景的南北年貨逐漸出現，各式各樣的春聯也在路邊的攤子上引人注目，於是，許多家庭似乎也受到感染，廚房裡，甚至房屋各角落，不知不覺間也會堆積一些乾糧、存放若干果糖。雖然，現在的生活已無需為過年假期儲備許多糧食，超級市場及便利商店幾乎隨時提供人們所需，但中國人過年就是這樣，喜歡家中充滿食物，一家人團聚，吃吃喝喝，優閒地過幾天歡愉慵懶而熱鬧的日子。

　　而中國人過年，在許多的喫食年菜之中，最不可或缺的，恐怕是年糕吧。《帝京景物略》載：「正月元旦，夙興盥漱，啖黍糕，曰：年年糕。」，又《湖廣書・德安府》云：「元旦比戶，以爆竹聲角勝，村中人必致糕相餉，俗曰：年糕。」外祖父雅堂先生所著《臺灣通史》卷二十三〈風俗志〉中的「歲時」，所記也與上二書略同：「元旦，各家先潔室內。……是日各家皆食米丸，以取團圓之意。……初三日，出郊展墓，祭以年糕、甜料。」

　　不過，中國幅員廣袤，各地所稱年糕不盡相同。例如江南地區的人民多食以糯米製成的寬條狀「寧波年糕」，而廣東、閩南的人，則習食

以蘿蔔絲與尖米混合製成的「蘿蔔糕」。

我幼時的家庭雖然遷徙不定，但母親幾乎固執地每年必定親自下廚房製作蘿蔔糕給全家人享用。所以我們在上海過年，並不隨同上海人吃「寧波年糕」；在東京過年，也沒有隨同日本人吃大小二團糯米糕落成的「鏡餅」，而所吃食的便是用台語稱呼——「菜頭粿」的蘿蔔糕。只不過，母親製作的「菜頭粿」，是否即是《臺灣通史·歲時》所記的「年糕」？外祖父去世時，我僅四歲，無緣求證，是頗遺憾的事情。

我們家人口多，過一個年，至少要用大蒸籠蒸出兩、三個蘿蔔糕才夠全家上上下下享用。孩子們到了過年時，對於廚房裡異常忙碌的氣氛相當好奇，總喜歡跑進跑出觀察種種而妨礙大人的工作。對此，母親不甚高興，緊張的娘姨們（上海人對女傭之稱呼）更會不耐煩地揮揮手說：「去去去，去外頭白相（戲耍）！」不過，到了母親年紀漸老時，卻反而叫我們漸長的女孩子在一旁觀看學習，甚至參與幫忙。她說：「用心學吧。有一天我不在了，你們才會自己做。」

母親過世以後，我果真在自己的廚房裡依年少時的記憶，每年臘月歲末時便會緊張忙碌起來。製作蘿蔔糕的手續相當繁複，而且素材的種類多，用量又大，往往會把廚房攤放得到處都是東西，米汁和蘿蔔絲更恐怕稍一不小心被人碰倒。我終於體會童年時期為什麼被娘姨們揮手趕出廚房的道理了。

蘿蔔糕是家人團聚的年夜飯不可缺的，而農曆年終日，往往在二十九日，所以我們從小習慣跟著父母稱除夕為「二九暝」。製作蘿蔔糕的時間，最好在二九暝前兩天，以避免與烹調其他菜肴有衝突而添加忙碌；太早製作，則又恐放置久而失去新鮮味。

通常都須於前一天買好在來米及蘿蔔。如今在米店或超級市場皆有已經研磨成粉狀裝袋的米粉，確實方便不少。以前我都是晚上淘洗好米，浸於水中。次日清晨，由阿婆把水瀝乾，送到附近的豆腐店，花一些工錢請他們磨成米漿；再把那變成稠濃的米漿放入麵粉袋中，上置重物，令多餘的水分擠壓出來，方可備用。今日的臺北市高樓林立，街頭巷尾何處去尋找一間老式的豆腐店？所幸袋裝的米粉既省時又省力，委

實可喜。只須將塑膠袋打開，加入清水，便可以得到我從前從頭一天晚上到次日早晨大約十個小時的效果。唯一須要注意的是水的分量，及加水的方法。水要徐徐注入，切忌太急。一面用筷子或湯匙將水與米粉攪拌均勻，至稍硬即可。因為太軟的米漿，無法再容納蘿蔔汁，而減卻蘿蔔的香味，所以調水之際，要把蘿蔔汁的水分考慮在內。這對於初次操作的人而言，或者不易掌握，不過，凡事累積經驗，總可以漸臻熟練。食單肴譜之類，可以供參考，親自動手以後，方能達到「冷暖自知」之境。

蘿蔔與在來米（或米粉）的比例，約在三比一之間。換言之，若用一斤米，則需三斤蘿蔔，如此做出來的糕才有濃郁而香醇的蘿蔔味。白蘿蔔洗淨瀝乾水分後，以刨刀刨成絲，略撒些鹽，使蘿蔔汁自然滲出一部分，遂將那滲出的蘿蔔汁加入先前調和得稍硬的米漿之內。

往日母親教我們製作的臺式蘿蔔糕，是先將蘿蔔絲在爆炒過紅蔥頭末的鍋中燜煮，使其軟化，再與調味料共同傾入米漿內。冷米漿遇炒熱的蘿蔔絲，即會成為糊狀半固體。但我婚後學得豫倫家鄉的潮州式蘿蔔糕，更受我們的兒女喜愛，所以與傳自母親的方法略異。現將其製作過程記述於後。

潮州式蘿蔔糕蒸出來，較諸臺灣式或廣東式蘿蔔糕稍硬而有嚼勁，其差別在於蘿蔔刨絲後不入鍋炒燜，直接把生蘿蔔絲與米漿混合蒸製。當然，調味與作料，仍是需要先行備妥。

作料方面，豬肉、香菇、蝦米、花生以及青蒜是必備的。豬肉要去皮，選擇稍帶肥脂的腿肉或眉頭肉，切成絲狀。香菇與蝦米先浸泡後，前者亦須切絲。花生購買時即取已除皮膜者，略洗後泡於大碗內。青蒜則洗淨瀝去水分，斜切為寸許長。以上諸種材料的分量比例，以能點綴蘿蔔糕，使糕切片時得以見到各色屢雜其間為準。但千萬要記住：糕為主，作料為賓，莫令喧賓奪主。

切絲的肉與香菇，最好先在醬油及少量糖中醃泡使入味。起油鍋時，油量要稍重，最先爆炒青蒜及香菇、蝦米，然後再炒肉絲。至於鹽、醬油、糖、胡椒、味精等調味料，亦應較一般炒菜用量為多，否則

調入米漿內便淡乎寡味了。已經浸泡過的花生，可以不必爆炒，瀝乾備用。

　　米漿、蘿蔔絲，與配料都準備妥當後，便要將這三部分混合調勻。如果是小家庭，製作一、兩個蒸籠的糕，大約準備一個大型塑膠盆即可，如果人口稍眾，或準備多做一些送人，則須另覓更大的容器。有一段時間，母親年邁不堪勞動，我負責製贈娘家的年糕，曾經為此特別購置一只巨大的金屬盆子，大小可容嬰兒沐浴。於今回想起來，真是一大壯舉！

　　首先，把米漿放入容器內；次加刨好的蘿蔔絲，一面用洗淨的手，憑著手指的觸覺，將米漿結成塊狀的部分搓開，使與蘿蔔絲均勻融合；最後撒入炒妥的配料及泡過水的花生粒。炒配料的湯汁及油分亦須全部傾入其中，唯配料有時過多，可以留取一部分供他用。即使配料不多不少恰好，也應預先留一些濾去湯汁的部分，以為撒布糕面之用。

　　製作潮州式的蘿蔔糕，通常比較廣式、台式蘿蔔糕為稠濃一些。而且蘿蔔糕尚未經燜炒，蒸後仍會產生汁水，因此調勻後，如果仍嫌其不夠糊軟，是正常的現象。

　　起初，我依豫倫記憶口述試做，是將攪和蘿蔔絲後猶稍硬的米漿，用雙手舀取合掌大小之量，置於熱氣騰升的蒸籠布上。每一層蒸籠內約可放入三個，旁邊自然有空隙可以透氣。豫倫說，兒時他偶爾從上海回家鄉，親戚長輩便是以那種橢圓形的蘿蔔糕切成片狀，油煎後蘸辣醬油享食的。爾後，我認為既然食時都須切成片，原來是橢圓小糕或是整籠大糕都無甚關係，且捏成橢圓形狀既費功夫又占空間，所以便逕自改以廣式、台式年糕的製作方法，將蘿蔔泥傾入鋪好糕巾的蒸籠內。

　　蒸蘿蔔糕的蒸鍋，宜選取稍大型者。通常鋁製蒸鍋有二層，底部有整齊的圓洞以利通氣，往時我完全依傳統方法，於其上鋪麵粉袋拼成的「粿巾」，將蘿蔔泥倒入，復於周邊插上竹筒助利熱氣暢通。自從阿婆告老退休以後，身邊少了一個得力幫手，便也自然想出較方便省事的變通方法。粿巾、竹筒等物的事後清理頗費神費時，遂改取坊間所賣製作西點用的鋁製或玻璃製較高的容器，形狀亦未必拘泥圓形；長方形狀的

容器，蒸製後切成片，反而更爲整齊合宜。可見隨時利用現代生活周邊的器物，仍然可以達到表現傳統之目的。

蒸蘿蔔糕時，一定要用大火，且愼防鍋蓋不緊而漏氣。於蒸鍋底層注入清水約七分滿，水燒開後，把盛著蘿蔔泥約八分滿的鋁製或玻璃容器每層蒸鍋內各放一具，隔火蒸之。倒入蘿蔔泥之前，容器內宜用鋁箔紙或玻璃紙緊密鋪妥，蒸好以後的糕才不致黏著其上而易於取出。爲了美觀起見，盛好蘿蔔泥後，可將預先留存的肉絲、香菇、蝦米及花生等撒布於表面上。

蒸蘿蔔糕的時間，須視其大小厚度而定。一般言之，滿水大火蒸約一小時到一小時半，可取一枝筷子插入，不會黏沾，且聞到濃郁的蘿蔔香氣，便表示已經蒸熟了。

熄火後，得要趕快把蒸鍋移開爐上，並且把兩層分別擺開，挪出容器使冷卻，以免多餘的水氣殘留於糕上。蒸得成功的蘿蔔糕，呈乳白色且油亮亮，面上的配料點綴其間，更增添美觀。用手指輕按則有一種厚實的彈性可以感覺到。

等待完全冷卻之後，用一只扁平的大盤覆蓋於糕面上，用手按住，然後把裝著糕的容器輕快倒扣。糕冷卻之後，會稍稍收斂，所以微微搖動便能夠將容器抽出，使糕連同鋁箔紙或玻璃紙覆蓋於盤子上。於是剝除三面的薄紙，再將糕身倒翻過來，美味而且美觀的蘿蔔糕便出現於眼前了。

其實，現時未必要等到過年才能享食蘿蔔糕。在港式茶樓飲茶之際叫點一份，甚至市場上也有家庭式的製品可以買回，何須如此費時費神自己操作呢？日本有諺語云：「おふくろの味」（意即母親的滋味），雖然我已經略微改變了母親所製蘿蔔糕的滋味，但是，我喜歡在年節慶日重複母親往昔的動作，於那動作情景間，回憶某種溫馨難忘的滋味。

——選自《飲膳札記》，洪範版

作者簡介

　　林文月（1933～）彰化北斗人，爲連橫的外孫女，誕生於上海日本租界，啓蒙教育爲日文，至小學六年級返歸臺灣才開始接受中文教育，因此通曉中、日語文。大學進入臺灣大學中文學系就讀，即從事中、日文學翻譯工作。曾任美國西雅圖華盛頓大學、史丹佛大學、加州柏克萊大學等客座教授。1959至1993在臺灣大學中文系任教，專攻六朝文學、中日比較文學，並曾教授現代散文等課。退休後獲聘爲臺大中文系名譽教授，現定居美國。

　　林文月的散文，早期因其文學的研究，蘊含哲理，後來多追述人生回憶種種，父母家人、交友、恩師，都是她追憶人生的美好時光，以抒情感性爲主。1989年以《交談》散文獲頒第十四屆國家文藝獎，2001年《飲膳札記》獲得第三屆臺北文學獎，著有《京都一年》、《交談》、《飲膳札記》等。

書籍導讀

　　〈蘿蔔糕〉出自於《飲膳札記》一書，這是一本用食譜所串連起來的人生回憶。

　　林文月出自於名門家庭，不識柴米油鹽，從二十五歲當新嫁娘開始，便掌理起廚房中饋之事。因親自烹調，遇見美味便研究、分析，而且仿效揣摩，漸漸體會出烹調的樂趣。而在準備宴客佳餚的同時，作者發揮學者研究紀錄的特質，隨手以卡片記錄菜色內容、與宴對象、和每個人的飲食偏好；書中藉由十九道佳餚食譜編織了作者生活中烹調背後故事的回憶錄。書中，作者對任何微物瑣事的觀察、經營、描寫非常嚴密，但在嚴密中又有自由隨興如同廚師說菜時偶插入枝節故事，但對於烹製過程「白描」之工，既可作爲一本家庭宴客的參考食譜，卻又充滿了人生緬懷況味的文學意趣，讓它有了長久流傳的價值。

篇章內容賞析

　　〈蘿蔔糕〉是舊時社會過年節慶必備的食品，童年時遷徙不定的家，縱然生活在上海，母親並不追隨上海人吃「寧波年糕」，在東京過年時也沒有隨同日本人吃大小

二團糯米糕落成的「鏡餅」，而是親自下廚製作家鄉稱呼「菜頭粿」的年糕——「蘿蔔糕」，點出了家鄉味的食物是連結故鄉與異鄉的的烹調記憶，也是鄉土情感的牽繫。

　　文章從過年起筆，帶領讀者感受到歡娛而熱鬧的氣氛；母親出現以後，作品的主旨才次第展開。年少時在母親忙著製作蘿蔔糕的廚房跑進跑出，只覺得好玩與節慶的期待。直至母親過世，自己開始依著年少的記憶親手製作蘿蔔糕時，從自身重複著母親身體的勞動，復刻母親的身影，母愛的影像栩栩如生。林文月以細膩的筆觸，仔細描寫每一個步驟、每一種材料；乃至器具、火候，以及種種緩急輕重的分寸。看似「寫實」的食譜教學，實則表達了作者對此一「食物」的「用心」；如同書中作者所言：「食譜的滋味，遂往往味在舌尖而意在言外了。」然而這個滋味究竟是什麼？作者在文中末寫道：「日本有諺語云：『母親的滋味』雖然我已經略微改變了母親所製作蘿蔔糕的滋味，但是，我喜歡在年節慶日重複母親往昔的動作，於那動作情景間，回憶某種溫馨難忘的滋味。」

　　原來，作者透過蘿蔔糕這樣的「題材」，寫她對母親永恆的懷念。母親為作者的生命注入了溫馨的滋味，作者也繼續以一個「母親」的心情，為子女的生命注入溫馨的滋味；一道「蘿蔔糕」，牽起了一個家族中母愛的滋味，並也表達了作者對傳統習俗傳承的意味。（林艷枝導讀）

教學活動設計

一、課堂活動

　　本篇文章藉由「蘿蔔糕」的製作，寫出了自己重複著母親的動作，除了溫醇過世母親的母愛，也傳承母親以食物來表達對子女溫馨情意的滋味。請同學在解讀完本篇文章後，試著說說生活中有那些烹調的記憶，請以色、香、味來說明記憶中的滋味。

二、寫作引導

　　在傳統習俗中，清明節有春捲、艾草粿，端午節有各式粽子，中秋節有月餅，年節有蘿蔔糕、年糕等歲時食物。而婚育喜慶中有彌月油飯、麻油雞湯、喜餅等特殊紀念食物，在這些歲時、節日中，你可能品嘗到了它所傳遞的情感，也發現它所要保存的內涵，請以「難忘好滋味」為題，寫下一道你在歲時、節日中品嚐到的滋味。（300字以上）

〈流浪的藝術〉（節錄）

《流浪集也及走路、喝茶與睡覺》／舒國治

　　純粹的流浪。即使有能花的錢，也不花。

　　享受走路。一天走十哩路，不論是森林中的小徑或是紐約摩天樓環繞下的商業大道。不讓自己輕易就走累；這指的是：姿勢端直，輕步鬆肩，一邊看令人激動的景，卻一邊呼吸平勻，不讓自己高興得加倍使身體累乏。並且，正確的走姿，腳不會沒事起泡。

　　要能簡約自己每一樣行動。不多吃，有的甚至只吃水果及乾糧。吃飯，往往是走路生活中的一個大休息。其餘的小休息，或者是站在街角不動，三、五分鐘。或者是坐在地上。能適應這種方式的走路，那麼紮實的旅行或流浪，才得真的實現。會走路的旅行者，不輕易流汗（"Never let them see you sweat！"），不常吵著要喝水，即使常坐地上、臺階、板凳，褲子也不髒。常能在較累時、較需要一個大的break時，剛好也正是他該吃飯的時候。

　　走路是所有旅行形式中最本質的一項。沙漠駝隊，也必須不時下得坐騎，牽著而行。你即使開車，進入一個小鎮，在主街及旁街上稍繞了三、四條後，你仍要把車停好，下車來走。以步行的韻律來觀看市景。若只走二十分鐘，而又想把這小鎮的鎮中心弄清楚，你至少要能走橫的直的加起來約十條街，也就是說，每條街只有兩分鐘讓你瀏覽。

　　走路。走一陣，停下來，站定不動，抬頭看。再退後幾步，再抬頭；這時或許看得較清楚些。有時你必須走近幾步，踏上某個高台，踮起腳，瞇起眼，如此才瞧個清楚。有時必須蹲下來，用手將某片樹葉移近來看。有時甚至必須伏倒，使你能取到你要的攝影畫面。

　　流浪要用盡你能用盡的所有姿勢。

　　走路的停止，是為站立。什麼也不做，只是站著。往往最驚異獨

絕、最壯闊奔騰、最幽清無倫的景況，教人只是兀立以對。這種站立是立於天地之間。太多人終其一世不曾有此立於天地間之感受，其實何曾難了？侷促市塵多致蒙蔽而已。惟在旅途迢遙、筋骨勞頓、萬念俱簡之後於空曠荒邊中恰能得之。

我人今日甚少兀兀的站立街頭、站立路邊、站立城市中任何一地，乃我們深受人群車陣之慣性籠罩、密不透風，致不敢孤身一人如此若無其事的站立。噫，連簡簡單單的一件站立，也竟做不到矣！此何世也，人不能站。

人能在外站得住，較之居廣廈、臥高榻、坐正位、行大道豈不更飄灑快活？

古人謂貧而樂，固好；一簞食一瓢飲，固好；然放下這些修身念頭，到外頭走走，到外頭站站，或許於平日心念太多之人，更好。

走路，是人在宇宙最不受任何情境韁鎖、最得自求多福、最是踽踽尊貴的表現情狀。因能走，你就是天王老子。古時行者訪道；我人能走路流浪，亦不遠矣。

有了流浪心念，那麼對於這世界，不多取也不多予。清風明月，時在襟懷，常得遭逢，不必一次全收也。自己睡的空間，只像自己身體一般大，因此睡覺時的翻身，也漸練成幅度有限，最後根本沒有所謂的翻身了。

他的財產，例如他的行李，只紮成緊緊小小的一捆；雖然他不時換乾淨衣襪，但所有的變化，所有的魔術，只在那小小的一捆裏。

最好沒有行李。若有，也不貴重。乘火車一站一站的玩，見這一站景色頗好，說下就下，完全不受行李沉重所拖累。

見這一站景色好得驚世駭俗，好到教你張口咋舌，車停時，自然而然走下車來，步上月臺，如著魔般，而身後火車緩緩移動離站竟也渾然不覺。幾分鐘後恍然想起行李還在座位架上。卻又何失也。乃行李至此直是身外物、而眼前佳景又太緊要也。

於是，路上絕不添買東西。甚至相機、底片皆不帶。

行李，往往是浪遊不能酣暢的最致命原因。

譬似遊伴常是長途程及長時間旅行的最大敵人。

乃你會心繫於他。豈不聞「關心則亂」？

他也仍能讀書。事實上旅行中讀完四、五本厚書的，大有人在。但高明的浪遊者，絕不沉迷於讀書。絕不因為在長途單調的火車上，在舒適的旅館床鋪上，於是大肆讀書。他只「投一瞥」，對報紙、對電視、對大部頭的書籍、對字典、甚至對景物，更甚至對這個時代。總之，我們可以假設他有他自己的主體，例如他的「不斷移動」是其主體，任何事能助於此主體的，他做；而任何事不能太和主體相干的，便不沉淪從事。例如花太長時間停在一個城市或花太多時間寫postcard或筆記，皆是不合的。

這種流浪，顯然，是冷的藝術。是感情之收斂；是遠離人間煙火，是不求助於親戚、朋友，不求情於其他路人。是寂寞一字不放在心上、文化溫馨不看在眼裏。在這層上，我知道，我還練不出來。

作者簡介

舒國治，1952年生於臺北，畢業於世界新專電影科。自70年代開始寫作，多以散文為主。1983-1990年間浪跡美國，1998年入選長榮旅行文學首獎的〈遙遠的公路〉，可為此時生活與創作的寫照。1990年冬返臺長住，作品題材更為寬廣，《理想的下午》、《門外漢的京都》、《流浪集》、《台北遊藝》諸多雅文，令人悠然神往。近年來作品取材開始觀照庶民的飲食文化，《台北小吃札記》被譽為「十年來最讓人流口水的一本書」，並受封為臺灣小吃教主（〈跟著舒國治吃遍台灣〉，《遠見雜誌》315期）。

舒國治的作品總有從平凡中乍見令人驚豔的微光，感動之心，油然而生。也許受到電影敏銳洞察的訓練，他在文學的創作意境上，更能掌握意象的描繪，與獨到的美學觀點，筆觸兼有壯闊的豪情與細膩的體察，值得讀者細細品味。

關於旅行，對舒國治而言，是晃蕩，也是日常。誠如王榮文所云：「旅行不只是空間之於形體、文化之於心靈的移動，也是在生活型態間的穿梭。語言的切換。口舌的散步。」（《理想的下午》書後摺頁序），旅行不盡然是空間的位移，在尋常生活中懷著旅行的興味，別有一種平凡的蘊藉，舒國治以生活的旅行者姿態，為我們打開生活美學的窗扉。

　　被喻為舒國治「晃蕩三部曲」的散文集：《理想的下午》、《門外漢的京都》、《流浪集》，他的作品總傳達出一貫的核心精神──「生活晃蕩」。但隨著生命體驗的深刻，他對於旅行的定義也內化而為更綿長的意境。旅行可以是浪跡天涯的俠情，也可以是生活瑣然的心遊於物，《流浪集》一書，其實寫的是生活，寫吃喝、走路、睡覺，以及遠走高飛的灑脫，寫的是偶得的樂趣。比起美國的公路漫漫，京都的古意盎然，《流浪集》已不執著於出走的快意，而有定靜的安然，在歷經荒遊浪途後，有了反璞的沉思，一洗《理想的下午》中的晃蕩旅行的風塵，《流浪集》回到生命的常態之中──哲學始終藏在走路與睡覺的尋常。

　　書中以副標題強調「走路」、「喝茶」與「睡覺」的興味，這是安靜的流浪形式，看似弔詭，其實道破「任真」、「無入而不自得」的人生態度。以恬靜自適的生活哲學遊走於巷弄、城市、國家之間，舒國治便是這樣的閒人。他的與眾不同在於不為生活而忙碌，他為自己下的註腳：「隨遇而安，能混且混，個性迷糊，自欺欺人」，個性儉樸自在，每每生活物資困窘了才提筆書寫生活偶得，稱之為「城市的晃蕩者」，是一種生活品味的讚譽，只有他能以這般輕鬆無事的姿態，來書寫自己的生命故事。

　　書籍樸素的封面設計，呼應作者極簡的舒氏風格，內容則描述無意規劃的流浪經驗與記事，不論往來於紛擾的國度中，坐下靜飲一茗茶香；或神遊的睡覺，閒情地走路，他始終維持著屬於自己的節奏，書寫一種生活態度，時間似乎停擺在舒國治自在閒散而趣味盎然的日常生活中。藉著書中作者眼目所及，輕啟生命最深邃的景深與最簡單的哲理，帶領讀者體會最純粹的心靈沉澱，咀嚼屬於每個人獨特的流浪滋味。

篇章內容賞析

〈流浪的藝術〉這篇選文可說是《流浪集》的核心篇章，說盡旅遊的千般滋味，或走路、或疲累、或周折的吃飯、或蒼涼的寂寞。若言流浪何藝術之有？舒國治為其下註解：「有一種地方，現在看不到了，然它的光影，它的氣味，它的朦朧模樣，不時閃晃在你的憶海裡，片片段段，每一片每一段往往相距極遠，竟又全是你人生的寶藏，令你每一次飄落居停，皆感滿盈愉悅，但又微微的悵惘。」（〈流浪的藝術〉），將無法擁有的朦朧感受存取在記憶的智庫中，稱之為流浪的氣味，或許這是作者窮極一生追尋的美好滋味。

流浪不是揮霍，也不是刻意的灑脫，文章開頭便說明流浪的精神：「純粹的流浪。即使有能花的錢，也不花。」，「流浪要用盡你能用盡的所有姿勢。」，物質不是流浪的必要條件，放棄放下形式的包袱才是流浪的開始，也才能得其精髓。

而如何才算上流浪的姿態，作者有獨到的體悟，那便是「走路」。「走路是所有旅行形式中最本質的一項。」所有的流浪皆始於走路，試問，我們多久不曾好好走路了，代步之車旨在取代艱辛的行走，卻也剝奪了旅途中的美好。「能夠走路，是世上最美之事。何處皆能去得，何樣景致皆能明晰見得。」（〈走路〉），作者深深迷戀於走路的閒情雅致，生活的步調應是徐徐地前行，疾行的心常會錯過美好的風景，怎能不誠敬地看待走路這件事呢？

在作者眼中，停止走路的站立，是對天地浩瀚的景仰，荒遼中的寂靜。「走路的停止，是為站立。什麼也不做，只是站著。往往最驚異獨絕、最壯闊奔騰、最幽清無倫的景況，教人只是兀立以對。這種站立是立於天地之間。」始於走路，終於站立的流浪，是作者浪跡天涯後的深刻體會。

對於走路的流浪，舒國治不免有未逮之感，「這種流浪，顯然，是冷的藝術。是情感之收斂；是遠離人間煙火，是不求助於親戚、朋友，不求情於其他路人。是寂寞一字不放在心上、文化溫馨不看在眼裡。在這層上，我知道，我還練不出來。」，走路的寂寞與冷靜，在一片熱鬧的塵囂中，顯得珍貴可愛。

對於走路的境界，看似平常，其蘊含深刻的哲理，京都有哲學之道，走路是一條心靈冥想的步徑；海德堡有哲學家小徑（Philosophenweg），歌德在此散步，感受生命與哲學的並肩同行；斐德利克‧葛霍所著《走路，也是一種哲學Marcher une philosophie》（徐麗松譯，八旗文化），以二十五篇散文述說走路的藝術與哲思，細

細品味尼采、康德、梭羅、甘地等人走路的身影。走路其實是與身心靈對話的開始。

Pokémon Go設計的發想源始於「出走」，桎梏在都市叢林的我們，虛擬著尋寶的夢幻，漸漸尋得走路的趣味。出去走走，走出慢活生活的第一步，去感受土地的溫度，自能體會舒國治所謂的「走路的流浪」。（陳淑滿導讀）

教學活動設計

一、塗鴉區 —— 繪製你心中的流浪地圖

　　我們在封閉的國度裡，總想像著流浪者之歌的浪漫旅程，也許我們缺乏出走的勇氣，但絕對有神遊的權利。請拿起你的彩筆，邁開你流浪的腳步，彩繪走過的足跡，並且在世界各地留下你對它們最深刻的印象與讚嘆之語。

二、引導寫作

　　張曼娟《時間的旅人》：「我們都是時間的旅人，在每一個人生階段旅行，在每一片回憶的風景裡努力修補自己。」無論是空間的位移，或是時間的嬗遞，我們總是與自己的心靈一起經歷生命中美好的風景，也許是摯愛的人、難忘的事，或者動人的景，都會成為回憶的印記，成就如此完整的你。請你以「一個人的旅行」為題，回首來時路的點滴，記下曾經屬於自己的靜好歲月。

〈魅力無窮的兵仔市場〉

《11元的鐵道旅行》／劉克襄

　　凡軍隊長年集聚或駐紮的都會鄉鎮，往往形成一個大市集。這種地方有一個奇特的名稱，叫兵仔市場。

　　它和傳統市場有何差異呢？這還得看位置。地點允當了，經常會撞擊出意想不到的火花。若尋常了，就跟後者沒兩樣。臺灣便有好幾個熱鬧的兵仔市場，諸如左營、永康等地。以陸軍官校知名的鳳山，更是全臺最大的所在。

　　初次去鳳山，我未帶指南，不知此一兵仔市場的存在。反而是走出車站，胡亂闖逛時，不小心遭逢的。

　　沿著曹公路信步，滿街蕭索，十來分鐘的荒涼後，到了光遠路，才覺得接近這個城市的心臟，整個空間和氛圍都加速了蹦跳。光遠路、維新路和中山路在這裡，奇妙地構成一個三角形地帶，成為鳳山最繁華熱鬧的區域，南邊一角即兵仔市場。

　　一個新都會多半以方正的棋盤街道出現，絕不會擘劃成三角形空間，造成交通壅塞的紛亂動線。何以本地竟如此狀態？

　　原來，這兒是老舊的城區，一個清朝末年遺留下來的古城格局。街衢隨河道呈現不規則的形狀，後來演變成今日的尷尬。古蹟建築、傳統市集和商家百貨都在此集聚，所有的新路到了此，好像迷失方向般，變得歪七扭八。

　　兵仔市場跟一般菜市場最根本的差異，在於軍人充斥。往昔，這兒一大早便看到，部隊來的採買者，大批發似的進貨。除了蔬果，還兼及軍需品的各種補給。

　　這樣龐大的購物量，常刺激周遭，帶動人潮，形成豐富而物美價廉的生活圈。無怪乎，每到選舉，此地就成為兵家必爭之地。菜市場裡的

人，便這麼自豪地說，「至少來一下，沒來，一點機會都沒有。」

它到底是何來歷，如何形成的呢？這個三角地帶，大致是由四個階段慢慢演化而成的。清末時，市集屬於流動攤販形式，日出而集，日入而息。當時有菜市、魚市、鴨市、柴市、米市各據一方，傳統市場的雛型已然具備。

到了日治時期，交通和環境衛生整頓後，出現了公有市場的型態。國府來臺後，附近設置許多軍事基地。營區官兵就近，以此為採買地點。此地貨色齊全，價格便宜，愈來愈吸引消費人口，商家也絡繹不絕，連馬路兩旁都被佔用，終而形成全臺聞名的兵仔市場。

十幾年前，這處以軍人為主顧的兵仔市場，風光一陣後，隨著市容整頓有了些微的改變。軍需品和攤販減少了，但傳統已經形成，人潮還是不減。蔬果供應繼續在熱鬧的中山路、成功路上，維持著過去的繁華，最後連接到第二市場。

很少城市的市場可以如此蔓延出來，跟另一個市場融合一起。最後，整個三角區域都是市場的身影。兩個市場如果實的兩瓣種籽黏結一塊，分不清你我。

三角形地帶也像一個果實的核心。更奇的是，很少一個舊城包裹得如此完整。從城市外頭看，旅人難以察覺，一如我的到來。但苛刻地說，儘管外表密覆著完好的果肉，裡面卻是潰爛的。只是這潰爛充滿生機，好像也唯有如此敗壞，才能發芽。

這也是鳳山市最迷人的地方。那外冷內熱，若不走進去，根本難以感受，也嗅不到真正的南方氣息。我從中間的三民路切入，便是一路興奮。只見到處髒亂而忙碌，洋溢著強勁的粗獷活力。

眼前彷彿是一鍋熱騰騰的濃湯，不停地滾沸著。那人潮的驚人熱絡，猶如每天都在廟會節慶。尤其是早上九點前，當市公所的人還沒來吹笛趕攤時，各地湧來的果農菜販集聚在此。他們不斷地出入，運補貨品。還有小吃攤沿著巷弄比鄰而立。每天都讓這裡熱鬧非凡，形成一團失序的吵雜。

這是濁水溪以南最大的一座。南臺灣地區的熱情全數攏集而出。嘶

喊打殺的拍賣叫聲，俗而有勁。中下階層頑強的生命力量，雜亂而劇烈地交會。彷彿有好幾個漩渦，各自打轉，又相互交纏，最後形成一個大圈，洪流般地攪拌著。人從每一個方向來，情不自禁地被捲入，不斷地打轉。

　　嚴格說來，我並未在此發現哪些興味的特色，數量豐腴的蔬果亦無讓人期待之處。小吃美食之類，除了羊肉店、赤山粿、吳記餅店，著實羅列不出一堆教人非來不可的精彩名單。反而是一些環境衛生問題堪虞，不斷地撞擊著我。

　　但它就是大刺刺地，把一種質樸，明白而爽快地展現。什麼都直來直往，少有中北部人那種精敏和世俗。那種暢快，總是做完買賣明天再來，一切都活在當下。

　　現今的三角地帶是一個兵仔市場的升級版。充滿旺盛的鄉野力量，每個人的嗓門都在比大，每個人都使勁地釋放自己。每天也總是兵荒馬亂，傳統與現代在此錯亂地交集，衝撞出混沌的美學。

　　我享受著這款南臺灣地區奔放的魅力，隻字片語難以形容，只能用眼睛觀望、耳朵聆聽，以及呼吸著這樣的熱情，儘量地把感官放大、放鬆、放任。最後，不知不覺捲入這巨大的漩渦以致淹沒，難以脫逃。

　　你若想離開，整個人好像得奮力泅泳，才能爬上彼岸。只是，心智和體力都虛脫了。但，虛脫得爽快。

作者簡介

　　劉克襄出生於1957年，臺中市烏日區人，本名劉資愧，中國文化大學新聞系畢業。身兼作家、自然觀察家、臺灣史旅行研究者等多重身份，創作內容觸及自然觀察與人文行旅等相關議題。作品類型橫跨詩、散文、小說、自然誌、旅遊誌、繪本，創作力豐沛多元。

書籍導讀

　　《11元的鐵道旅行》為劉克襄第一本關於鐵道的專著，其於本書自序中提及，書名之「11」指涉了兩層意涵：一是因「臺灣最慢的火車，最短區間的里程，最便宜的旅次，票價是11元。」故「11元潛藏著，緩慢的節奏、淳樸的生活、迷人的風物。」此外，11元也隱含著：「我是坐11路來的」，即是指「以二條腿旅行」的另一層意象。在本書中，作者就著鐵道路線，以平溪、十分、知本等站為旅行的開端，緩慢而深入地探索各地城鎮風光，在細心品味當地風土人情的同時，亦進而道出自我對土地的感懷。作者以溫暖敏銳的書寫筆調記錄旅行點滴，細膩的觀察使本書各篇皆深具濃厚的人文關懷，此亦為劉克襄文字的獨特之處。時至今日，即使臺鐵票價已經調漲，11元的最低票價已不復見，但藉由本書的閱讀，讀者仍能跟著作者的腳步，步出各站剪票口，以平緩的步伐細細踏足書中各城鎮的每個角落，挖掘出專屬於自己的鐵道旅行記憶。

 ## 篇章內容賞析

　　〈魅力無窮的兵仔市場〉乃是由鳳山站出發，書寫作者初次前往鳳山時，與兵仔市場間的一段偶然相遇。除介紹在地風光外，亦寫出作者對兵仔市場的旅行記憶、個人感懷，並帶領讀者走入舊城鳳山的往日風華。

　　鳳山位於臺灣南部，行政區原屬高雄縣鳳山市，2010年高雄縣市合併後，改制為高雄市鳳山區。傳統市集往往為城鎮風情的濃縮，鳳山的兵仔市場亦是如此，對於作者而言，鳳山的兵仔市場正凝聚了南臺灣獨特的活力與奔放。

　　本文的行文筆調一如作者在本書自序中所言，藉由「11路公車」（用二條腿旅行）的緩慢節奏，帶領讀者跟隨作者信步隨行，一步步揭開鳳山兵仔市場的沿革與風貌。在作者對舊城鳳山的隨意遊覽下，通篇文章透出一股悠閒筆調，散發出鬆散而惬意的行旅風格。值得注意的是，藉由作者敏銳溫厚的觀察視角，使本文於惬意的情調之外，字字更顯露著作者對土地的深情關懷。

　　文章一開始先略述「兵仔市場」名稱的緣由，以及它與一般傳統市場的差異。由於軍隊的長年集聚，促使了市集的產生，這種因軍隊而生的大市集，便稱為「兵仔市場」，鳳山正是因為陸軍官校的設立，使全臺最大的兵仔市場應運而生。

跟著作者漫步鳳山的腳步，讀者隨而進入由光遠路、維新路與中山路構成的繁榮三角形地帶。作者指出，一般的城市規劃多為方正的棋盤式街道，三角形的市鎮規劃乃是昔日老舊城區的歷史痕跡，這個由清末所遺留下的古城格局，造成了鳳山當地紛雜而特殊的交通動線。在這個三角形地帶的南邊，正是兵仔市場的所在地。正由於兵仔市場乃應運軍隊而生，故以前常見部隊採買時的大規模批發，這樣龐大的購物量刺激了周遭發展，兵仔市場便成為鳳山人潮聚集、人聲鼎沸的一隅，並在鳳山人的生活中佔有相當程度的重要性。

　　作者於文中如此形容：「三角形地帶也像一個果實的核心。更奇的是，很少一個舊城包裹得如此完整。從城市外頭看，旅人難以察覺，一如我的到來。但苛刻地說，儘管外表密覆著完好的果肉，裡面卻是潰爛的。只是這潰爛充滿生機，好像也惟有如此敗壞，才能發芽。」對於作者而言，現今由兵仔市場（現稱第一市場）與第二市場所連結而成的市場風華，正代表著鳳山這一舊城的活力來源，所以文中指出：「這也是鳳山市最迷人的地方。那外冷內熱，若不走進去，根本難以感受，也嗅不到真正的南方氣息。」此處作者特別點出深入鳳山的最佳方法：「走進去」，若不以雙腳仔細而堅定地踏入舊城，一步一腳印地親身感受市場風華，將無法真正領略鳳山的活力與美麗。也由於作者「走進去」了，才能如此真實、深刻地領略兵仔市場獨特的庶民風情。

　　對於作者而言，兵仔市場是雜亂的、庸俗的，但也是充滿熱情、饒富生意的，因這是在地人民真實生活的所在。即便兵仔市場再怎麼紛雜凌亂、粗獷而深具草根氣息，卻是在地庶民生活的真實呈現，即使紛亂卻也生機勃勃。

　　這是一種在地庶民的生命力。

　　所以作者說：「它（按，指兵仔市場）就是大剌剌地，把一種質樸，明白而爽快地展現。」對於作者而言，這種明白爽快正是源自於南臺灣的熱情奔放，「什麼都直來直往，少有中北部人那種精敏和世俗。」作者以一個旅人的眼，盡情享受兵仔市場所散發的專屬於南臺灣的熱力四射，這股熱力如漩渦般吸引著作者，難以自拔。所以作者說：「你若想離開，整個人好像得奮力泅泳，才能爬上彼岸。只是，心智和體力都虛脫了。但，虛脫得爽快。」這正是旅人劉克襄走入兵仔市場後所領略到的南臺灣氣息，直爽、但卻也痛快。（涂藍云導讀）

教學活動設計

1. 火車常常代表著旅行的意象，在一站又一站的往返中，彷若展演著一個又一個的人生故事。對於你來說，在旅行的過程中，是否也有著專屬於你的那一幕「生命中最眷戀的風景」？題目自訂，300字以上。

2. 劉克襄以「鳳山」古城展開他的記憶之旅，請你以自己的「11號公車」，走訪鳳山的歷史古蹟，與這些建築來一場美麗的相遇，並將這份悸動以文字記載下來。文長不限。

〈論便當〉

《暴食江湖》／焦桐

1.

　　便當往往連接著冗長的會議，開會鮮有不無聊的，冗長而無聊的會議加上恐怖的便當，不輕生已經萬幸了，誰的頭腦還能殘存創發力？

　　從前我若上、下午都有課，常拜託助教訂便當，那些便當都很難吃，想來可怕，至今竟已吃過數百個這種便當。我明白虧待自己的味覺和腸胃，可也無奈，午休時間那麼倉促，不暇尋覓美味；何況助教已經努力變換各家自助餐廳了，學校附近確無差堪入口的便當。

　　每次我走進研究室，坐下來，打開便當盒，看一眼就有跳樓的衝動。

　　倪敏然自殺前，最後的身影出現在頭城火車站月臺，他買了一個五十元的便當，消失於電視錄影畫面。臺灣的鐵路便當數十年如一日，匪夷所思的是各地皆同——滷豆乾、滷肉、滷蛋，真是可怕的集體惰性。我們知道倪敏然罹患重度憂鬱症，一個決意尋死的人，已經萬念俱灰了，如果又吃到難以入口的食物，委實再推他墜入萬劫不復的深淵。

　　如果，他陷於人生乏味的困境時，巧遇美好的食物，完全有可能鼓舞生命的激情和勇氣吧。伊朗導演阿巴斯‧奇亞羅斯塔米（Abbas Kiarostami）的電影作品《櫻桃的滋味》（*The Taste of Cherry*）中，有一位老人自述在年輕時想輕生，他爬上櫻桃樹上吊前，隨手摘了一顆櫻桃吃，驚訝那櫻桃的甜美，竟一顆顆地吃了起來，忘記要自殺。清晨金燦燦的太陽升上來，學童們的歡笑聲經過樹下，他覺得櫻桃太好吃了，遂摘了一些回家和老婆共享。

　　老人對那想死想得快瘋掉的男主角說：「你不想再看看星星嗎？你想閉上自己的眼睛嗎？你不想再喝點泉水嗎？你不想用這水洗洗臉

嗎……你想放棄櫻桃的滋味嗎？」

生命果然不乏疲憊、憂鬱、沮喪和絕望，美食是絕望時的救贖，往往能帶領我們超越困境。我設想倪敏然那天吃到了一個異常美味的便當，夕陽有了美麗的背景，他肯定會睜眼觀看「萬紫千紅的晚霞」，肯定會有某種力量或意義自胸臆升起。

2.

每個人或多或少都有一段便當經驗史，從一個便當可窺見一個家庭或某地方的飲食文化。

求學時代，母親爲我送過便當，便當盒用一塊布包裹起來，有保溫、防漏之意；吃完便當，用便當盒裝茶喝。不知何時起，那覆在便當盒上的布巾消失了，取代的是觸感極劣的塑膠袋。

求學時好像餓得特別快，上午即已飢腸轆轆，大家常吟兩句打油詩：「舉頭望黑板，低頭思便當」。爲安慰飢腸，有人故意不蒸便當。中午吃便當是人心激動的時刻，大家同時打開便當盒，各種家庭廚房精心烹製的香味鼓盪在教室裡，空氣中充盈著幸福氛圍。

梁實秋在〈早起〉一文中描寫五〇年代的臺北生活：「走到街上，看到草上的露珠還沒有乾，磚縫裡被蚯蚓盜出一堆一堆的沙土，男的女的擔著新鮮肥美的蔬菜走進城來，馬路上有戴草帽的老朽的女清道夫，還有無數的男女青年穿著熨平的布衣精神抖擻的攜帶著『便當』騎著腳踏車去上班。」便當是日本人發明的，便當之普遍存在，顯見臺灣人長期受日本文化的影響。梁實秋新來乍到，對此物頗爲好奇。

便當，日本人叫「弁当」，類似便當的器具，在《源氏物語》中稱爲「檜破子」；室町時代末期、江戶時代初期的形態則多爲籃子，乃人們旅行、欣賞櫻花、探望親友時所攜帶的食物器具，叫「破籠」；「破」意謂可以上下分隔，「籠」在日語中有籃子的意思。可見「弁当」這詞語的出現不會早於室町時代，開始使用，大約在織田信長（1534-1582）生活的年代。自然，當時能帶「弁当」出門的人肯定比較富裕，一般鄉村居民只能帶飯糰。

3.

　　大一上表演課，導演訓練我們腹式發聲，命大家模擬火車月臺便當販的叫賣：「便──當，便當，燒的便──當」，唸經般重複叫喊一個小時。話劇演員在舞臺上講話必須能傳到劇場裡的每個角落，即便是講悄悄話，也必須讓現場每一個觀眾聽清楚，舞臺上的發聲技巧就很要緊。

　　從前火車停靠月臺，總是有人推著便當叫賣：「便──當，便當，燒的便──當」，聲音宏亮卻非嘶喊，舉重若輕般沿著車廂外兜售，節奏感良好，帶著長亭更短亭的漂泊感。那聲音似乎迴響在記憶的每個角落。

　　鐵路便當是火車旅行很要緊的配備。

　　月臺上應該繼續賣便當，而且每一站的便當最好都不同，融合當地的名產，這才是火車的風景線。

　　蘇南成先生曾告訴我：福隆車站的鐵路便當最贊。我聞言即遠赴福隆買便當，唉，難道買錯了？還是滷豆乾、滷肉、滷蛋，那豬肉猶帶著膻味，面對它如面對政客的嘴臉。

　　近年臺鐵推出懷舊便當，使用不鏽鋼圓盒，配備提袋、不鏽鋼筷，賣便當的同時賣出了紀念品，銷售成績不惡。我認為這是一種表相的懷舊，消費懷舊情緒，其實未消費到好滋味，臺鐵雖則請回退休的高齡老師傅督導製作，這種便當的內容依然千篇一律：滷排骨、滷蛋、炒雪裡紅等物。在貧困的年代，便當裡有一大塊排骨，堪稱有點奢華的享受；如今到處都是排骨，我們已經不能滿足於吃得飽的層次。

　　從前的鐵路便當之所以被懷念，並非便當太好吃，毋寧是一種旅行感所渲染。在出國還不普遍的年代，火車站月臺就是現代陽關，當火車緩緩啟動，有人輕聲道別，有人拭淚叮嚀，吆喝聲夾雜在廣播聲中，小販背著便當箱追趕列車，和半身伸出車窗的旅客交易。火車越開越疾，窗外可能是綿延的山海田野，一邊看風景快速奔跑，一邊若有所思地吃便當。念去去，千里煙波，當年那個便當盒帶著離別的身影，復經過記憶的點滴修飾，隔了幾十年，已編織成一則美麗的傳說，越來越動人。

便當的內容一定要有趣，最好能表現地方特色和季節感，過度依賴醃漬物顯露出缺乏想像力和創造力。火車不僅是交通工具，何況要面對高鐵嚴峻的競爭，如果每一中、長途列車都能從「行走的好餐館」的概念出發，沒有理由生意差。

即使滷味組合，每一道菜也都要用心思細作，滷味並非胡亂浸泡醬油就算搞定，除了表現起碼的醬香，必須滷得透又不虞滷得柴，這就要將材料浸泡在滷汁中兩三天，令滷汁滲透進材料中，如此滷物方能入味而富彈性。

滷味中參加一兩片白醋薑、蔭瓜很美妙，像從前的池上飯包添入一粒酸梅，是很日式的辦法。

4.

日本人的便當文化傲視全球。

天下便當以日式最具繪畫美，日本便當習慣在白米飯上撒一點芝麻，中央再放一顆梅子，像太陽旗，我稱之為日本便當的原型，是日本便當美學的起點，美感從這裡展開。羅蘭·巴特（Roland Barthes，1915-1980）旅行日本時吃到便當，深受震撼，認為菜色的布置即相當講究視覺效果，各種零碎的食物秩序地在黑盒裡像一塊調色板，用餐過程類似於畫家坐在一堆顏料罐前，那邊吃點米飯，這邊蘸些調味料，那邊再喝口湯，選擇食物創作般自由，很賞心悅目。

日本最普遍的便當是一種四格「幕之內」，由白飯和數種菜肴構成，最初是表演者、觀眾在劇院中場休息（幕間）時吃的便當，故名。目前全日本「驛便屋」有三百多家，供應約三千種不同的鐵路便當，只有「幕之內」大概到處都有。

我最嚮往日本人的賞花便當，櫻花盛開時在樹下掀開飯盒，落英繽紛，落在便當盒裡，再怎麼平凡的菜色，也會有了華麗的身姿。

便當也可以是一場迷你饗宴，日本高級料理亭的宅配便當講究季節風味，布包巾裡是紅杉便當盒，便當盒裡羅列著竹筒飯、多款壽司、各色青菜、魚、肉……往往多達二十種。這種便當的高級美學不在菜色繁

複，乃是如何讓繁複的菜餚互相發揚，彼此支援，在滋味、色澤、擺佈各方面共同細膩地表演。

櫻井寬、早瀨淳的漫畫《鐵路便當之旅》描述宮島車站的便當店如何製作「星鰻飯」：每天直接從漁港嚴選質優量少的金星鰻（瀨戶內海特產），處理乾淨後用煮過的酒、湯汁入味，先以大火烤一下，再蘸上醬汁，接著以小火慢烤，如此重複三次這樣的步驟；最後塗上美味的醬汁，整齊排在木質便當盒裡的白飯上，進行「習慣」程序——讓烤星鰻的美味滲透進仔細煮過的飯裡，再包上紙。這種便當，每一個都用了兩條金星鰻，非常奢華。

我建議便當業者到仙台的便當店取經，日本插畫家平野惠理子採訪當地的便當工廠，進入前須穿過強風閘門以吹掉身上的灰塵，再換上消毒過的衣帽鞋子，「一進去就讓人感動莫名的，是室內那股教人不禁高呼『清潔！』的味道。在飄散著淡淡菜餚的工廠裡，怎麼還能出現那股清爽感呢？在這裡，不論亮度、氣溫、濕度，全是我未曾經歷過的舒適。經過那次參觀，我才明白便當之所以美味，裝菜的環境實在是很重要啊！」

日本的鐵道便當每一站不一樣，多很精采，像信越本線橫川車站的「山嶺釜飯」，用陶製小缽裝著，打開緊閉的木蓋，一股山野香味即撲鼻而至。他們的創意和巧思充分表現在便當上。新幹線有一種便當，只要撕下貼紙或拉開盒底的繩子，就會立刻加熱。其它的名便當諸如東京站賣集大成的「超級便當」，下關站以「河豚壽司」聞名，橫濱站是「燒賣御便當」，宮崎站賣「香菇飯」，門司站售「明太子便當」，大分站是「青花魚壽司」，到了延岡站換成「香魚壽司」，八吉站則是「栗子飯」……我在日本搭火車時，一趟路程買了許多便當。

村上春樹小說裡的食物多為西式料理或速食，如義大利麵、三明治、漢堡、薯條、沙拉、披薩，《尋羊冒險記》首次提到日式便當，敘述者從札幌站上車，邊喝啤酒邊看書，並拿出鹽漬鮭魚子便當來吃。村上春樹大概弄錯了，其實日本的車站便當中，只有北海道線的南千歲站有賣鹽漬鮭魚子便當，札幌站買不到。

這提醒我們，改善臺灣的鐵路便當首先要加入地方特色，例如基隆站可以賣天婦羅啊；臺北站可賣紅燒牛肉乾拌麵，或加入阿婆鐵蛋；新竹站可以賣炒粉、貢丸飯，苗栗站不如賣一點艾草粿、炒粄條；臺中站可以附贈一塊太陽餅；彰化站的便當內容可以是肉圓；臺南站不如推出肉粽、碗粿；花蓮站的便當則附贈麻糬……我想像車到屏東可以吃到櫻花蝦炒飯、萬巒豬腳；高雄可以選擇金瓜炒米粉；臺南附贈一杯義豐冬瓜茶；桃園品嚐得到大溪豆乾；宜蘭的便當裡有粉肝，或鯊魚煙。那是多麼迷人的鐵路之旅。

巧思亦見諸便當盒的造型，如日本東北地區的「雪人便當」、廣島的「飯勺便當」、四國主要車站的「麵包超人便當」……都是我們可以學習的對象。

5.

我最常用雙層的不鏽鋼便當，這種便當菜、飯分開，容量又大，很適合我這種飯桶，優點是環保，缺點是不方便攜帶。木片或竹片便當盒的觸感佳，予人自然、質樸之美，又能吸收米飯多餘的濕氣，令飯粒更富嚼勁；不過也因而使飯粒容易沾黏在木片上，想吃乾淨需費力刮。這裡面有一種情趣，一種提醒，提醒我們珍惜食物、敬重天地。

我們果真只容得下方便、快速的事物？便當的形狀與材質可以非常多元，用保麗龍盒裝飯、塑膠提袋，只會消滅食欲。

幾年前，SARS蔓延時，喜來登飯店疑似有住房客人染煞，飯店淨空三天，重新開張的前三天，為了凝聚人氣，推出一百五十元的便當廉售一元，我在電視上看到大排長龍爭購的場面，有人竟排隊等候了六小時。為了買一個便當吃，排隊六小時，可謂天下奇觀。

經濟不景氣，有些五星級飯店竟在大門口擺攤賣便當，價格低廉，約介於七十元至一百五十元臺幣之間，明顯在跟小販、便利商店搶生意。觀光飯店熱賣便當，食材較新鮮，配菜也相對高明，口味輕易就超越了便利商店的產品，諸如老爺酒店的日式豬排便當、照燒雞飯，和粵式三寶飯；國賓飯店的粵式三寶飯；華國飯店的鹹魚雞粒炒飯；然則不

免勝之不武，這樣的標準並非我們對觀光飯店的期待。

便當之美常表現在創意，不在珍饈美饌，動輒近千元的便當只能說是豪華，豪華跟美麗是不同的概念。

然則美味的便當何其難覓。我吃便利商店賣的便當，很遺憾，雖然品味標準降得很低，也只有「奮起湖鐵路便當」、「排骨菜飯」、「臺東池上飯包」、「煙燻蹄膀鮮飯盒」（肉鬆顯得多餘）和「我們的雞腿便當」差堪入口。「奮起湖鐵路便當」雖則完全消失了我在阿里山鐵路上吃便當的滋味，卻能勉強解飢——薄薄的瘦肉片，雞腿、蛋、油豆腐僅是滷味，雖然談不上香，總算中規中矩，不會用駭人的怪甜、死鹹來凌虐食客的味蕾。

便當的菜色以滷味居多，乃是滷味較不會因加熱而變質，不像油炸物，置諸米飯上，再經蒸氣滲透，往往慘不忍睹。我固不贊成便當中出現炸物，如爆肉、炸蝦之屬。然則市面上好吃的滷味那麼多，這些便利商店奈何不察，隨便模仿一下，也能透露些許香味吧。

那些滷肉毫無彈性，彷彿只是泡過醬油。我懷疑這些便當裡的滷味曾經起碼的爆香程序，竟聞不到一絲絲薑、蔥、蒜或八角之味。

此外，我不明白為何便當裡總是放一片醃漬蘿蔔和一小沱紅色的醬素腸？夾起來丟棄時，白米飯上已染印著一片黃、紅色素，觸目驚心。這是令人厭惡的因襲和怠惰。第一家便當放雪菜、玉米粒、胡蘿蔔丁、花瓜、酸菜、醃漬蘿蔔，其他店家完全倣效，毫無想像力。便當可口，只是基本動作，是最起碼的商業道德。拜託，隨便轉一下腦筋也就改善了，難道色素蘿蔔不能換成嫩薑？那小沱醬素腸不能換成剝皮辣椒？

我曾經買了一個「我們的碳烤雞排」結果打開看，竟是一塊難以下嚥的炸豬排，品管竟草率至此。還有一種自詡叉燒風味的雞腿排，完全不染絲毫叉燒味，看一眼即知是泡過紅色素的雞屍。顧客是商家的主子，即使不是，彼此素無仇怨，奈何竟用這種手段對付掏錢買便當的人？又不是在毒老鼠，製作便當者何不自己倒一些色素拌飯吃吃看。

適合便當的菜很多，諸如雪裡紅、醃嫩薑、蔭瓜……便利商店的便當無法現作現賣，必須以想像力、開創力來彌補因量販而失鮮的窘境。

例如有人會在滷汁中加進茶葉，不但吸收油膩，也圓融了醬油較爲呆板的鹹味。

其實我吃便利商店的便當總是自暴自棄的心情，無奈中帶著墮落感。試想那便當並非即食便當，須經過烹煮、冷卻、包裝、冷藏、運送、上架，再微波後食用，防腐劑的含量令人不敢想像。

6.

優秀的便當予人驚喜。和即烹即食的料理不同，便當從製成到食用隔了一段時間，打開前一般還不知道它的內容，因此除了努力保持菜肴的風味，有心人還費盡巧思，令打開的瞬間產生愉悅。

便當具有母性的特質，我常聽聞人們說如何懷念「媽媽的味道」，天下最美味的便當，恐怕是家裡自製的，我們在求學時代率皆有帶便當、蒸便當、集體吃便當的經驗。

便當連接了太多人的感情和記憶，今村昌平《鰻魚》裡的鰻魚是一種隱喻，迴游、自由、孤獨的隱喻；是被背叛的丈夫傾訴的對象。真正的美食竟是一盒從未打開過的便當，片頭那紅杏出牆的妻子爲丈夫所精心準備的便當，帶著歉疚的心情，那便當盒裡的內容必定十分可觀，可惜他妒意徒起，無心消受；殺妻、出獄後更三番兩次拒絕女友爲他準備的便當。那便當，自然是人際溝通的指標，象徵了親愛、接納的程度。

我喜歡的便當生活，是一種陳舊美學，相關配備包括可重複使用的便當盒，筷子，布質提袋和包巾、繫帶；殘存在記憶角落的布包巾，攤開來還可以當桌墊。

便當帶著越界的性質，離開家庭餐桌，遠足到另一地點。

我常追憶華盛頓州行旅，在一座美麗的冰河湖邊下車，坐在枯木上呆呆長望藍寶石色澤的湖，河岸盛開的菊花，山上千年不融冰雪，針葉森林，藍得深邃的湖好像被什麼神秘的事物激盪起漣漪復歸於平靜，忽然覺得手中冰冷的三明治，飽含著不可思議的滋味。

——二〇〇九年

作者簡介

　　焦桐，本名葉振富，1956年生於高雄，長年致力於文學傳播事業，著作等身。創作類型囊括散文、新詩、童話、論述等，並編選年度飲食文選、年度詩選、年度小說選、年度散文選及各種主題文選。熱衷鑽研飲食文化，耕耘飲食文學二十餘年，被譽為「臺灣飲食文學教父」。

書籍導讀

　　在《暴食江湖》的序言中，作家焦桐寫道：「欲培養飲食的審美能力，甚或心靈的自由，必須先釋放味覺。美食不可思議地影響我們的心靈。我總覺得舌頭的階級性非常分明，等而下之的舌頭通常用來打口水戰、呼口號，高尚的舌頭用來贊美神，最高級的舌頭用來接吻、品味美酒佳肴。我常想，臺灣人恐怕太缺乏美食了，我幾乎可以斷定，多享受美食，就不會那麼悲情了。」（〈暴食江湖・序〉）「飲食」不僅僅是為了尋求溫飽，甚或只是口腹之欲的滿足，更是種文化的表現。在焦桐的《暴食江湖》一書中，從日常的吃食談起──從〈論素食〉開始，接連而〈論早餐〉、〈論便當〉、〈論螃蟹〉、〈論火鍋〉……，最後以〈論餐館〉、〈論廚師〉、〈論養生飲膳〉作結。洋洋灑灑二十篇飲食論述，以幽默的筆法，引領讀者跟著美食家焦桐的腳步，細細品嚐、剖析道道美味佳肴，進行一場場美食行旅。讀畢本書，讀者彷若與作者同享了一道道美食饗宴，口齒留香。本書不僅論食物，更論料理背後深藏之飲食文化，將食物與人、與生活緊密結合，於是食物不再只是食物，更是人暖暖的溫度。

篇章內容賞析

　　「每個人或多或少都有一段便當經驗史，從一個便當可窺見一個家庭或某地方的飲食文化。」在焦桐的〈論便當〉一文中，作者為便當下了此番定義。「便當」，這麼一個常見又普通的餐點，在美食家焦桐的眼中卻不再平凡，而是在飲食文化中具有以小窺大的獨特地位。

　　本篇文章分為六部份，第一部份以會議後的難吃便當作為全文開端，作者如此說：「每次我走進研究室，坐下來，打開便當盒，看一眼就有跳樓的衝動。」一如作者筆下慣常的幽默，作者以誇張的描述方式突顯出庶民吃食中常見不過的便當，實則

為人們在繁忙生活中不可或缺的活力來源。正如作者在〈論便當〉第一部份中所提到的：「生命果然不乏疲憊、憂鬱、沮喪和絕望，美食是絕望時的救贖，往往能帶領我們超越困境。」現代人的生活總是匆忙、紛雜，「便當」正扮演著忙碌生活裡的綠洲角色，讓我們在奔忙的空檔中得以喘息，補充能量繼續應戰。

在文章的第二部分，作者將視角轉換至便當所承載的家庭、地方文化史，藉由作者自己、梁實秋與日本人各自的「便當經驗史」，勾勒出便當與「人」之間的動態聯繫，藉此顯出人與人之間互動的溫度。

除了生活中的能量補給、人與人之間溫暖的聯繫，便當也成為旅人在旅途中不可或缺的美食記憶。於是從文本的第三、第四部份開始，作者自臺鐵的鐵路便當談起，再談到日本的鐵道便當文化，並以旅人行旅的觀點，對臺灣的鐵路便當內容提出建議。作者首先指出：「鐵路便當是火車旅行很要緊的配備。」但作者認為，在臺灣，鐵路便當之所以成為旅人的集體記憶，並非真的是因其有多麼美味，而是在那交通不便的年代，火車站月臺便是現代陽關，承載著多少旅人的離人愁緒。也因此，鐵路便當便染上一股浪漫的旅行風情，至今仍讓臺灣人深深懷念。但作者認為，此種因行旅愁緒所渲染而成的美麗便當傳說並不足以支撐起真正的美味，美食家焦桐以日本的鐵道便當文化為鑑，認為鐵路便當既然帶著濃厚的旅行感，便要加入各地的地方特色，以「行走的好餐館」為概念，用心打造出深具地方特色的鐵路便當，如基隆站可賣天婦羅、臺中站可附贈太陽餅、高雄站則可推出金瓜炒米粉……等等，藉由地方特色打造出各站點便當的獨特風味，勾勒出一幅專屬於臺灣鐵路的美食行旅地圖。

對於作者而言，便當不僅只是方便、快速的代名詞，故便當的形狀與材質亦不可馬虎將就，「用保麗龍盒裝飯、塑膠提袋，只會消滅食欲。」在文章的第五部份，作者納悶於美味便當的難尋，便利商店為人們帶來便利，但其販賣的便當卻讓挑剔的作者總難以下嚥，只能興嘆：「其實我吃便利商店的便當總是自暴自棄的心情，無奈中帶著墮落感。」因為對於作者而言，便當已不單單只是供人充飢的簡單吃食，而是承載了一地或一家的文化、勾連起人與人之間的溫度、蘊含著旅人行旅回憶的情感與記憶的綜合體。於是，在第六部份的結尾處，便當已幻化成人們一切情感的積累，已成為一種隱喻的力量，當我們打開便當的那刻，已不只是讓我們的生理獲得飽足，更藉由料理人的手，將人與人之間的親愛、歉疚等無數的情感都包進了這一盒小小的便當中，便當不再只是便當，是人與人之間連結的溫暖渠道。亦是藉由便當本身的方便移動性，我們可帶著便當，勾勒出一場專屬於自己的行旅記憶。所以作者說：「便當帶著越界的性質，離開家庭餐桌，遠足到另一地點。」（涂藍云導讀）

教學活動設計

1. 焦桐在〈論便當〉一文中以日本鐵道便當為例,提出臺灣鐵路便當應加入地方特色的建議。請查詢臺鐵車站地圖,自行選擇高雄站周邊的三個站點(如路竹站、楠梓站、新左營站……等),配合地方特色,為各站設計專屬於該站的便當菜單,說明你的設計構想,並為此便當命名,撰寫一則簡單的廣告文案。

站名	菜單設計	設計構想	便當名稱	廣告文案

2. 在焦桐的〈論便當〉一文中,以其美食家的觀點,從多個角度闡述其對便當這項平民吃食的看法。請以你個人的「便當經驗史」出發,同樣以〈論便當〉為題,進行另一番便當書寫。

〈青春的北淡線〉

《溫泉洗去我們的憂傷——追憶逝水空間》／郝譽翔

我望著自己的膝蓋和鼓起衣衫的乳房，立即我的思想向內彎曲，乖乖地回到我自身。我想著自己。我的膝蓋，真實的膝蓋，我的乳房，真實的乳房。這個發現很重要。

—— 莒哈絲《平靜的生活》

雖然是秋天了，天氣卻還是出奇的炎熱，秋老虎，絕望地要做出它離開地球之前的最後一搏。太陽斜射在教室外的長廊上，古老的木頭窗櫺浮起了一層金粉似的塵埃，我看見國文老師慢吞吞地走過窗口，拐進教室的門，而她總是這樣的，臉孔上沒有表情，也很少笑，對於上課，她似乎比起講台下一群十六、七歲的高中女孩，還要更覺得無聊。但她在教育界卻相當有名，畢業以後我還經常在報紙上看到她的名字，最後一次是在電視上看到她，正以退休教師代表的身份，對著攝影鏡頭，激動地爭取公教人員18%優惠存款。

她在螢光幕上誇張的動作和表情讓我感到陌生，因為當她坐在講桌後面時，總是懨懨地，還沒有從冬眠中甦醒過來似的，也很少從椅子上爬起身。而那一天的作文課也是如此，她自己一人靠著椅背發呆，想該給同學出什麼題目才好？那時的作文還得要用毛筆寫，教室中安靜到只聽得見大家在硯台上唰唰地磨墨。國文老師想了好久，才說，那就自由發揮吧，大家愛寫什麼就寫什麼。

我握住筆，瞇著眼，窗外的天空發出濛濛的金黃，頭一回遇到自由寫作，我的腦袋卻反倒一下子被掏空了。思緒有如脫韁而去的馬，剛開始時，還不安地在原地吐氣甩頭，踢踢腳，但發覺果真沒有任何的羈

絆之時，它便大起膽來了，越跑越快，越跑越野，連我都發慌了追趕不上它的腳步。我埋頭在作文簿上瘋狂地寫起字，毛筆尖劃過紙頁唰唰地響，墨汁染黑了我的指頭和手腕，也來不及去擦，因為我正在寫自認為是生平的第一篇小說，而且必須趕著在下課鈴聲打響以前，把它寫好。我連停下來喘口氣的時間都沒有，到了後來，簡直就像是手中的一支毛筆在自動書寫似的，而我只能坐在一旁發愣。

當下課鈴響，我幾乎寫光了大半本作文簿，畫下最後一個句點，把簿子交到講桌上，好像把自己也一併交了出去，滿身大汗虛脫又空無。我這才發現國文老師早就在下課前溜走了。我木木然地收拾書包回家，然而真正的痛苦才要開始，接下來的一週，我從早到晚淨想著那本作文，回味自己寫過的每一字每一句，一直到老師終於批改完，簿子又發回到我的手中為止。我打開來，看見這篇作文卻拿到非常低的分數，極有可能是全班最低分，而評語只有一句話：這是在上課時間完成的嗎？

我把簿子啪地闔上，感覺被徹底羞辱了。但回想起來，拿低分是公平的，我自認為生平的第一篇小說，內容迂腐到可憐又可笑。那時正流行大陸文革傷痕小說白樺的《苦戀》，而我不自覺地照章模仿，寫一個年輕時投入革命，卻在歷經創傷之後才終於返鄉的男人，在寒冬深夜走下火車，踏上故鄉的月台，大雪紛飛，落在他蒼蒼的白髮上，而寒悵的街道寂靜無人，兩旁睡在潔白雪中的屋舍，比起他當年離開時還要更加的殘破幾分，但物是人非，親友俱往矣，他已無家可歸，最後一人凍死在茫茫的雪地之中。寫到末了，我自以為寫得入戲，為之顫動唏噓不已，但老實說，十七歲的我從來沒有看過雪，更不知道革命和蒼老究竟是怎麼一回事？所以充滿了虛偽矯情卻不自知，難怪國文老師看了後要嗤之以鼻。

然而，我卻又如此清楚地明白，這篇小說之於我的真實和熱情，我其實是把文字當成了一條黑色的鐵軌，一路往前鋪設直到天邊，鋪到了在我想像中那一座冬夜裡的火車站，一個孤獨的旅人站在月台上，大雪撲天蓋地落下，而他不知從何而來，又該要往哪裡去？就在那個炎熱的秋天下午，我的心中不斷飄起無聲的雪，幽靜而且寒冷。

這幅畫面或許就是我對於小說的最初認知。文字幫助我逃離此處，逃往一個不為人所理解或是同情的地方。他們甚至會對此不屑一顧。但我以文字鋪軌的信念既強大又盲目，也不知究竟從何誕生？只是從此以後，我只會把這一條路留給夜中的自己，而再也不曾在任何一個老師的面前袒露過，也不曾再在作文課上寫小說。

　　這一條祕密的鐵軌只有我知道，它通往想像的銀河。而想逃的意念從來沒有斷絕過，生活總是在他方。但有時它也會和現實世界的具體畫面合而為一，於是我總是離開家，背著小背包，就從北投站跳上一列北淡線的火車，然後一直往後走，往後走。

　　我們不喜歡往台北城的方向去，而是要一路向北，往島嶼邊緣大海和山的盡頭，好像從那兒就可以漂流出海，一直流到看不見的地平線之外。於是我們在車廂中跌跌撞撞地往後走，慢車一向搖晃得非常厲害，發出哐啷哐啷的聲響，全身的機械螺絲和零件都快要散開來似的，我們就這樣走過了一節又一節的車廂。因為這裡已經是北投了，遠離市中心，而大多數搭火車通勤的人，也都早在士林和石牌下車了，再過去，就是復興崗、關渡、竹圍和淡水，火車上幾乎沒剩下多少乘客，全成了我們的天下。

　　車廂內墨綠色的兩排座椅大半是空蕩蕩的，如果上面坐著人，也多是些孤零零的老人，默默地瞪著窗外的景色發呆，要不然，就是一些頭戴斗笠的農夫，他們的腳旁放著一只扁擔，兩端的竹簍裡塞滿了綠色的青菜。那些青菜都是剛從田裡拔出來的，一片片蓬勃深綠的葉子舒展開來，溢滿了整個簍筐。我們一走過去，葉子的邊緣輕輕擦過腳踝，就把那一股淡淡的泥土腥味和潮濕的青菜味，全都留在我們身上了，一直等我們走到了車尾，都還聞得到它。

　　是的，我們聞得到它。那濕潤的黑色土壤，蒼綠色的草山，隨著海風依稀飄散的硫磺味，以及紅樹林的沼澤，淡水河口白茫茫的煙霧、沙灘以及大海。這一列火車從台北城出發，穿過了綠色的平原，貼著山巒前行，一路就來到了河口的出海處。它的車身沾滿了一路上的氣味。我聞得到它。這是一列如今已經消失了的，但卻還一直留在我鼻腔深處的

北淡線。

於是我們最喜歡跳上火車，一直往後走，往後走，走到最後的一節車廂，在車廂末端有一個小小的車門，把它打開，風便呼嘯著一下子狂灌進來。在門的外面又有一座小小的平台，才不到五十公分深，三邊圍著鐵欄杆。我們在平台上坐下來，也不怕弄髒衣服，我的黑色百褶裙制服在風中亂舞，我把它夾入兩腿的中間，坐在火車的尾巴，然後把一雙穿著白襪和白鞋的腳，伸出平台之外。望出去，一條黑色的鐵軌就在我的腳底下，當火車的速度越來越快、越來越快的時候，鐵軌好像也就跟著激動了起來，化成了一條黑色的粗蛇，劇烈地左右扭擺，我幾乎可以聽見牠發出霹哩啪啦的聲響，憤怒地追趕起這一列火車，好像要一口把我的雙腳吞掉似的。

我們瞪著那一條鐵軌，一條生氣莽莽的黑色巨蛇，一路綿延到了天邊，不禁驚駭得笑了，然後迎著風，便嘩啦啦地對著鐵軌唱起歌來，不成曲調的，又叫又笑，喊到喉嚨都沙啞了，反正除了鐵軌以外，也沒有人聽得到，我們根本就不用害羞，也不會害怕。

不知為了什麼，我們老喜歡揀冬日的黃昏跑去淡水，而那時的天空總是灰濛濛的，海風撲在臉上一點也不舒服，又冷，又膩，又鹹。但這或許是我的記憶欺騙了我。原來，我們在夏日也去海邊的，只是明媚的艷陽、穿著泳裝嬉戲的人群和閃閃發光的沙灘，卻全都被我給遺忘掉了，而如今，只剩下淒冷的冬日、蕭條無人的沙地和數不盡的招潮蟹，在我的腦海中磨滅不去。我聞得到它，也看得到它。青春的北淡線，在年少輕狂的歡笑之下，彷彿更多了一點點難以言喻的、莫名又浪漫的哀傷。

就像許多台北長大的孩子一樣，我生平第一次看見海，是在淡水的沙崙海水浴場。大海，從此不再是書上的彩色圖片，或是一個個黑色鉛字堆砌起來的符號，它開始在我的面前真實地流動起來，有了呼吸，有了氣味，有了溫度，有了濕度，它一直流到了我的天涯海角。

在沙崙，沒有美麗的銀色沙灘，沒有蔚藍的大海，也沒有雪白的浪花，就連潔淨的貝殼和鵝卵石都沒有，這裡的大海和我們從故事書或電

影上看到都不一樣。也或許，它並不算是真正的大海，淡水河在這一帶出台灣海峽，而留下了三面黑色的沙丘和泥濁的鹹水，所以那兒的浪也並不算大，它嘩啦啦地時而漲上來，時而又神祕地往後退，沒有人知道它究竟要退到多麼遠的地方。它看上去非常平靜，波瀾不驚，但規律地一來一去、一進一退之間，卻又暗藏著可怕的漩渦，駭人的，在天空與大地之間發出嗡嗡的迴響。

如果沉到沙崙的海水裡，你什麼也看不到，因為這裡的海水多半是黯淡的，就算夏天的陽光照射下來，也無法把它穿透，反倒是會把所有的光芒都吸收掉了似的，只留下來一股鬱鬱的黑。那黑，卻自有一種奇特的魅惑力，它吸引著我拉起裙角，一直要往大海深處走去，直到海水淹沒了我的膝蓋，一下子忽而湧上來，打濕了我的腰。海邊的風淒厲地刮起我的頭髮。我彷彿看到一八八四年秋天的早晨，法國軍隊就是在這兒登陸，和清軍發生一場激烈的血戰，潮汐的巨大落差把他們全都捲落到海裡。我渾身又濕又冷，兩條手臂都在發抖，卻忍不住還想要繼續往前走。就在那混濁不清的海水之中，似乎躲著一雙手，他抓緊了我的腳踝，一直把我往那片神祕的大海拖去。我被魘住了。

十七歲的我們，確實是被那片大海魘住了。幾乎每個禮拜，我們都要從北投跳上火車，一路沿著淡水河，經過那時才剛落成不久的鮮紅色關渡大橋，經過河邊綿延不斷的茂密紅樹林，往沙崙那黑色的懷抱裡跑。尤其是到了秋天的末尾，我們從淡水一路晃到淡海，而那時的海水浴場已關閉了，海邊一個人都沒有，冷得人頭皮發麻。我們繞過沙崙的正門口，沿著一排鐵絲網，向左走到盡頭靠近沙丘的地方，那裡的網不知被誰剪出來一塊小小的缺口，正好可以讓一個人通過。我們從洞口鑽進去，穿過林投和黃槿，一邊跑一邊把鞋子脫下來，打赤腳，在冰涼的沙灘上狂奔起來，瘋了似地大喊大叫，比賽看誰最先跑到海水裡。而那時的沙灘上也還全是密密麻麻的招潮蟹，伸出泛紅的大螯，我們一跑過去，它們全唰地一下躲進了小小的洞裡。洞口堆著可愛的沙土──在這一片看似死寂的黑色沙灘上，居然也蠢動著無數不安的生命。

當黑夜來臨，我們把零用錢全掏出來，湊在一起向小販買了上千元

的煙火，立意要給十七歲的自己一個最美麗的沙崙之夜。我們點起了火把，宛如祭司一般魚貫地走上那一道如今已然坍塌的木頭平台，一直走到海的中央。黑色的海與黑色的天在眼前流成渾沌一片，天地鴻濛，泯滅了所有的疆界，只把我們包圍在正中央。我們在平台盡頭蹲下來，放煙火，高空中炸出來一朵又一朵巨大燦爛的火花，而我們仰起頭望著，被震呆了也震啞了，卻忽然興起一股莫名的悲壯，在火光的照耀之下，青春的臉龐上全掛滿了淚，連天地也要為之顫動。就在那一刻，苦澀的海水、鹹濕的海風，一波波從黑暗中嘩然湧來，如泣如訴，也彷彿填滿了我們心底說不出口的虛無與空缺。

作者簡介

郝譽翔，國立臺灣大學文學博士，自幼聰慧，喜好文字，目前任教於國立臺北教育大學語文與創作學系、臺灣文化研究所教授，教授文學創作與現當代小說相關課程，並從事寫作。

郝譽翔的小說被歸類為女性都市文學範疇，散文則多屬旅行與家族史書寫。曾獲中國時報開卷年度好書獎、聯合文學小說新人獎、時報文學獎、中央日報文學獎、臺北文學獎、華航旅行文學獎等，囊括所有的文學獎項，文采備受推崇。著有小說集《幽冥物語》、《那年夏天，最寧靜的海》、《初戀安妮》、《逆旅》、《洗》；散文集《一瞬之夢：我的中國紀行》、《衣櫃裡的秘密旅行》；電影劇本《松鼠自殺事件》等。

書籍導讀

郝譽翔《溫泉洗去我們的憂傷——追憶逝水空間》，寫作手法仿效法國普魯斯特（Marcel Proust，1871年7月10日-1922年11月18日）《追憶逝水年華》，用時間的流逝為主軸，將跳躍的人物貫穿其間。普魯斯特常為某一事件花鉅大篇幅娓娓細書某個場景，為的是讓那些悠悠逝水年華，可以具象重現（represent），讓它化為永恆的心田。郝譽翔則傾縱才情，一任書寫而下，她不像普魯斯特在失眠的夜晚構思曾經有過

的種種幸福，這書與其說是追憶，不如說是坦然地回首曾經的不堪。同樣是追憶，跟普魯斯特追憶的主題卻是迥異的。

　　此書應該是作者自傳式的作品，以散文的書寫形式，卻是小說式的敘述內容。描述一個母親獨力撫養五個女娃，跟會標房出租，轉手買賣賺差價，耳濡目染，也練就作者在城市叢林打拼的模式。書中的內容，圍繞在作者雙親、手足與其成長歷程。對作者恩情最深的人，是母親，但作者情感的依靠卻是父親，在離異的親情中，母親給了他們最深刻的愛。這是家庭式的小說，破碎家庭承載了人必須活下去的本能掙扎。

　　書寫，可以療傷，可以回溯，可以凝視。作者在回憶的場景中，細膩的刻劃光線、氣味及種種地景，藉由文字重構過去滄桑的印記，筆觸十分細緻，在生命的回溯歷程中，憂傷畢竟難以真正洗去，但是透過書寫的療癒形式，在時光如溫泉的迷濛與蒸騰後，終能看到生命中希望的亮光。

篇章內容賞析

　　〈青春的北淡線〉，作者回憶高中時，蹺課搭北淡線火車去淡水玩鬧的記憶。作者寫的是高中生的浪漫與虛空幻想，與幾個男女同學搭火車去淡水玩。文章是從她的一篇在課堂一氣呵成的小說，被國文老師說得一文不值，憤而自我放逐到淡水吹風戲水，藉著對海的狂嘯，對風的呼喊，戲水的追逐，濕透的衣鞋，高聲呼叫的吶喊，來表達一切的荒謬。

　　作者在這篇文章的巧思，可以從以下幾點來認識：

一、善用白描。作者從課堂的一篇小說挫折，轉成放蕩無羈的構思，真是天外飛來的巧思。我們每個人都有挫折，大多只會生悶氣，關在陰暗的房間哭泣，但作者不想回家，她的家從小就不完整，公寓陰暗得像鳥籠，還有隨時出現又消失的姊姊們。母親整日忙於賺錢，父親是年節才出現的。作者也就學會「出路」——出去才有路。

二、善用隱喻。作者將被國文老師否定的文章字句轉成是鐵軌，就是天才式的聯想。鐵軌與文字是兩行間距，而且都是黑色的，這是很巧妙的隱喻（metaphor）。王夢鷗（1907-2002）說：「成為創作隱喻之大家，乃目前所知最為殊勝之事。此既不能學自他人，亦是天才的表徵——因為好的隱喻暗示了在差異中直覺式地察知類似的能力。」這是作者善用隱喻之處。用文字長河隱喻北淡線鐵軌，這是作

者抒發青春律動的天才式書寫。余光中說「記憶像鐵軌一樣」，青春的長河不也是如此的綿密又生生不息嗎？

三、運用對比。作文簿的字是平面的，是被否定，死的；作者是活人，是躍動的，是有無限的生機在醞釀的。家在北投的她，把自己投向與臺北城相對人煙稀少的淡水，甚至淡海，這也是一種對比。

在全文書寫中，作者讚頌著青春。火車的奔馳，風的狂吹，肆無忌憚地笑浪，都是他們青春的印記。在少年鬱抑的苦悶歲月裡，奔馳的北淡線，作者終能暫時拋除煩憂，展現青春的痛快輕狂。（陳金現導讀）

教學活動設計

一、說一段坐火車的感受與經驗（包括為何坐火車？車上想什麼？與誰一起搭？
　　若自己一個人，描述周遭景物的心得）。

二、請你擬一份火車之旅的活動企劃書。

〈爺爺手工蛋餃〉

《留味行：她的流亡是我的流浪，以及奶奶的十一道菜》／瞿筱葳

　　從來沒有見過的爺爺，在我出生前六、七年過世，那是爺爺退休前一年，出差時心臟病發。奶奶為此很氣隊長讓年紀大的爺爺還去澎湖、花蓮各地到處跑。那時爸爸剛服完預官役回家，最小的叔叔才小學六年級，一同逃來台灣的奶奶本來說了隔年就要回上海帶媽媽來玩，沒想到幾十年後先生竟就在台灣永久歇腳了。

　　竹籬笆搭起的家要垮下來也是有重量。

　　五十歲的眷村婦人扛起這個家，一串孩子一個拉一個全部長大。

　　掛在奶奶房間的爺爺遺照是個圓臉淺笑的模樣，爺爺已經過世三四十年，過年過節燒紙錢給他的時候，奶奶開玩笑「老頭子早就投胎去了，還要燒錢給他嗎」。老人家嘴巴上很灑脫，又怕萬一爺爺在那裡真的沒錢使喚，每年照舊親手折元寶燒給爺爺。冥誕、忌日、每年五節，都要進入這手工金元寶的加工期，一邊看電視一邊折。

　　爺爺照片她也一直掛在臥室的電視後上方（多奇怪的位置），有時候覺得奶奶是在看電視，同時也在看電視上方的爺爺。這一對夫妻到老了還是作伴，丈夫永遠停在五十七歲，太太已經將近九十。

　　瞿順卿，是爺爺的名字，村子裡都叫他毛毛，長得漂亮，有人給姑娘相親，村子裡都會問「有沒有毛毛小叔漂亮啊？」那年代說漂亮就是帥，奶奶會說起這段顯然還是對自己的丈夫有些驕傲的。他們是表兄妹，爺爺是奶奶大姨媽的兒子，那年代這樣的親事還是親上加親事。

　　口述過程裡，奶奶有時會把爺爺講成膽小又畏縮的丈夫，顯得她是個上海大女人樣子。歷史就是這樣，一個人一個版本，先走的吃虧一點，幸好兒子女兒們都為老爹平反，要我別只照奶奶的說法寫。

　　奶奶唯一說過的爺爺好處，就是他耐心。要體會他的耐心，就要作

蛋餃。蛋餃大白菜從小吃到大，一直當成是珍貴菜色，後來才知道這原來是上海本幫菜中的農家菜。仔細想想，又是蛋、又是豬肉、又是大白菜，食材的確平凡，可是它在我心中一直有大器風範。

蛋餃不是市面盒裝火鍋料的那種慘白無味的扁平小家子氣蛋餃，我們自己手工一顆一顆做起，再用白菜加上了木耳荸薺香菇一齊燴成一盅，金元寶似的大蛋餃亮澄澄地，端上桌立即光芒四丈。夾起一個蛋餃咬下去，光芒又會在臉上散發，吸飽了蔬菜香菇鮮汁的肉餡包裹著蛋皮，真是令孩子們滿足。

一個大男人蹲在煤炭爐前小板凳上，一顆一顆蛋餃仔細煎閤攏，是什麼模樣？是要過年了，該給孩子嘴角都抹上一絲豬油香的心情嗎？一次只能作一只蛋餃，這麼耐耐心心的工作，讓我每次做這道菜，心裡都得先沉澱一番。

家裡做的蛋餃蛋汁要先打得極散，再讓泡沫消去；絞肉要選五花肉，加入一點高湯攪拌勻了，再調味。奶奶教我做的時候，顯然沒有耐心，那時她已經八十歲了，讓她站在廚房一個蛋皮一個餡地做蛋餃，是有點吃力。她做的有大有小，後來越做越大，大概是想快點做完。

那是一次參加網友的聚會，說明每人要帶一道菜。我左思右想，必須要以高規格對待，央求奶奶教我做蛋餃。那天從中午開始，就打蛋、攪肉餡、準備菜料。我們祖孫倆站在爐邊分工合作，奶奶吩咐我舀豬油一小匙入鍋，她就舀一勺蛋汁一匙絞肉緩慢製作蛋餃。最後再起鍋炒蔬食，小火燉煮把所有味道融成。

捧著一鍋蛋餃，老遠地坐了捷運到了友人家，打開門撲鼻而來的是肯德雞。有人直接搬了一整桶炸雞權充一道菜，理所當然地擱在大餐桌的正中央。我那盆費時的手工蛋餃好似打扮過於華麗踏進早已取消dress code派對的尷尬人。

不過也因那機緣，我才有機會央求奶奶教我這道菜，平常她只在除夕下午做，但除夕下午是她的戰場，戰士是不會一邊打仗一邊教學徒戰術的。那個春天午後，我們一邊做蛋餃，奶奶一邊說爺爺做蛋餃的往事，這樣的記憶，可以記得一輩子。

除了蛋餃，手巧的爺爺沒浪費他的白鐵專業。他在機場修飛機，回到家在院子裡經營副業製造煤油爐，銷量很好，他也兼做一些白鐵器具。爸爸從廚房壁櫥深處撈出了一只不鏽鋼水壺，很平常的一只壺。這是爺爺手工打造的壺，也是家裡唯二留下的白鐵手作品，另一個是白鐵製的筷子桶，我還使用著。這個就是讓爸爸收在霉味壁櫥裡的水壺。捨不得丟，又不知道該如何用，老爸贈與了我，他也知道我愛老東西。

眷村牆矮宅密，瞿順卿帶著幾個同事部屬展開副業在院子裡敲敲打打，不久就被抗議了，太吵了，而且大家都過窮苦的日子，人家看你們賺錢會眼紅。

但你看這白鐵壺的壺身，需要先弄成一個型，看收口就知道，每一個弧度都要精密，否則蓋子可蓋不上壺。要做得好，敲打的聲音一定停不了，每個轉角手工痕跡沒有停過，五十年前的壺，拿在手中有一點沉。

爺爺的心細認真，用在修飛機時，現實主義的奶奶在四川卻抱怨過。當時的工作很嚴格，轟炸機不能起飛要修好為止，每天要準備好、裝備好，試不動的技工就在那裡修，不能走，敵機轟炸了還是要等在那裡。爺爺顯然認真非常。

奶奶說爺爺「太老實啦！工作做得很仔細，當然不調動你，讓你一直待在軍機場修飛機。那些懶的人通通調去中華航空公司，勤快的留守到空軍八大隊解散」。奶奶當然希望要是到了條件優厚的民營單位，生活可以好一點。爺爺回嘴：「都像妳這麼想，國家要亡了。」奶奶不服：「都靠你，國家就打勝了。」

國家，不知道算不算亡，兩人也都沒說錯。大時代夫妻鬥嘴，隨口都像預言。

對不曾謀面的爺爺，所有聽來的故事最後成為一個想像的印象，電影場景般的感情投射。那是在新竹眷村的小院子，人在鏡頭正中央，爺爺在自己做的煤油爐前做蛋餃，很安靜只有鍋勺和火爐的聲音，蛋餃是黃金元寶，下午的空氣裡閃亮亮有豬油香氣，光微微，透過屋頂灑在爺爺身上。

作者簡介

　　瞿筱葳，出生臺北，倫敦大學Queen Mary College知識文化史碩士。曾任職環保團體、媒體，現為影像工作者，參與多部國際頻道紀錄片製作，包括Discovery頻道《台灣人物誌：林懷民》、《台灣人物誌II：黃海岱》等。

　　2009年以「重返祖母逃難之路」主題獲得雲門流浪者計畫補助，進行為期九十天的旅行。2011年出版《留味行：她的流亡是我的流浪，以及奶奶的十一道菜》一書。

書籍導讀

　　死亡帶走記憶，這還不止，連吃了三十餘年的熟悉味道也一起帶走了……

　　《留味行：她的流亡是我的流浪》，關於書名，作者說：「思考書名的時候，與家人編輯討論良久，沒有定論。終於有一天，我突然想到，奶奶的名字『留雲』多麼美，多有情。雖然雲無法留住，味道總可以吧，我的旅行也正是想要尋找並留下味道的一趟旅行，取其『留』意，就有了『留味行』三個字。不僅留住味道，也用書名記憶奶奶的名字。」

　　時光回到1939年，當年作者的奶奶徐留雲只是個二十一歲的上海姑娘，未婚夫已撤退到重慶，此時上海已經危在旦夕，因此她與另一個女孩飄洋過海、渡船搭車，從越南經雲南到四川找未婚夫。七十幾年後，因為思念，她花了三個月時間，從臺北出發，一路行經越南、昆明、重慶、成都、宜賓、南京、杭州、最後回到奶奶出生成長的地方，上海。將祖母當年逃難的路線重新走一遍，重新嚐一遍祖母的家鄉菜，才發現原來家裡吃得幾乎每一道菜，都是奶奶故鄉的味道。

　　《留味行》一書記載了這趟旅程，分成四章外加一本彩色食譜——奶奶的十一道菜，融合了大時代的歷史、與奶奶相處的點滴以及旅程中的所見所聞，不僅是尋根訪舊之旅，也是祖孫之間的深情回憶。

　　作者說：大家都問，出去前後變了嗎？旅行的人彼此詢問，留在原處的人也問。回到生活，一切都變了又一切都沒變。在離去與返回的這段缺口改變的人事物，並沒有因為你不在而強度削減。而獨自行走時的歷程，對別人來說也都是缺口。「你到底看見了什麼？感受了什麼？改變了什麼？最喜歡哪裡？你還是不是原來的你？」

作者說：我很難回答這些問題。

　　在本書〈後記〉，作者意識到：「在更大的時間裡，一輩子的相處也只是擦肩。」我們先來後到，都是旅人。而我的旅行與書寫，無非就是想延長這擦肩的細節與感受。如果幸運，有人讀了有些感受，也回去珍惜自身的擦肩緣份。而最幸運的是我，我因此有了專心書寫專心做菜的一段時光。

　　老人家煨著小火的爐子，終於熄了。

　　該我點上爐子，繼續煨一鍋暖暖的好湯。

篇章內容賞析

　　由於父母赴美求學，瞿筱葳自幼由奶奶帶大，與奶奶感情甚篤。奶奶像是永恆如常的存在，於是絮叨的過往歷史，以及烹煮出來的好味道，都是生活中習以為常的元素，不以為意。直到奶奶離世，作者才明白，原來對奶奶的了解那麼少。在奶奶生前，來不及仔細問她，僅有父親寫成的口述歷史、片段零散影片與食譜，傷心的她想要更貼近奶奶走過的路、嚐過的味道，於是出發尋找奶奶逃難的蹤跡，用這趟旅程來彌補，延續和奶奶的相處。

　　本文從「旅行的記憶」出發，作者表示，某些奶奶拿手菜的起源都是奶奶對上海家鄉的回憶，像「爺爺手工蛋餃」即是從上海本幫菜中的農家菜色演變而來，以雞蛋、豬絞肉做成的餃子，佐以大白菜、木耳、香菇、荸薺、高湯一起燜煮。文末附上照片和食譜，步驟簡單易學。

　　作者從未見過爺爺，只能透過遺照和奶奶的描述認識爺爺，本文透過奶奶口述，回憶爺爺的長處——耐心，就是透過製作蛋餃，自製的純手工蛋餃，一顆一顆像金元寶似的亮澄澄，吸飽了蔬菜香菇鮮汁的肉餡裹著蛋皮，每一口咬下臉上都會散發光芒。作者說：「一個大男人蹲在煤炭爐前小板凳上，一顆一顆蛋餃仔細煎閤攏，是什麼模樣？」這麼需要耐心的工作，作者也因此得以在腦海中建構出從未謀面的爺爺樣貌。

　　文末穿插描述爺爺除了手工蛋餃，另一項專長為製作白鐵器具，包括煤油爐、不鏽鋼水壺、筷子桶……，五十年前的壺，拿在手裡有一點沉，而這樣的沉，不只是心理的回憶，更多的是對於不曾謀面爺爺的情感投射。（李興寧導讀）

教學活動設計

　　瞿筱葳說：「走過二十幾個城市、吃遍沿途美食，才知道我們可以很容易地紀錄聲音、影像，卻很難紀錄味道，但最能讓人馬上回到記憶現場的，卻是味道。」你有沒有曾經品嘗某一道菜時，突然想起家人和熟悉的味道？請以「記憶中的味道」為題，仿《留味行——奶奶的十一道菜》形式，記錄一份專屬於你的家常食譜，以及熟悉的味道和人物的回憶。

〈南投・竹山——上山找茶〉

《小地方：一個人流浪，不必到遠方》／賴鈺婷

 驚蟄天暖地氣開

春雷敲醒意念，也擂動思念的旅程。

　　茶園主人俐落地將沸水倒入壺中，搖壺靜置數秒，又徐徐將茶湯依序倒入面前聞香小杯。他拈起杯緣，遞香而來，熱氣氤氳蒸暖他的臉色，酡紅的雙頰洋溢著待客的和氣。接過茶，我用指腹小心翼翼拿取一杯樸實的盛情。

　　茶的品種差異，我是不懂的。但自幼隨父親飲茶，卻也喝出了同輩所不及的家教素養。父親常說，我的嘴刁，愛惡分明，喜歡的頻頻稱好，不愛的喝完一杯就說「飽了」。他愛帶我四處去找茶、試茶，茶農老闆只當我是一般喝茶解渴的小孩，他卻很重視我的意見。接連試茶時，父親會要我猜哪種茶較為高價，猜中了他總是樂得哈哈大笑，說我悟性高、品味好。猜錯時，他也跟我站在同一陣線，疑惑地請教老闆其中奧妙。耳濡目染之下，我漸漸知道品茶是一種雅興。茶金的高下，未必全然等同於茶的好壞。如同千里馬遇見伯樂，好茶也需懂它的人品嚐，才能知其佳美之處。

　　「喝起來歡喜、順喉，就是好茶。」父親相信人與茶的遇合，少不了緣分牽引。能喝到一杯好茶，是一種福分；有坐下來品茶的工夫，是前世修為換來的福報。記憶所及，我們常於雲深不知處的山間小路兜轉半日，在霧氣繚繞的重山疊嶂中，尋路，找茶，探訪深山橫翠間的高人隱者。迷路是常有的事，這一彎，下一轉，左岔或右拐，車行於霧起霧散之間，猶如悄然駛入迷濛的神仙幻境。產業道路顛簸難行，時有積雨

泥濘，甚或落石坍方，但這都無損父親上山找茶的熱情。

尋道問茶，他是任性瀟灑的俠客，身邊卻又帶著我這小女孩。我成了他的特徵標記之一，老茶農記性奇佳，還跟父親說：「這個囝仔你一定很惜命，每次都帶她來。」父親聽了，只是笑。他說我天性「愛哭愛隨路」，假使不讓我跟出門，可能會記恨他一輩子。我當時沾沾自喜，頗為得意，因為姊妹四人中，我最依戀父親，他似乎也最偏袒、包容我。我倚仗著老父疼寵稚女的愛，嬌蠻地跟前跟後，管東管西，成為父親如影隨形的牽絆。

喝茶養性怡情，豁達、好客、樂天更是種茶人普遍的性格。鹿谷、梨山、名間、杉林溪、阿里山等，印象中，臺灣中部處處皆有父親尋訪識得的朋友。山上樸實的種茶人，善良單純，他們看來就像是鄰家的叔伯姑嬸，路見外來客，總是熱情相待。我和父親，往往像闖入桃花源中的武陵人，好多次都是迷途中偶遇殷勤問訊的茶農、採茶婦，指點迷津之餘，還極度盛情邀我們到家裡喝茶、吃飯。

像款待自家的親朋好友，那真誠的情意不容推卸。在泡一壺熱茶之際，主人還會搜出家中各式茶點糖果聚在我面前桌上，抓一把讓我揣在手心懷裡，不時拉著我的手、摸摸我的頭，像對孫女般慈祥疼愛。

我喜喝茶，不嗜吃茶點糖果，這讓爺爺奶奶輩的主人驚奇連連：「怎麼會有小孩愛喝老人茶，卻不喜歡小朋友都愛吃的糖果呢？」頻頻對父親誇讚：「這麼小就曉得喝茶，怎麼教的，不簡單呢！」父親愛向人稱說我的喝茶初體驗：「幾千元的梨山茶，才泡好，就聽見嬰仔哇哇大哭，心想，給伊喝一小口看看。這一喝，不得了。差一點被老婆、老母掃地出門。彼時伊還未滿歲……」，父親繪聲繪影說著他毫無育嬰邏輯的荒唐行徑，聽得眾人一邊打量我，一邊捧腹大笑。父親也因而結識了許多「陶然共忘機」的茶友、農友。

每當颱風來襲，風雨過後，父親總會一一打電話關心山區受災的情形。茶園、聯外道路，乃至於屋宅淹水損害的情形，他都一一詳問記錄。遇到撥打不通的情況，他總是一再重撥測試，一面擔憂地關注新聞報導。我在一旁看著、聽著，也跟著乾著急。電話撥通時，我和他同時

都鬆了一口氣。有時，他會把話筒交給我，我往往會學爸爸的口吻，跟電話那頭視我爲孫女的老者說：「要保重哦！等路修好後，再去山上找您泡茶！」

暴雨狂風肆虐之後，土石坍方、路基被淘空、沖毀……，道路受損中斷的情形嚴重，修復工程艱鉅耗時。父親記掛著上山探視茶友的承諾，不時惦念怎麼道路遲遲無法恢復通行。

對父親來說，上山找茶、買茶，不單只是一種嗜好及樂趣，在同飲一壺茶的共鳴裡，茶色香氣在杯盞間穿透感染。愛茶之人，一見如故，茶葉是話題的引子，浮蕩於空氣中的清香，消弭了彼此陌生的距離。茶湯甘美沁人心脾，徐啜緩飲間，人的質性脾氣，亦隨之流於形色。天南地北，四海五湖，在一盞茶的交會中，茶品相契、話語投機，皆可忘情忘我，如兄如弟。

尋茶，如尋一種生活，一種格調與態度的知音。超越一般買賣者的關係，父親一生喝茶，尋茶成癡，與茶農友人的交流點滴、情誼逸事，亦隨父親遠逝的身影，化爲無從追尋的回憶。孩提時，怎麼會曉得那些緊跟著父親上山喫茶的片段，將是有朝一日父亡之後，我獨自的漫漫人生中，賴以追索回溯父女往事的珍貴線索？

我太早慧，伶俐。太早忙於課業書本，忙於那些懂事小孩、學生該主動去做的事。成長過程中，不知不覺走出父親的羽翼，很少關心他，也無暇留意他的日常生活。泡茶，依舊是父親日復一日的生活面貌之一，但這不過是我腦海中想當然爾的畫面。如同所有力爭上游的學子，我一心一意想在升學體制中游出自我。我已不確定他究竟何時驅車上山，也不再知道他去哪個茶園，跟誰聊天買茶。同在一個屋簷下生活，我極少有閒情坐下來，也無興致，像幼時那樣自詡爲行家似地品味一杯茶。

父親的茶離我好遠。那種遙遠，是不知不覺的忽視，時間久了，竟會記不起它曾如何存在。幼時父親曾一心一意想培養我的品味，他說喝茶、識茶都需要功夫，每一口茶的滋味，都需要用心體會。會喝茶的人，喝得出層次、境界；不會喝茶的人，只問口味、價錢。他曾對我說

過好多諸如此類的結論，然而，我卻記得太少，忘得太多。

　　父親對我的教養、濡染，究竟還留存在我心底幾分？我看著眼前熱情的茶園主人，暗自想著。往事慢悠悠浮掠倒轉，我學父親上山找茶，在茶湯入喉成韻之際，隱隱然，彷彿找到久違昔日，遠逝的父親。

作者簡介

　　賴鈺婷，臺灣臺中人，大學就讀國立高雄師範大學國文系、其後以《文學創作意象質形同構類型論——以臺灣當代散文為討論中心》一文獲得國立臺灣師範大學國文研究所碩士學位，對現代散文研究頗有心得。除了研究之外，其創作更是不容小覷，散文作品屢屢獲獎，2004年以〈來去蚵鄉〉獲時報文學鄉鎮書寫獎，2010年於《幼獅文藝》撰寫「臺灣鎮鎮走」專欄，描繪行走於臺灣鄉鎮、聚落風貌間的情感體悟，廣獲佳評。2011年榮獲行政院第三十五屆金鼎獎「最佳專欄寫作獎」。近年作品收錄於《彼岸花》（遠流，2006年）、《小地方》（有鹿，2012年）等書，其獨特的城鎮散文書寫風格，帶給讀者不一樣的感動與思索，以靜謐的姿態，在最尋常的地景中，挖掘出最不凡的風貌。

書籍導讀

　　《小地方：一個人流浪，不必到遠方》一書為賴鈺婷近年在臺灣島內各個鄉鎮旅行中所見所感的散文作品。至親的離世帶給作者極大傷痛，在父親母親相繼亡逝之後，作者開始去走去看，那些與其家鄉一樣的小地方，從中其內心慢慢被釋放，被療癒，將對風景地貌的感悟轉化成情真意切的作品，頗發人深省。

　　書中的編排方式也頗有創意，以農曆中的二十四節氣：立春、雨水、驚蟄、春分、清明、穀雨、立夏、小滿、芒種、夏至、小暑、大暑、立秋、處暑、白露、秋分、寒露、霜降、立冬、小雪、大雪、冬至、小寒、大寒等進行排版，散記她行腳臺灣的情況。歷時兩年光陰，她穿梭出入在農村、漁村、眷村、山林、海洋、濕地、茶園、廟宇、部落、街市之中，其間臺中、南投、苗栗等地是她描摹較多的地方，或許與她的出生成長背景有所關係。

如果說人總是等到失去些什麼，才會覺醒想要尋回些什麼——這似乎正是作者決定離開生活十年有餘的臺北、返回家鄉臺中的原因，誠如臺中大里〈七將軍廟〉一文所言：「『家鄉客』的陌生感太過巨大，在一遍遍村鄉對答中，我才驚覺星移物換，我能依靠的，僅只是童年時期微不足道的記憶。」家鄉成了異鄉，近鄉情怯，使得作者內心百感交集，於是用了兩年時間，四處遊走臺灣各地小鄉小鎮，貼近土地與生活，找尋情感與記憶的連結，從中找到自己內心深處得以溫潤穩定的原點。

本書文筆柔和流暢，以小地方的人情風貌，帶給讀者不一樣的感動與省思，加上書籍編排精美，圖文並茂，閱讀起來非常暢快淋漓，可謂為「旅行文學」的上乘之作。

篇章內容賞析

若說到臺灣的茶葉文化，相信大家一定聽過「凍頂烏龍茶」，此茶產於南投縣鹿谷鄉，此地為臺灣重要的產茶區域。凍頂茶歷史悠久，聞名中外，從清朝中葉到現在經過將近二百多年的發展，尤其最近十幾年來，在政府有關單位大力輔導及當地農民的密切配合下，「凍頂茶」已發展成為家喻戶曉、馳名中外的臺灣特產。

作者文中前半段細膩描述與父親在南投茶區喝茶、試茶的生活情事，試圖從一些小事捕捉對父親的記憶，如

他愛帶我四處去找茶、試茶，茶農老闆只當我是一般喝茶解渴的小孩，他卻很重視我的意見。接連試茶時，父親會要我猜哪種茶較為高價，猜中了他總是樂得哈哈大笑，說我悟性高、品味好。猜錯時，他也跟我站在同一陣線，疑惑地請教老闆其中奧妙。耳濡目染之下，我漸漸知道品茶是一種雅興。

筆觸雖平實質樸，但也將父女之情表露無遺，作者在四個姊妹之中，最深得父親喜愛，從小就跟前跟後，如影隨形，連老茶農都說作者是她父親的特徵標記，每次都帶她來，而父親也只找個說詞，回茶農說她「愛哭愛隨路」，陳述之間，將父親寵愛女兒，女兒依戀父親的情況自自然然流露出來。

隨著時間的推移，出外求學，遠離故鄉，走出父親的羽翼，作者以感傷的語氣云：

　　成長過程中，不知不覺走出父親的羽翼，很少關心他，也無暇留意他的日常生活。泡茶，依舊是父親日復一日的生活面貌之一，但這不過是我腦海中想當然爾的畫面。……父親的茶離我好遠。那種遙遠，是不知不覺的忽視，時間久了，竟會記不起它曾如何存在。

　　學業完成之後，在臺北工作，與父親的交流機會日趨減少，當時並不以為意，但隨著父親的遠逝，重遊舊地，人事已非，於是引發出作者諸多遺憾，其云：

　　孩提時，怎麼會曉得那些緊跟著父親上山喫茶的片段，將是有朝一日父亡之後，我獨自的漫漫人生中，賴以追索回溯父女往事的珍貴線索？

　　透過旅行的重遊，父女情緣又再度被引發，兒時與父親在茶區找茶、試茶的種種畫面立即浮現在腦海之中，頗令人感傷。經由旅行，作者得以捕捉父親的身影，療癒傷痛，故以「往事慢悠悠浮掠倒轉，我學父親上山找茶，在茶湯入喉成韻之際，隱隱然，彷彿找到久違昔日，遠逝的父親。」作結。作者透過上山找茶勾勒出如此深的愧疚感，無形中也讓讀者思索親情的重要，及時把握與父母親相處的時光，以免「風欲靜而樹不止，子欲養兒親不待」之憾恨情事。（曾敬宗導讀）

教學活動設計

一、分組活動：一首歌的故事

　　在課程講授完成之後，以組為單位，請同學用手機上網搜尋有關因「事物」而引發思念「親人」的歌曲，例如周杰倫〈爺爺泡的茶〉，又如翁立友〈阿公的茶〉，找到之後，互相交流，討論其意涵，十五分鐘後請同學上臺播放歌曲與進行心得分享。

二、課堂活動：茗茶識茶趣

活動目的：

　　領略傳統的茶藝藝術，透過不同茶種的茶湯、茶香與揉捻葉形等不同姿態，感受生活美學。

活動流程：

1. 泡茶體驗教學
2. 聞香識茶、觀茶辨異
3. 茶的情詩
4. 茶品，人品——生活哲學

活動成果：

　　請將泡茶品茗的經驗與感受，書寫一篇短文，文長300字以上。

〈灶神在家的滋味〉

《良露家之味》／韓良露

　　從童年開始，我就知道每家灶神愛吃不同的東西。像爸爸的灶神，是從他老家江蘇南通帶來臺北的，這個灶神愛吃江北煮得爛糊糊的麵，愛吃冬季裡過霜熬得稠兮兮的白菜，也愛用好多大蒜慢煨出來的紅燒黃魚，在臺北沒有東海的黃魚賣，爸爸只好買金門的大黃魚來祭灶神和他自己的五臟廟。

　　爸爸的灶神見多識廣，愛吃他鄉下老家用兩片厚厚蓮藕夾碎肉炸出來的肉餅，也愛吃過了長江的各種江南滋味，灶神和爸爸一起去過蘇州、南京、上海……忘不了蘇州拆蟹粉煮出的菜心、南京秦淮的鹽水鴨、上海的蔥燻鯽魚，爸爸的灶神也愛吃上海白俄人的洋餐，像羅宋湯、起司焗明蝦等等。

　　爸爸的灶神不會天天上工，因為爸爸是董事長，有時會在外工作應酬，但當爸爸有空時，灶神可就忙壞了——爸爸有時買來一隻野生的甲魚或河鰻，灶神就得陪著他好幾小時用秋天新上市現剝的果子燒河鰻燉甲魚。爸爸興起時，還要灶神陪他熬夜，用果汁機打泡過水的黃豆，用棉布濾渣，讓我們全家一大早起來就有新鮮的豆漿喝，還有剛蒸好的肉包子。

　　爸爸的灶神很喜歡請客，有一次爸爸在冬天預訂了一隻黑羊，在那年除夕晚開了好幾鍋涮羊肉，請爸爸那一船跟他從老家逃難來台灣的弟兄。我生日時爸爸的灶神也賣力演出，炸豬排、焗馬鈴薯、烤巧克力蛋糕，爸爸的灶神東方西方武藝都高強，把我的小朋友同學都收拾得服服貼貼。

　　爸爸的灶神做工很專業，但心態卻是業餘的，因為爸爸是老爺，愛吃愛做全憑己意，有時爸爸的灶神回天上去玩了，那時爸爸就天天帶

我們上館子，吃江浙菜、北京菜、上海西餐，還有爸爸的新歡：香港海鮮。

平常家裡爸爸的灶神不上工時，就輪管家陶媽媽的灶神演出，這個灶神是從廣東汕頭來的。陶媽媽說，她的灶神以前也是在自家的大戶中主饋的，但跟著陶媽媽來到台灣後，家道中落，得跟她到別人家幫廚。

陶媽媽的灶神有著嶺南閩菜的口味，像泥鰍鑽豆腐這樣的菜，就充滿了嶺南水田的回憶，雖然這道菜中也有陶媽媽傷感的生命往事。陶媽媽的灶神也愛做些奇怪的小菜，像韭菜炒鴨血、酸菜焗魚腸、鹹魚蒸肉餅，都特別適合送飯，因為陶媽媽要等我們這些小孩吃飽飯後，就得帶灶神回家去餵她自己的小孩。

陶媽媽的灶神任勞任怨，但她做工是為了養一家活口，因此陶媽媽的灶神很少即興演出，也不愛做大菜，做大菜是爸爸灶神的事，陶媽媽的灶神是公務員，上午來，晚上走，有一種無奈但認命的家常滋味。

爸爸的灶神有個情敵，經常跟著阿嬤一起來我家爭風吃醋，阿嬤的灶神據說祖上老家在泉州，但這一輩子落籍台南，如今跟阿嬤一起搬來北投。平常阿嬤的灶神和爸爸的灶神，一個住舊北投，一個住新北投，彼此相安無事，井水不犯河水。但當阿嬤的灶神從舊北投市場買了一大堆菜，風塵僕僕地提到新北投女兒家中時，爸爸的灶神就沒好日子過了。首先，阿嬤會對著冰箱一陣數落爸爸灶神做的菜不好吃，把剩菜（那可是爸爸灶神的寶貝）丟掉，然後換阿嬤的灶神主灶，完全是一副爭奇鬥艷的模樣，把阿嬤老家台南的各種有名大菜搬上陣，栗子河鰻燉成了當歸河鰻、醬燒青蟹改成了紅蟳米糕、砂鍋獅子頭變成了佛跳牆……阿嬤的灶神可不是普通貨色，當年大概跟湄州的媽祖是結拜的姊妹。

阿嬤的灶神的這番表現，完全是在和媽媽拋媚眼，要讓爸爸的灶神眼睜睜看到阿嬤的女兒開懷大吃，可比吃爸爸的灶神的手藝時更有胃口。

阿嬤的灶神治服媽媽有一套，畢竟媽媽從小吃慣阿嬤的灶神做的菜，但我們小孩卻三心兩意，一下子投靠爸爸的灶神，一下子向阿嬤的

灶神撒嬌，有時我兩邊都不睬，一心只想去外面和鄰居男生玩棒球，讓灶神的菜一旁涼快。

當我有時去阿嬤舊北投的家拜訪灶神時，發現在我家大展雌風的灶神，變成了個小家碧玉，愛做各種家庭小料理，因為阿公不愛吃大菜，只喜歡台南小菜配紅露酒。

阿嬤的灶神會在靠鐵道的半露天廚房中，用風爐烤烏魚子，切成小片夾白蘿蔔片，小鍋裡燉肉燥，澆在白飯上，要我在廚房外的菜園中現採地瓜葉，剝顆蒜炒一炒，順便給我一串烤香腸吃。

我很喜歡阿嬤的灶神在冬天時用米酒蒸甜糯米糕，米酒的香味飄來飄去，對小孩而言充滿早熟的禁忌，也喜歡清晨起來，灶神煎一片鹹魚配白飯，再喝一碗熱騰騰現煮的味噌豆腐湯。

等我長大後，才知道阿嬤的灶神不僅系出泉州和台南，還有和漢料理的日本血統，一直到今天，複雜的中日糾葛與兩岸情結都還在我的胃口中爭風吃醋。

從小，我就知道每家的灶神都遊歷四方、各顯神通，北投溫泉路老家附近住了不少媽媽的同事，每家都供有自己的灶神，那個年代，大家都住平房，灶神的滋味很容易出牆，我沿著各家的小巷中行走，一下子聞到曾老師家來自湖南的灶神在炒豆豉辣椒，想到她家灶神做的蒜苔湖南臘肉，我就流口水，還好我跟曾老師的女兒小毛是好朋友，我推開院子的門進去找她玩，往往就玩到晚餐桌上。

王老師家的灶神下起白菜水餃，也是很引誘人的，王老師的丈夫看到我，就會叫我進去一塊吃水餃，我學他口裡放一顆剝好的生蒜頭，再放一粒水餃，一咬辣得我流眼淚，我逞著強，連吃了十幾粒蒜頭連水餃，但王老師跟我同齡的兒子卻有山東大漢的豪情，可以一次吃五十粒水餃連蒜頭，只可惜那時電視上還沒有大胃王比賽。王老師家的灶神滋味媽媽最怕，每次我回家，媽媽都大聲小聲說我怎麼渾身大蒜味，不准我對著她的臉呼氣。

我一直對各家灶神的來歷興趣很大，促使我開始研究食譜，有如追蹤灶神的百家姓。長大後認識了個男朋友，去他家吃艾草糕、粉豆腐、

鹹豬肉、梅干扣肉，經我考證，我認為他家的灶神恐怕來自客家，但男友否認，說他是江西興國人。他從小認定的客家人都來自新竹北埔、高雄美濃，但我只憑飲食就斷定他是客家人未免荒謬，我一再叫他回家問，終於他的父親說他的媽媽的確是江西客家。灶神也許隱姓埋名，但灶神從來不說謊，每一家的滋味，灶神可都是記得清清楚楚，在灶神的世界裡，各家爐火上都供著祖宗八代的家譜。

作者簡介

　　韓良露，1958年生於臺灣高雄，籍貫中國江蘇，是臺灣著名作家、美食家、記錄片導演、廣播節目主持人與文化推廣者。在富裕家庭成長的她，十六歲即開始於詩刊發表現代詩，開啟寫作之門；臺師大歷史系就讀期間，曾自行組織、舉辦過一百多場影展，是當時文化界的一小則傳奇；隨後因家道中落，她轉而從事電視影集劇本寫作，並自行開設製作公司，製作多齣電視影集，寫作觸角廣及影評、散文等，屢獲臺北文學獎、新聞局優良劇本獎等多項殊榮；在三十二歲時隨丈夫至英國倫敦求學生活，而後至各國遊歷。由於熱衷研究食譜、食經，善將自身閱歷與感官經驗結合，以跨國文化比較的角度書寫美食，因此文字風格感性中帶有知性，語言表情豐富，以獨特的說食人和文化觀察者的深情告白，廣受讀者喜愛。2015年，這位朋友眼中熱愛旅行、勇於嘗試、無畏於表達自己的個性的奇女子，因罹患子宮體肉癌而病逝於臺北，結束豐富精采的一生。

書籍導讀

　　韓良露的作品包羅萬象，寫作觸角廣泛，從旅遊、美食到占星類，堪稱是跨界女文青！她的文字樸實無華，卻有一股率性和坦誠的魅力，尤其是那份伴隨美食而來的歡樂感，更是讓讀者津津樂道。但這一本關於家人與食物的小型回憶錄——《良露家之味》，寫作風格隨著至親的先後離世，流露出較多不捨的情味，以及「食物依舊，人事全非」的傷逝之感。

　　誠如作者在本書篇章〈人生七味粉〉所描述的一段文字：「日本人喜歡在吃烏

龍麵時，灑上從唐人學來的七味粉，我的食物寶島記憶也有調味的七味粉，只是我的調料並非唐辛子而是時光，不同的時光之味，組合成我的寶島味蕾之旅。」對作者而言，每一種食物因為時間的洗禮和人的感情，往往就能淬鍊出不同層次的滋味。只是食物的味道和人生的味道都是有盡頭的，所謂天下沒有不散的筵席，再豐美的家筵也會隨著親人的離世而徒留不勝唏噓的再三回味。

　　在強烈感懷的驅使之下，作者希望用文字記錄食物，不僅僅只是想要留住思念的味道，更是要留下家族的記憶。全書共有三個主題，分別是：傷逝之味、豐盛之味和永恆之味，透過父親的江蘇家鄉味、阿嬤的古早臺南味、母親的潤餅到管家陶媽媽的嶺南閩菜味，作者真誠的和讀者分享她所經歷的味覺之旅，無論是家庭的餐桌、角落的小店、母女或父女相依走過的街道，那一頁又一頁的食物尋味，勾勒出美好而雋永的畫面。

篇章內容賞析

　　根據中國傳統習俗，農曆十二月二十三（或二十四）日要送神上天，人們往往會特別祭拜灶神，希望祂上天多說好話。〈灶神在家的滋味〉一文中，作者回顧生平飲食的經驗，就以民間供奉於廚房，掌管一家禍福、財氣的神祇出發，幽默而詼諧的寫出對家中長輩的思念之情。

　　歷數中國文學家中對美食抱持著熱情宣揚的爽朗態度的首推蘇軾，他曾以「饕餮」自居，其作品〈老饕賦〉更公開宣稱「蓋聚物之夭美，以養吾之老饕」，本文作者似乎也師承了東坡居士的風采，曾自云：「我的八字中有兩個食神坐命，這可不是迷信。我這一生彷彿有人在供養食神般，總是有命吃好。」供養這位文壇美食家的靈魂人物，就是作者的父親與阿嬤，他（她）們主掌了家中的廚房和飲食，彷彿灶神附身，不僅滿足了食神（作者）的口腹之慾，更造就出作者的飲食美學觀，即使老饕如蘇軾，或許也會稱羨不已！

　　在作者的筆下，「爸爸的灶神見多識廣，愛吃他鄉下老家用兩片厚厚蓮藕夾碎肉炸出來的肉餅，也愛吃過了長江的各種江南滋味……」，「爸爸的灶神不是天天上工」，「我生日時爸爸的灶神也賣力演出，…爸爸的灶神東方西方武藝都高強，把我的小朋友同學都收拾得服服貼貼。」他運用天真的口吻將父親這位灶神的個性、神態和形象等，描述得極富滋味！而另一位灶神——作者的阿嬤，在作者生動地描繪下，

化身為父親的情敵，為了寶貝女兒和孫女，經常到作者家和父親爭風吃醋：「當阿嬤的灶神從舊北投市場買了一大堆菜，風塵僕僕地提到新北投女兒家中時，爸爸的灶神就沒好日子過了。首先，阿嬤會對著冰箱一陣數落爸爸灶神做的菜不好吃，把剩菜（那可是爸爸灶神的寶貝）丟掉，然後換阿嬤的灶神主灶，完全是一副爭奇鬥豔的模樣，……阿嬤的灶神可不是普通貨色，當年大概跟湄州的媽祖是結拜的姊妹。阿嬤的灶神的這番表現，完全是在和媽媽拋媚眼，要讓爸爸的灶神眼睜睜看到阿嬤的女兒開懷大吃」，這段生動又逗趣的描寫，將阿嬤與父親爭相向家人大展廚藝的可愛情境，刻劃得淋漓盡致！

　　作者更進一步開始研究起各家的灶神，追蹤灶神的百家姓，並以前男友家中的飲食滋味為例，說明在灶神的世界裡，廚房的爐火上都供著祖宗八代的家譜。她將飲食和歷史文化考究等結合，再用諧趣的語言言簡意賅地告訴讀者：人的家鄉，其實就是在胃裡啊！不引經據典，不賣弄學問，作者用自己切身的經驗和生活思維，建構出獨特的飲食書寫風格，把縈繞心頭不去的那份思念，透過灶神的比擬，化為情味十足的良露家之味！整篇文章彷彿縮時攝影，不僅具體而微的呈現了飲食世家的風貌，更以流暢、諧趣及不造作的姿態，帶領讀者一同領會一場場美味的饗宴！（季明華導讀）

教學活動設計

一、短文寫作

以下文字描述是作家焦桐在回答讀者「如果要自比為一種食材，您覺得會是什麼？以及為什麼？」的答覆：

> 臭豆腐。
>
> 自從變成一個脾氣暴躁的糟老頭，愈發覺得跟一切體制格格不入，不易親近。年輕時因厭惡考試，險些沒大學念；從事文學傳播近二十年，才發現不適合在媒體混；在學校教書，因拒絕申請科技部研究計畫補助，無法休假也不可能升等……我好像應該躲到人跡罕至的小島隱藏起來。
>
> <u>越老越容易流淚，生氣起來如臭豆腐的氣味暴烈；憂鬱重度發酵過，難以相處。加上又嗜食辣椒、大蒜，很適配臭豆腐。</u>
>
> 我在《味道福爾摩莎‧臭豆腐》中講了一段不堪的經歷：「不久前，在捷運車廂上見到一位美麗的洋妞，我站在她面前盯著瞧，可能感覺到被人緊盯著，她抬頭望了我一眼，嫣然一笑。我被那笑容弄得心律不整，正在編織各種可能會發生的故事，悲慘的事發生了，她，她竟起身讓座給我。我覺得快崩潰了，她難道不知道一個中年男人的脆弱？」
>
> 不過，不謙虛的說，<u>雖然性格奇臭，外表像野獸，內心還是善良而且溫柔的。</u>

請同學發揮相關聯想，你覺得自己的個性、經歷和特質等，最像哪一種食材呢？請用類似焦桐的寫法，寫一小段文字，文長以100字為限。

二、引導寫作

　　蘇軾曾以食物之理暗喻人生：「甘苦嘗從極處回，鹹酸未必是鹽梅。」食物之味雖然是天生自有，但酸甜苦鹹種種滋味，往往卻因人、因境而異，苦盡甘來，甘苦相雜，鹽未必鹹，梅未必酸，人生亦然。韓良露也藉由「泥鰍鑽豆腐」這道廣東菜聯想到管家陶媽的人生「變成像在熱鍋中的泥鰍，拼命想逃，卻逃不了……。」請同學從推薦的影片欣賞中，思索飲食與人生的關係，並以「食在人生」為題，寫作一篇結構完整的文章，文長不限。（影片推薦可以由老師自行挑選，參考名單如下：《飲食男女》、《將太的壽司》、《巧克力情人》、《香料共和國》、《食神》、《芭比的盛宴》、《深夜食堂》等）

主題二

自然的聲音

導言

■薛建蓉老師

自1980年代以來，臺灣蓬勃發展帶動經濟起飛，隨之而來也衝擊了自然環境，各種汙染所造成的傷害，連帶居民的健康亦受到威脅，如何在經濟發展與環境保護之間取得平衡點，已成為大家關注的焦點。舉例來說，雲林麥寮著名的六輕工業區每年為臺灣賺進大把鈔票，然當地居民卻常因空氣汙染問題，前往六輕廠區前舉牌抗議，爭取呼吸權主張遷廠，像這樣經濟與環保對抗的場景，經常出現在臺灣的土地上。齊柏林《看見台灣》更是以空拍的方式，展演出臺灣的美麗與哀愁，試圖透過影像告訴觀眾，我們為了經濟利益改變臺灣的環境地貌，而這人為的破壞讓人怵目驚心，終將遭受大自然的反撲，值得深思。

對於「自然書寫」，吳明益在《當代臺灣自然寫作研究》（2001）給予明快的定義：「自然書寫是強調感官與心靈體驗的一種寫作方式。」這類型的創作特色，以自然界為寫作的主體，並以「自然」與人的互動為描寫主軸。透過作者「涉入」現場，觀察、凝視、記錄，從中發現自然的運作過程。最後以個人敘述形式呈現，如遊記、年鑑、報導等。不僅有文學的美感，更有超越人類的自然倫理觀，呈現生物的、環境的諸多風貌，與人類與之依存的緊密關係。

因為人與自然的不可分離，於是以「自然的聲音」為單元主題，擷擇與自然互動的六篇作品，除了關照自然生態的作品外，並以空間遷移的概念，涵蓋彰化、宜蘭到花蓮的自然體察，希望讀者從鄉土的情感認同，喚起對環境護育的認知。

〈玉山去來〉選自陳列《永遠的山》，主要描寫作者玉山登頂的經驗，作者用「洪荒」來比喻玉山不受人為破壞的天然美景。文中以聲音創造出攻頂者（人）與空間互相激盪出的心靈寧靜之感，並呈現玉山萬幻的風貌，這正是自然生態文學給予讀者動人的生命體驗。

〈【清明】【穀雨】〉，選自徐仁修《思源埡口歲時記》，以中部橫貫公路宜蘭支線上的思源埡口為點，描寫四月森林的樣貌，文中不僅介紹該地原生植物、動物的特色，更描繪氣候、環境與動植物間的依存關係，屬於自然觀察、反映環境變遷，及描寫生物特殊生態圈的作品。將動態畫面文字化，透過文字與讀者分享山林情趣之美，也記錄了臺灣山林日漸消失的自然景觀。

王家祥《四季的聲音》中〈秋日的聲音〉，透過季節、秋日的感受與自我的反思三個層次，來呈現四季的轉換對人心境不同的影響。展現出四季的律動，那不僅可觀察到動植物的繁盛，也看出季節造成自然的衰亡。人就在其中得到了禪悟，找到心靈的寧靜之感。

　　許多生態文學，多強調各地動植物遭到濫捕和濫墾後破壞的景象，而提出保育的呼籲。反觀王文進《豐田筆記》的〈蘇花公路與花東縱谷〉，則不同於其他自然生態類作品，作者針對花東縱谷、蘇花公路這兩個遊客最常造訪的地點寫起，是一篇對山景、海景細緻描繪的遊記。作者從自然景觀的描繪出發，透過文字的引領，對自然的壯闊感動且敬畏著，藉此引發讀者對生活周遭自然生態的重視。

　　蕭蕭《放一座山在心中》以報導文學的筆觸，寫出彰化地景種種樣貌，〈八卦山下的自然童玩〉從作者童年記憶出發，帶出農村的純樸、家族間情感緊密的記憶。藉由童玩與農村回憶式的書寫，企圖喚醒讀者人與自然的同生共存的記憶，捕捉人與自然依存關係中緊密連結的感知經驗。

　　張讓《一天零一天》中〈雪中過阿帕拉契山〉，記錄在阿帕拉契山突遇隆雪的經驗，藉由詭譎多變的天氣，書寫降雪的不便與困擾的感受，透過心情的擺盪到風景幡然驟變後，體悟人生無常的哲思。透過旅行中對自然事物的感知，重新對生命有了新的論證。

　　無論是描述臺灣之美，或是透過攀爬高山、行旅他國，領略到宇宙的浩瀚與人類的渺小，自然給予我們物質的資源，與精神的依歸，在造物者的懷抱裡，我們只能存著敬畏的心情，成為謙卑的子民，仰望著它無私地給予。

〈玉山去來〉

《永遠的山》／陳列

1

　　崎嶇的碎石小徑在無邊的漆黑中循著陡坡面曲折上升。我臨時隨行的一支欲登玉山頂觀日出的隊伍，自從出了冷杉林，進入海拔約三五五〇公尺的森林界線以後，已因成員體力的不一而斷隔爲好幾截；我看到他們的手電筒或頭燈的微光點綴在上下的數個路段上，在黑暗裡搖晃。那些不時閃現的人影、岩坡和低矮的圓柏叢，全如魅影般。

　　由於沒有了樹林的遮擋，風稍大了，夾著凌晨近四時的森冷寒氣，從難以辨認的方向綿綿襲滲而來。裹在厚重衣服裡的身軀，卻因吃力攀爬而是熱的。四周也仍相當安靜，只有偶爾從那寂寂黑色中響起的前後人員的傳呼應答，或是石片在暗中某處唰唰滑落滾動的聲音。我一邊聽那聲音在我身旁飄浮懸盪，一邊聽著自己的心跳和踩在碎石上的跫音，一步步地繼續往那黝黑的高處摸索。彷彿是史前地球上的一個跋涉者。

　　經過幾小段碎石坡以後，矮樹也漸少了，風，卻更強勁，陣陣拍打著身邊的裸岩，咻咻颼叫。我斜靠在一處樹石間休息，腳下的急斜坡掩沒在黑暗裡，而很遠很遠的底下，是數十公里外嘉南平原上和高雄地區依稀聚集的燈光。天空仍是濃濃墨藍，只有很少的幾顆很亮的星。

　　路愈往上愈坎坷，呈之字形一再轉折，沿鬆脆的石壁而上。我儘量調整呼吸，配合著放下每一個斟酌過的步伐。而就在這專注中，天終於開始轉亮，晨光漸漸，在我身旁和腳下開始幽微浮露出灰影幢幢的巉岩陡崖。驚懼的心反而加重了。

　　到達位於玉山山脈主脊上的所謂風口的大凹隙時，形勢大改。山野大地好像在我來不及察覺之際忽然在我腳下翻轉了半圈；上坡時一路被暗暝龐大的嶺脈遮住的東邊景觀，轉瞬間出現在我一下子舒放拉遠開來

的眼底裡。大斜坡、深谷、北峰，以及從北峰傾斜東去的山嶺，都在薄薄的曙色風霧中時隱時現。寒風囂叫，從那屬於荖濃溪源頭的谷地吹掃過來，沿著大碎石坡，直向這個風口猛衝。我緊緊倚扶著危巖，努力睜眼俯瞰錯落起伏的山河，心中也一陣陣的起伏。

然後，當我手腳並用地爬過最後一段顫巍巍破碎裸露的急升危稜，終於登頂後，我就看到那場我從未見識過的高山風雲激烈壯闊的展覽了。

2

這是四月初的時候，清晨近五點，我第一次登上玉山主峰頂。當我正是氣喘吁吁，驚疑的心神仍來不及落定時，山頂上那種宇宙洪荒般詭譎的氣象，剎那間就將我完全鎮懾住了。

一片洪荒初始的景象。

大幅大幅成匹飛揚的雲，不斷地一邊絞扭著，糾纏著，蒸騰翻滾，噴湧般綿綿不絕從東方冥冥的天色間急速奔馳而至，灰褐乳白相間混，或淡或濃，瞬息萬變，襯著灰藍色的天，像颶風中翻飛的卷絲，像散髮，狂烈呼嘯，洶洶衝捲，聲勢赫赫，一直覆壓到我眼前和頭上，如山洪的暴瀽吟吼，如宇宙本身以全部的能量激情演出的舞蹈，天與地以及我整個人，在這速度的揮灑奔放中似乎也一直在旋轉搖盪著，而奇妙的是，這些雲，這些放肆的亂雲，到了我勉強站立的稜線上方，因受到來自西邊的另一股強大氣流的阻擋，卻全部騰攪而上，逐漸消散於天空裡。

而在東方天際與中央山脈相接的一帶，在這些喧囂狂放的飛雲下，卻另有一些幾乎沉沉安靜的雲，呈水平狀橫臥，顏色分爲好幾個層次，赭紅的、粉紅的、金黃的、銀灰的、暗紫的，彼此間的色澤則細微地不斷漫漶濡染著，毫無聲息，卻又莫之能禦的。

然後，就在那光與色的動晃中，忽然那太陽，像巨大的蛋黃，像橘紅淋漓的一團烙鐵漿，蹦跳而出，雲彩炫耀。世界彷彿一時間豁然開

朗，山脈谷地於是有了較分明的光影。

這時，我也才發現到，大氣中原先的那一場壯烈的展覽，不知何時竟然停了。風雖不見轉弱，頭頂上的煙雲卻已淡散。好像天地在創世之初從猛暴的騷動混沌中漸顯出秩序，也好像交響樂在一段管弦齊鳴的昂揚章節後，轉為沉穩，進入了主題豐繁的開展部。

我找了一個較能避風處，將身體靠在岩石上，也讓震撼的心情慢慢平息下來。

3

啊，這就是台灣的最高處，東北亞的第一高峰，三九五二公尺的玉山之巔了，嶔奇孤絕，冷肅硬毅，睥睨著或遠或近地以絕壑陡崖或瘦稜亂石斷然阻隔或險奇連結著的神貌互異的四周群峰，氣派凜然。

名列台灣山岳十峻之首的玉山東峰就在我的眼前，隔著峭立的深淵，巍峨聳矗，三面都是泥灰色帶褐的硬砂岩斷崖，看不見任何草木，肌理嶙峋，磅礡的氣勢中透露著猙獰，十分嚇人。我想，在可預見的未來，我是絕對不敢去攀登的。

南峰則是另一番形勢：呈曲弧狀的裸岩稜脊上，數十座尖峰並列，岩角崢嶸，有如一排仰天的鋸齒或銳牙。白絮般的團團雲霧，則在那些黑藍色的齒牙間自如地浮沉游移，陽光和影子愉悅地在猙惡的裸岩凹溝上消長生滅。而二公里外的北峰，白雲也時而輕輕籠罩，三角狀的山頭此時看來，相形之下就可親近多了，在綠意中還露出了測候所屋舍的一點紅。

中央山脈的中段在似近又遠的東方，大致上，或粉藍或暗藍，從北到南一線綿亙，蜿蜒著起起伏伏，自成為一個更大的系統，兩端都淡入了清晨溶溶的天光雲色裡，中間的若干段落也仍被渾厚的雲層遮住了，但浮在雲上的一些赫赫有名的山頭，卻是可以讓我快樂地一邊對照著地圖一邊默默叫出它們的大名：馬博拉斯、秀姑巒、大水窟山、大關山、新康山……。它們一一來到我的心中。

我站起來，在瘦窄的脊頂上走動。落腳之處，黑褐色的板岩破裂累累，永在崩解似的。岩塊稜角尖銳，間雜著碎片與細屑，四下散置。我就在這些粗礪又濕滑的碎石堆中謹慎戒懼地走著，辛苦抵擋著從西面吹來的愈來愈強盛的冷風。我勉強張眼西望，看到千仞絕壁下那西峰一線的嶺脈和楠梓仙溪上游的一段深谷，都蒙在一片渺茫淡藍的水氣裡。阿里山山脈一帶，則遠遠地橫在盡頭，有如屏障一般，山與天也是同樣粉粉的淡藍，只是色度輕重不一而已。

　　實在非常冷。我恍悟到耳朵幾乎凍僵了，摸起來麻麻刺刺的。那支登山隊的幾位隊員在急勁酷寒的風中顫抖著身子。有人得了高山症，臉色一陣白似一陣，呼吸困難，身軀直要癱軟下來的樣子。我的溫度計上指著攝氏二度。

4

　　後來我才曉得，山有千百種容貌和姿色。

　　這一年來，我三次登上玉山主峰頂。一月中旬，有一次我在雪花紛飛中穿過冷杉林之際。曾被那深厚濕滑的冰雪地阻斷了最後的一段一公里多的登頂路程。繼四月初的初登經驗之後，六月底，我大白天二度登臨，只見濕霧迷離，遠近的景觀幾乎都模糊一片，只有偶爾在那霧紗急速地飄忽飛揚舞踊的某個瞬間，才隱約露出局部的某個斷稜或山壁。

　　但隔一週後摸黑再上山時，遭遇竟又迥然不同。難得的風輕雲也淡。最迷人的則是日出前後北方郡大溪一帶的景色。在那溪谷上，霧氣氤氳，濛濛寧謐的水藍。層層疊置著一起從兩旁緩緩斜入溪谷地的山嶺線，便全都浴染在那如煙的藍色裡，彷彿那顏色也一層疊著一層，漸遠漸輕，滿含著柔情。

　　這個早晨，似乎仍是地球上的第一個早晨，永遠以不同的方式和樣貌出現的高山世界的早晨。當旭日昇起，在澄淨的蒼穹下，台灣五大山脈中，除了東部的海岸山脈之外，許多名山大嶽，此時都濃縮在我四顧近觀遠眺的眼底，所有的那些或伸展連綿或曲扭摺疊的嶺脈，或雄奇

或秀麗的峰巒，深谷和草原，斷崖和崩塌坡，都在閃著寒氣，變動著光影，氣象萬千，整個的形象卻又碩大壯闊，神色則一般地寧靜無比。這個時候，光和風雲，以及其他什麼時候的雨雪雷電，都瞬息萬變地在這個山間世界裡作用嬉戲，讓山分分秒秒地改變著它的形色與氣質。然而就在那捉摸不定的特性裡，透露的卻又是巨大無朋，如如不動的永恆的東西，讓人得到鼓舞與啟示的東西，例如美或者氣勢，動與靜的對立與和諧，生機與神靈。

我一次又一次地在玉山頂來回走動，隱約體會著這一類的訊息，時而抬頭四顧巡逡，一邊再默默念起各個山峰的名字。一種對天地的戀慕情懷，一種台灣故鄉的驕傲感，自我心深處汩汩流出，一次深似一次。

5

台灣，其實，不就是一個高山島嶼嗎？或者更如陳冠學所謂的，「台灣以整個台灣，高插雲霄」。

兩億五千萬年以前，當時的亞洲大陸的東方有一個海洋，來自陸塊的砂、泥等沉積物經年累月在陸棚和陸坡上堆積。

七千萬年前，大陸板塊與海洋板塊開始碰撞，產生了巨大的熱與力的作用，原來的沉積岩廣泛變質。台灣以岩石的面貌初次露出水面。

此後的漫長歲月裡，這個區域漸回復平靜，台灣島與大陸之間的地槽再度累聚起厚厚的沉積物，冰河的融化則使台灣島又沒入海面。

四百多萬年前，一次對台灣影響最大的造山運動發生了。菲律賓海洋板塊由東方斜著撞上了台灣東部，使台灣島的基盤急速隆起，地殼抬升，使岩層再次褶皺斷裂，變形變質。這些斷裂，亦即近南北方向的斷層，是台灣一種出現頻繁的地質構造。本島南北平行的幾個大山脈，也正是這種來自東西方向的劇烈擠壓造成的，台灣因此高山遍布。

因此，台灣以拔起擎天之姿，傲立海中。

在這個島上，海拔超過三千公尺的名山，達三百餘座。面積僅有三萬六千平方公里的一個海島，竟坐擁這麼多高山峻嶺，舉世罕見。

目前，這兩大板塊衝撞擠壓所產生的抬升作用，仍在進行。

我所站立的這座玉山，正就是地殼上升軸線經過之處。我置身的玉山山脈和眼前的這一段中央山脈，也正是台灣山系的心臟地帶，坐落在台灣高山世界的最高處。

6

我一次又一次走入山區，在玉山頂碎裸的岩石間踱步，時而環顧那些既殊形詭狀又單純重複疊置著淡入遠天或浮露於閒雲間的峰巒，當世界遼闊清亮的時候；而當風生雲湧，冷氣颼颼刺痛著我寒凍的臉孔，所有的景物和生命跡象又都急急隱沒了，甚或細密的雨陣排列著從某個方位橫掃而來，夾著風與霧，消失了一座又一座的山谷和森林。清明中見瑰麗，晦暗動盪中更仍是大自然無可置疑的巨大與神奇。

我於是開始漸能體會學者所說的台灣這個高山島嶼的一些生界特質了。

真的，假使沒有這些攢簇競立的大山長嶺，台灣的幅員將顯得特別狹小，不見高深，風景則變得平板單調，沒了豪壯氣勢與豐富的姿采，而人與其他生物也勢必有著迥異於目前的生息風貌的吧。

對於生界的特色，氣候是關鍵性的決定因子，而對於台灣的氣候，我眼際裡的這些重重高山，正有著莫大的正面作用，像一道道相倚並峙的屏障般，在冬夏兩季期間，分別攔下了來自東北與西南的季風氣流，使得島上年年都有充沛的雨水，孕育出蒼翠的森林，並將全島滋潤得難見不毛之地。坐落於島上中央地帶的整個玉山國家公園，也因而成為台灣最重要的集水區。濁水溪、高屏溪和東部的秀姑巒溪這三條台灣島上的大水系，都以這裡為主要的發源地。

台灣山勢的崇高，也使溫度、氣壓和風雨都受到極大的影響而呈垂直變化，在海拔不同的地區造成極其明顯的氣候差異，使原屬亞熱帶短距離緯度內的台灣，出現了寒溫暖熱的諸種氣候型。動植物的類型，當然也就隨海拔位置的不同而大有變異。

台灣垂直高度近四千公尺，從平原走上玉山頂，就氣候和草木的變化來說，微地形、微氣候和微生態系姑且不論，大略等於從此地向北行四千公里。一個蕞爾小島竟有如此紛歧的氣候型和生態系，這又是世界難有其匹的。

台灣就是一座山，一座從海面升起直逼雲天且蘊藏著豐富生命資源的巍巍大山。這是造化奇特的賜予。我們大部分人大部分時間就在它的腳下生聚行住。我在玉山地區三番兩次進出逗留，總覺得自己已走進它的源頭了。

7

這個源頭，基本上，卻相當荒寒。

設於海拔三八五〇公尺之玉山北峰的測候所，測得的玉山地區年均溫是攝氏三‧八度。攝氏五度的等溫線大致與海拔三五〇〇公尺的等高線相合。而三千公尺以上的地區，在冬季乾旱不明顯時，積雪期可連續達四個月。

一般而言，由於氣候的因素。加上岩石裸露，風化劇烈，土壤化育不良，海拔超過三千六百公尺的地帶無法形成森林，三千八百公尺以上的地區，更可以說是台灣生育地帶的末端，只能存活著少數的某些草本植物。

我先前幾次走過這個高山草本植物帶時，只覺得滿眼盡是光禿的危崖峭壁，岩層破碎。勁厲的冷風，經常吹襲。這裡像是另外一個世界。間或出現在石屑裡的小草，看起來毫不起眼。我不曾為它們停留過疲累的腳步。

然而六月底再次經過時，我卻為它們展露的鮮豔色彩而大感驚訝。荒冷沉寂的高山上突然出現了一片蓬勃的生機。尤其是北峰周圍，可能因坡度較緩，土壤發育較好，花草甚茂，各種色彩紛紛將這個高山地域鑲飾得不再那麼冷硬：紫紅色的阿里山龍膽，晶瑩剔透如薄雪般的玉山薄雪草，藍色的高山沙參，黃色的是玉山佛甲草、玉山金梅和玉山金絲

桃，以及在北峰頂上盛開成一大片的白瓣黃心的法國菊……。我開始帶著一本小圖鑑專程去進一步認識它們。

在長期冰封之後，這些高山草花，這時，正進入它們的生長季節。它們正趁著氣溫回升的短暫夏日努力成長，在一季裡匆忙地儘量完成從萌芽至開花、結果以至散播種子的一生歷程。

不過另一方面，我這時卻也開始了解到高山野花之所以多為多年生，原來是有其苦衷的。對許多高山植物而言，籽苗內的養分畢竟有限，無法同時供應成長與孕育種子之需，所以為了達成繁殖的目的，只得採取分年逐步完成生命循環的策略：第一年全心全意發展根系，次年發芽，然後年復一年的儲存能量，待準備充足後，再驕傲地綻放出美麗的花朵來。

但即使是這麼堅韌的高山岩原植物，在玉山主峰頂上，也已少見。我反而發現了兩棵玉山圓柏。四月初的時候，這一簇出現在峰頂稍南絕崖陡溝中的綠意旁，仍留著一小堆殘雪。它們是台灣最高的兩棵樹。

然而就植物生命而言，地衣則還高過了它們。顏色斑駁地貼生在山巔裸岩上的這些地衣雖屬低等植物，但因不畏高山上必然強烈的風寒和紫外線，且能將假根侵透入岩石內，逐漸使之崩解，使高山上高等植物的生長成為可能，因此一向是惡劣環境中最強悍的先鋒植物。

至於動物，據說在溫暖的季節，仍會有長鬃山羊、水鹿和高山鼠類在此出沒。但我三度登頂，卻只有在四月初的那一次看到一隻岩鷚。只有一隻。牠長得胖胖的，離我約僅一丈，在板岩碎屑上慢條斯理地走著，毫無怕人的樣子。灰色的小小的頭，時而啄點著地面，時而抬起來四下顧盼，背部灰栗相間的覆羽在颭掃的冷風中不斷地張揚起伏。

這就是台灣陸棲鳥中海拔分布最高的鳥類，而且是世界上僅存於我們這個島嶼上的台灣特有亞種。

可是為什麼只有一隻呢？牠真的能在這麼高寒的裸岩間找到果腹的小蟲或植物種籽嗎？興奮之餘，這些都不免令我疑惑。

作者簡介

　　陳列，本名陳瑞麟，1946年生，出生嘉義農家。1969年移居花蓮，曾任中學教師。後因政治冤案繫獄，開啓從政機緣，曾參選花蓮市市長與臺灣省議員選舉，後回歸專事寫作。

　　作品量少質精。〈無怨〉、〈地上歲月〉皆歷獲時報文學獎散文獎首獎。1980年至1989年間，十二篇散文皆獲肯定，後集結散文集《地上歲月》，建立了戰後臺灣文學版圖的書寫風範。《永遠的山》一書獲第十四屆時報文學獎推薦獎，堪爲自然書寫的典範之一。2013年集結包含「寧靜海」等專欄與發表於《台灣文藝》等散文作品，出版《人間．印象》。2014年《躊躇之歌》獲臺灣文學獎圖書類散文金典獎，同年亦獲第一屆聯合報文學大獎。

　　散文風格凝練，筆觸細膩，作品內容除省察自我生命與人生體悟，更關懷自然生態與弱勢族群。著有散文集《地上歲月》、《永遠的山》、《人間．印象》、《躊躇之歌》。

書籍導讀

　　《永遠的山》一書爲陳列應玉山國家公園管理處之託，顛覆以往生態報告的形式，以文學的筆法來呈現園區山林的奧祕與鬼斧神工，記錄了作者一年間攀爬盤桓玉山國家公園自然山水的所見所感。透過一次次上山探索與下山求證的過程，認識草木之餘，更培養了戀慕山林的情懷。

　　陳列懂得觀察生活、反思生命，故筆下的山林不只是單單形體上的雕塑。更以清新細柔的筆觸，結合了遊記的視角、生物誌的紀實、部落人文的關懷，描繪玉山山林的立體姿態，表現對自然崇高的敬重與對故鄉高山的驕傲。

　　文章內容充滿人道的關懷，鍾情自然山水，恬淡自適的人生體悟。結構嚴謹紮實，章法條理分明，取材細膩獨特，寫景詠物樸實。以清新流暢的筆調，抒情山林、歡唱自然；以行走大地之姿，閱讀土地的生命，傾聽普羅的心聲。

　　走過紛雜的政治之途，陳列更依戀平淡的尋常事物。他的散文，不僅是個人的回憶錄，更以獨特的視角詮釋大眾習以爲常的事物，透過親履的足跡，記錄臺灣神祕的山林之美，內斂、沉思的特質充斥在文句各處。作者透過山林的書寫，傳達了人生的

智慧無須執意追求，而在於體證當下的美，當下的純淨。

篇章內容賞析

〈玉山去來〉一文出自《永遠的山》，為作者攀登玉山的記實經驗。文章採時間順序法寫成，分為四大部分。先以黑幕的大地、刺骨的寒風、行者的寸步難行，暗示登頂的艱辛。次寫山頂風雲詭譎富麗的懾人之景，與群峰之壑壑然。最後打破時空的限制，以數次登頂玉山總結，表現對大自然的敬畏與戀慕。

開頭敘述凌晨出發前往山頂的過程，透過漆黑的夜幕、曲折的陡峭，同行隊伍腳步的錯落不一，明滅的頭燈在黑夜裡不時晃動，無處遮蔽的寒風大肆襲來，開展登山之行的坎坷。在靜謐的山林中，行者的跫音與驚懼的心不斷放大。直到天幕漸開，隱約躲藏在薄霧中的山川才收入眼際。

正文記述登頂後之所見，情緒從一開始對大自然的震懾逐步轉換為謙卑，景中託情，情中寄理。待激動之情逐漸和緩後，作者先寫奔馳飛揚的雲，與之襯托的是沉靜無息的雲，用字精練，筆鋒皆見情感，直率的勾勒出雲的動態與靜態之美。在一片騷動不安的混沌中，作者選擇將身體輕靠在岩石上，讓受震撼的心逐漸平息。正文後段再寫獨領玉山山頭，觀看各處群峰之態，不論是面露猙獰的東峰；岩角崢嶸的南峰；親近可愛的北峰，都令人懾服敬畏。

結尾處含括本文大段內容，大抵寫玉山山景的變化莫測，於不同時節所見皆有不同，有時因厚雪濕霧難行，有時卻雲淡風輕。後談玉山生物與植被的特色，皆因玉山海拔、氣溫而有所不同。打破前述以時間順序的寫法限制，縱觀一年中數次登頂之感。最後強調對於玉山的迷戀與追尋，諸多體會終會內化為生命的啟示與哲裡，並從嬗遞的歲月中體會到宇宙自然的義理與秩序。

本文夾敘夾議、情理合宜，更生動的是對景物的觀察與描寫，諸如雲相、山勢等，皆歷歷在目。不論是面對天光雲影、山林靜謐，作者都能靜心體會，從微小事物中，捕捉心靈的澄澈，在大自然中重獲自我的完整，尋找人生哲理，體悟生命的獨特。（陳凱琳導讀）

教學活動設計

活動目的

　　〈玉山去來〉一文使用大量的摹寫來呈現山景之美,透過視覺、聽覺、嗅覺、味覺、觸覺等角度,詳加形容描寫,使所感之景能如實呈現在讀者心中。故本文課堂活動設計即配合「摹寫法」之五感進行。

活動步驟

1. 老師先整理課文中相關摹寫的文句內容。以下參考句:
    ⑴由於沒有了樹林的遮擋,風稍大了,夾著凌晨近四時的森冷寒氣,從難以辨認的方向綿綿襲滲而來。裹在厚重衣服裡的身軀,卻因吃力攀爬而是熱的。
    ⑵四周也仍相當安靜,只有偶爾從那寂寂黑色中響起的前後人員的傳呼應答,或是石片在暗中某處唰唰滑落滾動的聲音。
    ⑶而在東方天際與中央山脈相接的一帶,在這些喧囂狂放的飛雲下,卻另有一些幾乎沉沉安靜的雲,呈水平狀橫臥,顏色分為好幾個層次,赭紅的、粉紅的、金黃的、銀灰的、暗紫的,彼此間的色澤則細微地不斷漫漶濡染著,毫無聲息,卻又莫之能禦的。
    ⑷我一邊聽那聲音在我身旁飄浮懸蕩,一邊聽著自己的心跳和踩在碎石上的鐙音,一步步地繼續往那黝黑的高處摸索,彷彿是史前地球上的一個跋涉者。
    ⑸大幅大幅成匹飛揚的雲,不斷地一邊絞扭著,糾纏著,蒸騰翻滾,噴湧般綿綿不絕從東方冥冥的天色間急速奔馳而至,灰褐乳白相間混,或淡或濃,瞬息萬變。
2. 全班分成四組,一組約7～10人。每組二分為動作組與觀察組。動作組就ppt投影的句子輪番演示,只可動作不可發聲;觀察組則就動作組演示的內容判斷何者為正確投影的句子。
3. 一次一組上場,其餘各組可先觀摩或讓他們做小組的討論與演練。

〈【清明】【穀雨】〉

《思源埡口歲時記》／徐仁修

　　四月，思源埡口的森林是水彩畫的。

　　起初是用透明的顏料輕描淡寫，再來改用渲染，畫面滿含水分，有時還在畫面的一角造成流動的效果，有時一陣雲霧從谷中湧起，然後沈落散滯林中，形成一種如夢如幻的不真實感。

　　隨著春意的加濃，畫家改用不透明的水彩顏料，畫面逐漸清晰明朗，色彩增多變濃，層次也更見豐富；褐綠、灰綠、青綠、碧綠、翠綠、草綠、淡綠、嫩綠、檸檬綠、銀綠、銀灰、淡白、粉白、雪白、粉紫、淡紫、淡紅、水紅……一個有經驗的自然觀察者，這時可以從樹木呈現的顏色來辨認樹種。這時節的樹木，有的吐芽展葉，有的開花綻蕊，有的兩者同時爭相湧出。這是森林羽化的季節。我幾乎可以看見樹木正在膨脹、抽長、變色。常常在一陣濃霧散去時，或經過一夜之後，樹木就完全變得使我不敢相認。

　　活生生的春林大樹，或在煦陽下，或在薄霧內，或在春雨中，在滿含花香的山風裡，在澗水與山鳥的樂聲之間，穿上全新的衣裳，翩翩起舞。就像大導演黑澤明所拍的「夢」片中的一群桃花精靈，為一個赤子，為一顆小小真誠的心靈，翩然起舞。

　　紅楠、香楠、櫟樹、柯木、千金榆、山枇杷在枝葉頂上浮出檸檬色、如奶油般的一層細花。渾身嫣紅的山櫻花以及滿身白花的湖北海棠則點綴其間。據植物生態學家呂勝由先生的調查，湖北海棠在整個台灣只有這裡才有生長。這種珍稀的樹木，在這地形複雜多變的福爾摩沙島上，唯獨選中埡口一帶安身立命、展現風華，正好說明了這思源山谷的靈秀與麗質天生。

　　始終保持墨綠、深沈、僵硬、近似無情的台灣杜鵑，到了四月中

主題二　自然的聲音／〈【清明】【穀雨】〉　93

旬，好像吃了迷幻藥一般，一反常態，倏然開出了無數由白到粉紅的鐘形花朵。在春風的唆使下，笑容蕩漾，搖曳生姿。

在埡口南向的山谷裡，也是春情四竄。化香樹的花序裊裊升起，而華石楠更揮灑出千萬朵如雪球般的白花，在二葉松深綠的枝葉間，好似波濤捲起的浪花。彎腰駝背的老昆欄樹，似乎中了愛情的箭，正如西藏神話中，那位頑皮的五花箭神，一出生就用愛情箭射中了自己的父親，使他愈老愈風流一樣，這老態龍鍾的昆欄樹，也擠出一樹的花——草綠色、沒有花瓣的花，跟它的年紀可說十分相配。

中箭的豈止昆欄樹，山茱萸科的台灣青莢葉樹，似乎中了更多支愛情之箭，竟然等不及抽枝長梗，將就地在葉片上擠開出淡綠色小花。這種在葉上開花的小樹，也被人稱為「葉長花」是大自然另一種奇妙的設計。

植物春意蕩漾，動物更是春情難忍。原本成群翻飛如彩蝶的紅山椒鳥，現在散開各據一棵大樹，唱起熱烈的情歌，鉛色水鶇在溪石、近水的樹枝上，更唱得頭彎尾張。黑白相間的小剪尾，在春草初綠的溪岸上，用尾巴為自己的情歌打著拍子。

四月裡一個溫暖的午後，山谷上有四隻大冠鷲盤旋鳴叫，聲傳四野。其中有三隻彼此繞圈盤旋，突然其中兩隻迎面對飛，在相互接近的剎那，倏然側飛擦身而過，同時以爪相互攻擊。如此數次後，其中一隻似乎受了輕傷飛了開去，空中飄著幾根鬆曲的絨毛。

後來，未參與繞圈的那一隻忽然斜身急下，落入一棵鐵杉枝幹上，隨後那隻勝利者也降落在鄰近的另一枝條上。一、兩分鐘後，勝利者飛跳過枝枒，來到雌大冠鷲旁，然後跳到她背上，翅膀張得開開地、搖搖擺擺地品嘗勝利的果實。

有一天上午，我到七家灣去拍馬銀花，當時沿河盡是雄鉛色水鶇，牠們在那裡各據一方，用很高頻率的聲音唱著熱烈的情歌。當我走到露營地旁，正好看見一隻鉛色水鶇在河邊的警告牌上，對著河放聲啁啾，當時河邊有幾個年輕人在戲水，所以那畫面似乎變成是鉛色水鶇正在大聲地叱責年輕人：如果你們看不懂警告牌的文字，我念給你聽。而牌子

上是這樣寫著：「嚴禁於溪中釣魚，違者送警所究辦。」

　　在思源埡口的溪澗較平緩的段落，我常遇見白面白鶺鴒三五成群地活動，尤其在南向的山谷，常見牠做大波浪狀在溪上飛行，邊飛邊唧唧地鳴叫。四月裡，牠們成對地分散了，有一對就常在我搭營的溪邊礫石間，以小碎步快速地走動。而雄鳥也常立在石塊上鳴叫，歌聲不再是單調的唧唧聲，而隱含著旋律。不久，我看見牠們銜草了，然後在一個石洞裡築愛的小窩。此後我就很少到那附近去，為的是不要驚擾牠們的春夢。

　　馬鞭蘭、根節蘭、茭迷、黃精、黃花萬年青、溲疏、八角蓮、灰木紛紛展瓣吐蕊，再加上渾身是花的喬木、灌木，四月的空氣被這些千千萬萬綻放的花朵所釋放的氣味與花粉弄得有些黏稠。只有偶爾一陣春蘭獨特的清香排眾飄來，鼻子似乎才得以舒通一會。

　　四月原本是一個愉悅的時光，但是一九九三年的四月卻令我悲傷，因為思源埡口的一葉蘭在這個月裡永遠地消失了。

　　記得一九七三年的四月，我到這裡來調查台灣一葉蘭的分布情形。我永遠不會忘記，在溪澗邊乍見山壁上幾百朵盛開的一葉蘭的情景：幾道光柱從搖曳的樹枝間射下，在花朵間來回地移動，好似一群華麗貴客正在熱烈地跳著華爾滋……

　　在思源埡口一帶，原本生長著極多的一葉蘭，但在十幾來年的濫採下，現在已經很難看見。一九九一年，我只在大山壁上發現最後的二十幾株。一九九三年初春，我親眼目睹三個中年人，把山壁上最後的一葉蘭全部拔走，我竟然找不到一條法律可以阻止他們，因為這裡既不屬於自然保護區，也不在國家公園範圍內，而我也不是執法人員，只有眼睜睜、心碎地看著他們帶著思源埡口的最後幾株一葉蘭揚長而去。

　　一九九六年四月，我在路旁的崖壁上，找到一棵稀奇又美麗的喜普鞋蘭，這裡是這種稀有蘭花在台灣分布的最低海拔。

作者簡介

　　徐仁修，出生於新竹芎林鄉客家庄的農家子弟，憑著對自然與土地的熱愛，實踐了自己童年的夢想，也開創了獨特的生命格局與人生版圖。畢業於屏東農專，身兼農業技術員、作家、自然攝影家、旅行探險家等多重身分。曾外派駐尼加拉瓜擔任農業技術顧問，爾後更深入蠻荒和雨林地區作攝影及寫作，足跡遍及菲律賓、西爪哇、泰北、寮國與緬甸等地。從1972年初次發表文章——〈失去的地平線〉，爾後便投入與關注環保議題。1995年更在臺灣成立了荒野保護協會，將保育觀念深耕於社會各階層，也拓展到海外。著作舉凡帶有特殊的蠻荒探險經驗，或是自然觀察記錄的攝影與散文，皆富於豐富的想像與人文色彩，曾獲得了不少文學獎項，如吳三連報導文學獎、吳魯芹散文獎等。

書籍導讀

　　思源埡口位在中部橫貫公路宜蘭支線上，是蘭陽溪與大甲溪之分水嶺，其北向與南向分屬東北季風氣候與乾爽的中部氣候，也因此造就了豐饒多樣的自然生態。本書是作者經由三年多的觀察、拍攝與記錄所完成的作品，裡頭有許多作者別出心裁之處。

　　首先是書的編寫方面，因為是歲時記，故以「春情」、「夏鬱」、「秋寂」、「冬息」作為統攝全文與景觀氛圍的大綱，大綱下則採中國古代二十四節氣的分法作細目，例如「春情」有三篇，分別為【驚蟄】、【春分】（約國曆三月）、【清明】、【穀雨】（約國曆四月）、【立夏】、【小滿】（約國曆五月），隱約有配合自然的運作而書寫的意義。其次是在清麗雋永的文字記錄中，又穿插作者拍攝的照片，除了可以收到互相解釋印證之效，也讓人彷彿置身於作品所要營造的時空之中。

　　尤其作者的文學語言，更是此書吸睛之處。擺脫單調刻板的記錄方式，他以豐富的想像力引領人欣賞思源埡口四季的風采，不管是雲霧的變化、植物的丰姿、動物的活躍等，都鮮活立於紙上，例如他寫雲海：「有時出奇平靜，使我認為只要一根浮木就可以登上仙山彼岸」、「浪潮才因山壁的阻擋而飛濺反身落下，使我覺得那是住在思源埡口的眾神們，正在戲波衝浪。」，讓人領略之餘，不禁會心一笑。

　　作者沉浸於自然情懷的書寫，也常注入對生活的反思：「多少時候，大自然把一

整條優美的野溪、山澗分享與我，我卻常因為趕著匆促的腳步，致視而不見，聽而不聞」，時而也對人類加諸於自然的剝削與戕害，感到痛心悲憤，如：「濫墾像皮膚癌一般四處蔓延，私挖的道路如帶狀疱疹般竄行，林地在人類貪婪短視的暴力下，被鯨吞蠶食」，這些都讓作品在感性之美的同時，也兼具理性與知性的思維與內涵。

篇章內容賞析

　　文章一開始作者以「水彩畫」帶領讀者走入思源埡口四月的森林，他先藉由畫家蘸滿水分的畫筆，渲染出雲漫霧湧、如夢似幻的情調。再以彩筆勾勒出隨著春意加濃，那些林木漸次浮現在畫布上，明朗且富於層次變化的色澤感，讓人彷彿進入空靈縹緲的情境中，而且可以敞開你的感官聞嗅四處流蕩的清新氣息，文中以「或在煦陽下、或在薄霧內、或在春雨中、在滿含花香的山風裡、在澗水與山鳥的樂聲之間」等排比的句式，摹寫那些散布在思源埡口各處，搖曳生姿的春林大樹，同時以黑澤明「夢」這部電影，桃花精靈為赤子翩翩起舞的情境作依附烘托，呈現森林清幽詩意的美感，也隱約在告訴我們只有真誠的心靈，才能貼近自然的美好。

　　除此，他也運用許多擬人與譬喻的手法，特寫那些紛紛綻放、千姿百態的花朵，包括「紅楠、香楠、櫟樹、柯木、千金榆、山枇杷在枝葉頂上浮出檸檬色、如奶油般的一層細花」、「好像吃了迷幻藥，一反常態，忽開出了無數由白到粉紅的鐘形花朵」的臺灣杜鵑，這些花木看似各自呈現他們婀娜的風采，但作者也透過劇情似的鋪寫，讓花木間有連帶的互動關係，例如他引用西藏的五花箭神以愛情箭射中父親，使他愈老愈風流的故事，來描寫老態龍鍾、卻也擠出一樹的花的昆欄樹，接著筆鋒一轉：「中箭的豈止昆欄樹，山茱萸科的臺灣青莢葉樹，似乎中了更多支愛情之箭」，讓文章也因此顯得更鮮活有趣。

　　除了植物「春意蕩漾」，在這個季節也是動物「春情難忍」的時候，所以文章緊接而下，他以活潑的語調寫禽鳥們各自使出的求偶本領：紅山椒鳥「各據一棵大樹，唱起熱烈的情歌」、黑白相間的小剪尾「用尾巴為自己的情歌打著拍子」；幾隻勇猛的大冠鷲則在空中上演爭奪戰，看誰能以英雄的姿態得到雌大冠鷲的青睞。正當禽鳥熱烈清亮的嗓音還不絕於耳的同時，一段插曲讓文章橫生諷刺的意味，原來作者在七家灣的河邊，以快門捕捉到一隻鉛色水鶇站在黃色的警告牌上放聲啁啾，彷彿正對著在河邊戲水的年輕人大聲喝斥的畫面。這看似有趣的巧合，卻也牽動作者對環境的憂

心、對生態的顧慮，不禁也讓他想起那曾經在思源埡口的四月盛放，如「一群華麗貴客正在熱烈地跳著華爾滋」的一葉蘭的身影，只是令人傷悲地，在1993年的初春，他親眼目睹最後的幾株一葉蘭被人從山壁中全部拔走，可恨的是當時的他竟也找不到一條法令可以制止，只能讓自己的心碎與無奈伴隨一葉蘭的香消玉殞。

　　所幸自然界有它神奇的魔力，在事隔三年的四月，他在路邊的崖壁發現分佈在全臺灣最低的海拔，且稀有美麗的喜普鞋蘭，這個意外的驚喜，似乎在失望中點燃一線生機，也讓文思在曲折跌宕中，留下耐人追尋的餘味……。（張慧珍導讀）

教學活動設計

一、引導寫作

　　請從生活周遭拍攝你認爲最美或最特殊之自然或人文景觀照片，並以文字刻畫書寫其引人入勝處，同時融情入景，表達置身其中之感懷，風格可以是抒情浪漫、幽默逗趣、慷慨激昂……。但行文中需運用轉化、誇飾、譬喻、排比等修辭最少兩句。

二、活動設計

1. 活動名稱：植物拼貼畫。
2. 活動準備：收集植物的花瓣葉片或根莖果實、八開圖畫紙一張、萬年白膠或雙面膠若干。
3. 活動步驟：請發揮創意與想像，先在圖畫紙上構圖，再將所收集的材料，依據其形狀或顏色作剪裁，並糊上白膠或貼上雙面膠，黏貼於你的構圖上，作品完成後，請說明主題名稱，並與同學作觀摩分享。

〈秋日的聲音〉

《四季的聲音》／王家祥

　　台東大南溪的毛蟹，四月回到大海產卵，六月幼雛孵化，上溯回溪；至九月漸肥大，十月可捕抓。台灣欒樹在夏末秋初開黃花，十月結蒴果，由黃轉紅褐；原住民看到曠野上盛開的野生欒樹由黃轉紅，便記得是下溪捕毛蟹的季節。如今，道地本土種野生欒樹，已在城市的行道兩旁穩穩地站立，尤其是秋天，黃花與紅果一齊在綠色的樹冠上燃燒張放，火紅之姿延燒整條行路，以及行路之上清爽無雲的高空。那是台灣秋天典型的聲音，黃花與紅果隨風搖動，沙嗦作響，只有在少數人的心裡微微揚起。

　　十月，城市之中，夏日與秋季分野混沌未明，秋天來臨的聲音難以傾聽，可是曠野的芒絮已悄悄結實，它們懂得秋季是溫柔豐美又圓滿的日子，秋日的聲音內斂而細緻，時常被不肯離去的夏日尾端喧賓奪主；其實秋季是一直存在的，在溪床的曠野之間，在海岸的草澤地帶，在高山的草原和森林中準時降臨；城市之中，只有將心事結實於胸的人，才記得側耳傾聽吧！

　　其實季節是萬物心境的轉換；秋日的天空時常沒有欲望，看不見一抹雲彩，秋高氣爽似乎意味著心境圓滿的狀態。春日的新生喜悅，叨叨絮絮到夏日的豐盈旺盛，滿溢狂瀉；風雨之後，秋日是一種平和安寧的靜心，內心既無欲望也就聽不見喧囂的聲音，此時真正的聲音便容易出現了；秋天似乎是為了靜靜等待冬日的死亡肅寂做準備，曠野上行將死亡的植物時常給我們憂鬱的印象，所以誤以秋天是憂傷的季節。也許秋天心境讓我們容易看見深層的自己，彷彿這是大地的韻律，存在已久，只是我們習於不再察覺；對於候鳥們來說，秋天是旅行遷移，改變生活的季節。牠們勇敢往南而下，逃避嚴苛的北國寒冬，如果嚴冬意味著死

亡的威脅，候鳥們在每年的秋天準時面對這個生活的課題，與夏日的無憂無慮，食物豐足完全不同。如果那個真正的聲音意味著提醒我們對死亡的深意，思考生命的存在，像西藏的高僧在高原上體悟死亡是生命的一部份，接近死亡可以帶來真正的覺醒和生命觀的改變。佛陀教導我們要往內看，仔細傾聽內心深處真正的聲音；那聲音就是心性，生和死皆在心中，不在別處。心是一切經驗的基礎，它創造了快樂，也創造了痛苦；創造了生，也創造了死。體悟心性就是體悟萬事萬物的本質。佛陀說我們的存在就像秋天的雲那麼短暫，我們的心性卻永遠不變，連死亡也無法觸及；真正的心性就有如天空般無邊無際，自由開放，而慾念心的混亂則是飛過天邊的雲。

對於一年生的草本植物而言，秋天是全力盛裝正視死亡的美麗季節。秋天的雲最短暫，秋天的慾望最少，秋天最接近死亡，秋天是生命覺醒和改變的最佳季節；所以秋天一點也不憂鬱，天無歡亦無悲，清明爽朗。秋天的聲音細緻內斂，難以傾聽。

漢人曆法中九月是秋天的起端，正是西南岸的平埔族釋放向魂的開向祭舉行之際；所謂向魂指的是大地上一切的魂靈。西拉雅人以月亮陰晴圓缺謹記奉祀祖先阿立的儀式要月月遵行，永傳後世。西拉雅人以身體髮膚的感受和眼觀萬物遞嬗輪替來判斷節氣與四季的律動。因此安慰向魂的祭典舉行之際，雖已是漢人曆法中白露之後，霜降之前的秋分，在古稱倒風內海的西南海岸野原上仍是獵鹿人赤身裸體的夏季，暑氣依舊逼人。只有敏感的伊尼卜司（女巫）必須細心注意節氣的變化，在早晨的露水漸漸增多轉寒，直到降霜於田野之前的那段陰晴圓缺，便是決定安慰向魂的時機了。記得將壺中鎮壓向魂伊尼青葉（澤蘭）從向水裡拿開，釋放被禁閉整個春夏的魂靈們回到世間悠遊。

魂靈們在秋天群起回到世間悠遊的聲音我們聽不見，那是生命死亡後的聲音。生命發生的聲音有些是聽不見卻看得見的，某些聲音可以在心中滋長，甚至變得很喧囂，耳畔卻沒有任何聲響；只有西拉雅的女巫聽得見向魂渴望秋天的聲音吧！相信魂靈們繼續在世間遊蕩的聲音從來不曾離去，西拉雅人於田野上響起的賽戲祭歌在秋天卻逐漸消失了！我

們在臺灣古文獻上聽見的獵鹿人奔馳在疏林草原的聲音已成絕響！看見的秋日祭歌已經不在公廨廣場上迴盪悠揚！

西拉雅人知道，秋日的氣息真正來臨是從霜降之後，粟米成熟的那個月圓之夜；在那一夜要舉行祖先阿立誕辰的狂歡夜祭；粟米總在夏天拚命成長，秋天收成。從夜祭之後便是真正秋天了！那是漢人曆法小雪以後的十月十五日，草木開始枯黃蕭瑟，鹿群必須集體遷移南下，尋找尚未枯死的青草與耐寒的新葉，也是獵人們群集出動，在草野上圍獵鹿群的時節。

那是四百年前的秋天臺灣原野典型的聲音；鹿群踏動大地，獵人放火燎原。野火吞沒枯黃草木猛暴巨響，驅趕驚惶奔走的鹿群從草原深處竄出，迎撞上狂呼吶喊，手持標槍的獵人許多世代了；數百年前秋天原野上的生態一直維持如此生與死平衡；草原靠大火重生，卸去枯死的屍體，待明年春雨後新生，鹿群需要新生的草原而放火的獵人需要繁衍不斷的鹿群；直到漢人入侵將疏林草原開墾，這些聲音變得久遠而不再響起。

夏末秋初，待在大肚溪口繁殖育雛的小燕鷗，正準備沿著西海岸南下；由於繫放的資料尚未齊全，沒有人知道這群夏季在臺灣育雛的小燕鷗，確切的渡冬區在那裡。小燕鷗在臺灣大多被歸類為夏候鳥以及少數的留鳥，秋天離開臺灣往南而去吧！另一批白翅黑燕鷗以及黑腹燕鷗則領著雛鳥們從北方飛抵西南海岸的潟湖沼澤，打算停留在此地過冬；小燕鷗隨著夏天的腳步剛走，白翅及黑腹便乘著秋天而來。不管是夏候或冬候鳥的幼雛皆已學會飛翔，在秋天展開牠生命的首次變遷。巧得是無論小燕鷗、白翅黑燕鷗或黑腹燕鷗，褪去艷麗的夏季特徵之後，所展現的冬羽彼此非常類似；因此不明究理的人還以為西南海岸的天空，海鷗來來往往，一直不曾遠離。

據鳥友們的觀察，在澎湖離島育雛的一群紅嘴鷗，夏末秋初便領著剛學會飛行的雛鳥，越過臺灣海峽，來到西南海岸廣闊的鹽田濕地上練習飛翔；秋日的味道漸濃之後，反而不知去向。而十一月初來到西南海岸紅嘴鷗，卻是另一批在北方育雛的貴客，渡冬區在臺灣，約略有一萬五千隻；鳥友們經由長年累季義務繫放工作，將張網捕放的過境候鳥套

上腳環或判讀已經帶有腳環的紀錄，憑著曾經被繫放的候鳥身上的腳環出處，逐年累積資料，一點一滴解開候鳥們在美麗的秋天及春天的天空與海岸，繁複構成的生命路線；那些腳環總在秋天從千里迢遙之外準時抵達，帶著迷惑或解答的聲音，繼續一站又一站的旅途，由從前一位不知名的鳥人手中交由下一位，疲憊卻勇敢的陷網鳥兒虛弱的振翅之聲，連結了兩地同樣渴望解開生命謎底的聲音。

夏末是深水式捕魚的小燕鷗，飛翔於廣闊的海岸凌空入水的聲音。小燕鷗看準目標，俯衝入水之後並不馬上拉起，潛水的剎那聲響沉穩地漫散於水深的魚塭或河口地帶。秋意漸濃之後則換作白翅黑燕鷗等如燕子取水般的淺水捕魚之聲，愉悅輕快地在銀色的鹽田上濺起微微四散的水花；西南海岸的秋天，光是鷗科的鳥類便如此地繁複交錯，來來去去；飛翔的聲音，捕食的聲音，聚集棲息的聲音，在經常無雲的天空，銀青色的水域，伴隨著海潮恆常的律動。

我還聽得見風吹過耳畔的聲音，帶來鷸鴴在空中清脆的啼鳴，巨大的蒼鷺緩緩鼓動羽翼以及澤鵟翻飛於湖沼上空，驚起群鴨的聲音；我彷彿也聽得見海洋倒退，地層陷落，嘈雜的抽沙機正在偷偷搗毀魚貝類繁殖的海床，喧囂的推土機正瘋狂填高海岸沼澤，愚癡地想與大海爭地。可是海岸陷落，漁民捕不到魚的聲音很微弱，在秋天裡幾乎聽不到，那些忙碌的企業家與政府官員聽不到。

大海咬掉土地的聲音從來沒有驚嚇過那些炒作土地的財團或管理國土的官員，他們不斷在海岸建造自以為是的海堤，代表人類無知而混亂的欲望；事實證明，那些摻雜著欲望和私心的所謂「人定勝天」的工程，在過去往往不堪一擊。他們迷信科技，但卻忘了背後的種種慾念可以掌控科技，甚至扭曲科技；於是科技在臺灣變得粗暴而無知；科技本身沒有錯，但科技之上還有更重要的人文精神；人的精神可以盲目造出昂貴而無用的水泥建物抵擋大自然，人的精神也可以巧妙地運用自然本身的律則閃避自然的災厄，那也是科技而且成本低廉，畢竟適當保留海岸濕地並不需要花費多少錢；懂得運用濕地沼澤柔軟天生的緩衝力量保護海岸，才是智慧的科技；他們的粗暴源自於不願傾聽濕地沼澤應付海

潮侵蝕的巨大力量，他們一直聽不見自己內心真正的聲音。

西南海岸的野生鹿群不會在秋天面臨死亡的威脅了；他們的聲音已經自大多數人們的心中撤離。唯有讀起古文獻的人，才會在書中再度看見絕種的野生梅花鹿踩動大地的聲音。

難道連秋天最後一陣沼澤吹來的風也要趕盡殺絕？

作者簡介

王家祥，筆名：雲水、李詳，高雄市岡山人，中興大學森林系肄業。因為童年浸淫在鳥獸蟲魚的自然環境中，以致在目睹家鄉工業化後，排山倒海而來的環境破壞與污染問題，點燃他對環保工作的熱誠與使命，並且透過生花妙筆，展現了他對自然生態的觀察、記錄與體悟，引領我們深度感受置身其中的美好，也喚醒我們對環境的重視。除此之外，他更身體力行的投入自然保育的行列，曾擔任柴山自然公園促進會會長，業餘並從事臺灣鄉野生態保育工作。他的作品相當多，涵蓋自然寫作、兒童文學及臺灣歷史小說等。曾獲賴和文學獎、時報文學獎、散文評審獎、聯合報極短篇獎、吳濁流文學獎等。作品有《四季的聲音》、《山與海》、《鰓人》、《窗口邊的小魚燕》、《打領帶的貓》、《倒風內海》等。

書籍導讀

《四季的聲音》是一本自然書寫的作品，內容主要是以〈春天的聲音〉、〈夏日的聲音〉、〈秋日的聲音〉、〈冬日的聲音〉四部分作為主軸，記錄了他行走在臺灣田野、海岸、草澤中，所感受到與大自然間氣息相通的脈動，裡頭不管是春天「植物幼苗冒出地面」、夏天「森林猛冒生長」等無形的聲音；或者是秋天「候鳥飛來」、冬天「海風蕭瑟」等聽得見的聲音，不僅讓我們從中觀照了動植物的繁茂與衰亡的景致，也藉由時空的連結，進入了一些族群的歷史與人文活動的場景，而最終要我們在聆聽與感受大自然美好的同時，得以滌淨俗慮，追隨因見到飛花落葉而悟道的辟支佛，或者是要弟子學習「靜止的流水」的泰國禪坐大師阿姜查的腳步，保持心靈的寧靜與安詳，才能在嘈雜的人世中，悟得生命微妙的真理，找到身心安頓之處。

當然書中還有一種聲音，便是作者基於對自然生態的熱愛與惺惺相惜之情，所發

出的義憤填膺之鳴，他控訴周遭一些破壞環境的行為，也抨擊政府或財團對環保不當的措施和剝削，除了拿國外活化環境成功的例子作為典範，也援引像日本春天狐狸嫁女兒的傳說和印第安人在春天時卸下馬的蹄鐵，以免影響大地的胎氣等習俗，無非要我們汲取古老復育自然的智慧，為臺灣這塊鄉土注入更多愛、關心與努力。

篇章內容賞析

　　在書中，〈秋日的聲音〉此篇文章是相當與眾不同的。遠離春夏的榮景，等待冬日的肅寂，在文學作品中，秋天常以一種獨特的憂鬱情調出現，不是「無邊落木蕭蕭下」的落寞惆悵；便是「楓葉荻花秋瑟瑟」的離別傷懷，但作者卻擺脫這種情調，他認為秋季後雖然草木漸趨枯黃，但它是「溫柔豐美又圓滿的日子」，因為曠野的芒絮已悄悄結實，而野生的欒樹，黃花和紅果在風中搖曳作響，構成臺灣秋日最典型的聲音。同時就秋高氣爽的氣候特性而言，「秋天的雲最短暫，秋天的慾望最少」，總給人一種平和安寧的靜心。尤其秋天最接近死亡，所以也是「生命覺醒和改變的最佳季節」，文中他引用佛陀的教導，要我們在這個季節多傾聽內心深處真正的聲音，體悟生和死都存在於心性的道理，也告訴我們：即使存在如秋天的雲般短暫，但心性是可以超越死亡而不變的。這使得他筆下秋日的聲音顯得「內斂而細緻」，也充滿一種生命的觀照與探索。接著承續這種思維，他寫生命死亡後的聲音，那是西拉雅人在九月的開向祭，他們釋放大地的向魂在世間悠遊，只有女巫聽得見的聲音；還有回溯四百年前西拉雅的獵人們，在狂歡夜祭後放火燎原，追逐集體南下尋找青草的鹿群，那種踏動大地、狂呼吶喊、生死拼搏的聲音。

　　同時他也記錄了逃避嚴冬死亡威脅，依著繁複的生命路線，在秋天旅行遷移的候鳥，像紅嘴鷗、小燕鷗等鳥類，牠們在濕地或湖沼的振翅聲、捕食聲和棲息聲。這些秋天特有的聲音，作者寫來都相當有畫面和意境，能讓人在閱讀之際，有種想像的奔馳與心情的跌宕。

　　文末他對人們不知順應自然，適當地保留濕地沼澤作為保護海岸的緩衝地帶，反而在「人定勝天」的迷失下，讓有心人士假藉建造海堤工程之名，行中飽私囊之實，使得科技在臺灣，不僅本意遭到扭曲，也變得粗暴與無知，不禁要大聲疾呼地說：「科技本身沒有錯，但科技之上還有更重要的人文精神。」這句話在大自然反撲事件層出不窮的世代，也道出了很多有環保意識的人們內心最懇切而中肯的聲音。（張慧珍導讀）

教學活動設計

請沿虛線剪下

一、活動設計

　　在生活中充斥著許多聲音，可能是一道古老的木門被推開的聲音；也可能是出現在街頭巷尾的小販叫賣聲；抑或是一條溪流淙淙的水聲，請錄製一段聲音，並連結自己生活或感情的經驗，以說故事的方式分享這段聲音給予你的心靈悸動。

二、引導寫作

　　在本書封面的內頁裡，作者題了一句話：「也許我的前世是一棵樹」，讓人感受到作者對樹那種打從骨子裡血脈相連之情，難怪他要為樹說話，為自然發聲。時至今日，隨著生態意識的覺醒，我們漸趨體認與自然界共生共榮的關係，但在對待自然環境的態度或方式，往往侷限於人的本位作思考，以致對周遭的生態仍欠缺友善。請站在自然生態中某一種事物的立場，以「假如我是……」為題，書寫你的感思。

〈蘇花公路與花東縱谷〉

《豐田筆記》／王文進

　　有一次《幼獅文藝》陳祖彥主編訪問楊牧，談他散文作品中的花蓮，我也在場。席間祖彥想到一個有趣的問題，為什麼楊牧寫花蓮，卻很少著墨蘇花公路的天險絕景呢？當時楊牧笑著說：大概是每次車子到太魯閣時，就已經累得睡著了。記得那是個夏日慵懶的午後，大家在紫藤廬的茶香中，也就笑著慵懶地接受了這種即興式的答案。

　　來花蓮客居居三年之後，我逐漸發覺楊牧的說詞雖然有些即興色彩，卻誠懇地反應出花東居民的空間思維。

　　通常我和花蓮的朋友若是往北邊走，大都會以「七星潭」為限。所謂「七星潭」其實是一個極美麗的港灣，海水清澈得像藍色寶石一般。我們習慣於小睡片刻後的午後，在「原野牧場」的餐廳中要一份羊奶調和的咖啡，看落地窗外的藍色港灣，看沙灘上的浪花不斷撲洗白色的鵝卵石，然後在暮色中輕鬆地回到花蓮。

　　至於舉世聞名的「太魯閣」，必須由七星潭再往北約三十公里，若執意要一睹撼人心絃的「清水斷崖」，又需再往北耗費同樣的車程，對花蓮人而言，似乎就有點遠征遙遠國度的沉重感。其實路程並不是真正的原因，因為若是往南走花東縱谷，由壽豐而鳳林而光復，然後到瑞穗買台灣土地銀行委託製造的「鶴岡紅茶」，車程比太魯閣遠，但是我常用散步的心情，在讀書累時，隨興往返。

　　若要論風景的雄壯險峻，蘇花公路的沿途據點當然令人驚嘆不已，時時逼人莫敢仰視，但是這種必須屏息以觀，全力以赴的審美方式，似不宜在家居生活中日日為之。那是一種精神上繃緊了絃的全副武裝，是李白的〈蜀道難〉，是徐霞客的堅毅犯難，最起碼也是一種和家庭生活基調背道而馳的「壯遊」。

花東縱谷則有些不同，中央山脈和海岸山脈南北並排地隆起兩道高牆，中間則是沃野百里的縱谷平原。這裡依然也是看不盡的青山，繞不停的綠水，但是這裡的山峰高聳而不嚴峻，河川澎湃而不驃悍，一路南下，沿途座落著許多靜謐的村鎮，使得潔淨的山水有了「依依墟里煙」的落實感，原來花東縱谷的山水是融解在生活中的山水，是伸手可觸，掬手可捧的生機盎然。所以楊牧寫的花蓮山水是和生命成長交織在一起的山水。

他喜歡寫童年時期從花蓮往南行的火車，他喜歡看右邊偉大的中央山脈，火車經過瑞穗時，他詠嘆秀姑巒溪如何橫切海岸山脈，奔流入海，他更注意到火車離開花蓮進入縱谷地帶，水田逐漸被旱田取代的變化，最細膩的部分則是描寫他和家人在日據時期，爲了逃避美軍轟炸，避難瑞穗某一小山坳的「山居歲月」，雖說是避難，但是透過詩人飽閱滄桑的筆調回溯，烽火村落卻成了亂世中有花香撲鼻，蜻蜓點水的桃花源，楊牧於是用花東縱谷的背景，寫就那本令人愛不釋手的《山風海雨》體證了花東縱谷獨步風格的山水美學。

原來最美的山水描寫，並不一定是出自純粹的遊記。在生活中無意閃現而出的山水，反而更加靈動雋永。花東縱谷和蘇花公路的差別在於：前者可能要列入遊記的文類，即使可以寫得酣暢淋漓、壯闊橫絕，總是要帶一些誇張的成份，所以適合留給遊客去驚嘆膜拜；至於花東縱谷的美，平實中帶有曲折，細微處略藏偉大，當然就只有長期浸潤在這塊泥土的人，才能扣其玄機，發其奧義。

——原載88年7月25日《更生日報》副刊

 作者簡介

王文進，民國四十年次，畢業於淡江大學中文系、臺灣師範大學國文碩士、臺灣大學中文博士。曾擔任淡江大學中文系主任、東華大學中文系主任，現爲東華大學中文系榮譽教授。研究專長爲魏晉南北朝文學、陶謝詩、杜詩、三國學、現代文學，著作有《論六朝詩中巧構形似之言》、《荊雍地帶與南朝詩歌關係之研究》、《淨土上

的烽煙——洛陽伽藍記》、《仕隱與中國文學——六朝篇》、《南朝邊塞詩新論》、《豐田筆記》、《南朝山水與長城想像》等書,可謂是國內六朝學研究傑出之學者。除此之外,其文學創作也有可觀之處,如《豐田筆記》一書對淡水與花蓮之甜膩的書寫風格,頗讓人驚艷,現代詩人陳黎更以「無可救藥」的浪漫主義者形容其寫作風格。

書籍導讀

　　《豐田筆記》為王文進老師的第一部散文集,全書共分三個部份,卷之一為敘寫淡水情懷,卷之二為筆耕花蓮風貌,卷之三為讀書心得筆記,書名中的「豐田」是位於花蓮縣壽豐鄉的一個村落,王文進教授所執教的東華大學即在此附近。淡水與花蓮可說是王文進教授生命中兩個極重要的地方,淡水有著其年少青春的激情趣事,如〈文學淡江〉中透露出其對文學強烈的使命感,〈系主任的秘密〉中提到令其難以忘懷的學妹。花蓮可說是其學術與創作成熟之基地,來到後山任教之後的王文進,其創作轉而書寫花蓮的山水,如〈鵝卵石的前世今生〉、〈山脈,雙翼般舒張起來〉、〈海岸山脈傳奇〉等文,均可見其對洄瀾好山好水的關懷。丁威仁〈現實的認同與記憶的回歸——論王文進《豐田筆記》裡的花蓮與淡水〉一文中提到:「在2000年出版了散文集《豐田筆記》,以具體的書寫實踐了他對臺灣山水文學的關懷,在其中呈現了淡水與花蓮兩個區塊並置的現象,似乎的確要傳達著從淡水出走,安頓生命於花蓮的存在意識。」這樣的評論或許能道出《豐田筆記》一書的精神。作者深受六朝文學的啟迪,轉而書寫臺灣山水美景,全書鋪展出細膩深刻的山水清音與歷史情懷,將古典旋律與現代關懷融為一體,可謂為「筆記」之翹楚。

篇章內容賞析

　　若說到要前往花蓮旅遊,相信初次造訪者定會對「蘇花公路」與「花東縱谷」產生深刻的印象,蘇花公路北起宜蘭縣蘇澳鎮白米橋,南迄花蓮縣花蓮市中山中正路口花蓮郵局前,大致依海岸線修築,間或蜿蜒進入平坦河口三角洲腹地,沿途可看太平洋海景與峭壁山色,為世界著名的景觀公路。而花東縱谷則因橫跨花蓮、臺東兩縣而得名,夾於中央山脈和海岸山脈之間,地形以沖積平原為主,除了田園景觀富於變化

之外，縱谷內到處都充滿果園、茶園、稻田、牧場等景點。

　　作者來到花蓮客居之後，在教學之餘，時常驅車前往花蓮諸多名勝，若以東華大學為中心，往北最著名的景點則是七星潭、太魯閣、清水斷崖等，其中作者對七星潭則有一段描述：

　　「七星潭」其實是一個極美麗的港灣，海水清澈得像藍寶石一般。我們習慣於小睡片刻後的午后，在「原野牧場」的餐廳中要一份羊奶調和的咖啡，看落地窗外的藍色港灣，看沙灘上的浪花不斷撲洗白色的鵝卵石，然後在暮色中輕鬆地回到花蓮。

　　文中以藍寶石比喻七星潭的湛藍海水，讓人印象深刻。在餐廳中品嘗咖啡，觀看海浪拍打鵝卵石，瞬間產出莫名的歷史情懷，這閒適之情令人悠然神往，或許「淨土」一詞可說是作者對花蓮的最佳詮釋，作者筆下的洄瀾總能讓人心嚮往之。

　　若從學校往南走，由壽豐、鳳林，經光復、玉里，終池上、鹿野，沿途的縱谷風光景致令人悠然忘我，彷彿來到桃花源，作者更是以「獨步風格的山水美學」禮讚花東縱谷，其云：

　　山峰高聳而不嚴峻，河川澎湃而不驃悍，一路南下，沿途座落許多靜謐的村鎮，使得潔淨的山水有了「依依墟里煙」的落實感，原來花東縱谷的山水是融解在生活中的山水，是伸手可觸，掬手可捧的生機盎然。

　　這樣的文字的敘述，彷彿帶我們進入陶淵明的〈桃花源記〉的世界，作者筆下的花蓮書寫，經常帶有古典的旋律，如以李白〈蜀道難〉之情境敘寫蘇花公路的雄壯險峻。然而蘇花公路與花東縱谷究竟是不同的，一動一靜，蘇花公路是壯闊橫絕，是酣暢淋漓；而花東縱谷是平實終帶有曲折，細微處略藏偉大。經由作者的引領，你是否有股「出走」的衝動，走吧！帶著你的背包，一同領略花東之美。（曾敬宗導讀）

教學活動設計

一、分組活動：校園巡禮篇

在課程講授完成之後，以組為單位，讓同學自行於校園內漫步，請各組留心於身旁景物，以手機進行拍照捕捉畫面，二十分鐘後回到教室，請大家將所拍攝之照片上傳至FB，並留下五十字描述照片內容或拍攝心境，隨即上臺進行三分鐘成果分享。

二、個人學習單：校園一景

文中言：「原來最美的山水描寫，並不一定是出自純粹的遊記。在生活中無意閃現而出的山水，反而更加靈動雋永。」由此可見，日常生活中只要我們願意多留心於身旁景物，相信處處是美景，請你以校園中的風景為拍攝對象，可包括校園景物、活動、上課、競賽……等圖景，將此照片黏貼於下方格子內，並以此為書寫對象，運用視覺、聽覺、觸覺、嗅覺等等諸多身心靈感受的寫作方式，體察品味校園之美。

題目：

照片黏貼處

〈八卦山下的自然童玩〉

《放一座山在心中》／蕭蕭

……歐陽脩的母親以荻畫地教歐陽脩識字，使他成為宋朝重要的文學大師。八卦山腳有多少像我爸爸這樣的父親，拿著磚塊、石頭、樹枝，在大地上教孩子認字，他們會教出多少文學大師？

身體是第一樣遊戲載體

童年的記憶是所有記憶中最深長的，不只是因為它在我們的生命史中，最早所以最深長。除此之外，應該還有其他的原因，否則，一個七十、八十的老大人會忘記你剛剛跟他再三交代的話，為什麼卻對少年時代的事原原本本記得一清二楚？是因為那是空白紙上最早的印記，還是因為那是最單純的生活實錄，沒有功利思想的遊戲載體？

遊戲，是最早也是最好的模仿學習。辦家家酒，是模仿大人居家生活的進退禮儀，學習倫理；削刻番石榴的枝柯，成為完美的陀螺，不就是雕刻才藝的傳承？跳繩，何時進，何時退，不就是人生舞臺上常要扮演的藝術？誰人拉，誰人跳，誰是主，誰是從，不就是政治舞臺常見的戲碼？

千萬不可忽略，人，與生俱來的的遊戲本能，更不可忽略，遊戲所帶來的生活機能。

民國三〇年代、四〇年代，自來水、電、瓦斯，普及率不到一成的年代。可以想像，水要從井中汲取的辛苦模樣嗎？沒有電，就沒有收音機、電視、電影、電腦，那又是什麼樣的生活面貌？瓦斯不來，如何生火，不能生火，如何生活？

因為：那時候的路是泥巴路、碎石子路，那時候的房子是稻草屋

頂、黏土牆壁、竹編門板，腳下踩的依然是堅實的泥巴地。所以，那時候的父母會有閒錢、會有餘力，為自己的孩子買玩具嗎？

孩子的玩具從哪裡來？

孩子的第一個玩具，通常是自己的身體，不用花錢，隨身攜帶，隨時可用，既可娛樂自己，又可娛樂別人。

口腔是最原始的樂器

鄉下沒錢人家的小孩，第一個玩具是口腔，可以哭、可以笑的口腔，玩起來隨心所欲，哭、嚎啕大哭、哭得驚天動地、哭得 Do Re Mi Fa So La Si 有了不同的腔調，就是沒人理你，因為大人都在忙農事、忙家事，可是，就在這時，孩子發現了自己可以控制聲音的大小、長短、高低，玩了起來。笑，亦然。讀到高中時，我同學已經發展出三十六種笑聲，隨時展現不同共鳴位置的不同笑聲，取悅大家。

口腔期玩具，時間拉得很長，我叔叔到了四、五十歲，晚飯後一定大聲吹著口哨，傳播最新的流行歌曲。今天所有我會跟著人家哼的台語歌曲，就是從他的口哨聲熟悉了旋律。當然，所有的鄰居小孩、子姪輩，沒有一個不是跟著學習從嘴裡發出聲音，即使零碎，還是可聽的音符。像我，可以一面保持微笑，一面吹著口哨，常讓同行的朋友一直回頭尋找：歌聲到底從哪裡來？因為，他自己肯定沒吹口哨，而我臉上保持著微笑。

模仿狗叫聲、雞叫聲、汽車聲、火車聲的口技，雖然不是每個人都維妙維肖，至少大家玩得相當愉快，你一聲，我一聲，引來不斷的笑聲。這時，突然噗哧一聲好大的放屁聲來湊熱鬧，肛門期玩具來了，常吃蕃薯的我們，肚腹肛門也是玩具，聲音要寬宏，還是尖細，C 調還是降 E 大調，可以隨自己所在的場合做決定，只是，臭，必不可免，不過正如詩人商禽所說：「臭，那是鼻子的事。」

有病呻吟，是生活家常；無病呻吟，才是藝術高手。同理，有屁快放，是生理正常；無屁放屁，那才是遊戲高手。小時候，我們會把右手

半握放在左腋下，左手用力做振翅動作，氣從右手虎口急竄而出，僞造放屁的巨大聲響，惹得女孩子捏著鼻子搧著風，直說「好臭好臭」。後來，我到學校服務，禮拜五下午例行召開行政會報，大村鄉、花壇鄉的兩位組長和我先到，坐在沙發上閒聊，這時，大村鄉的組長放了一個響屁，然後他就一直扭著屁股摩擦皮沙發，發出類似放屁的聲音，一面磨一面說：「這種聲音真像放屁。」花壇鄉的組長說：「還是第一聲比較像。」我才知道，製造放屁的聲音原來不是我們社頭人的專利。

植物是隨手可以取得的玩具

身體的拍打、手指關節的扭動、夜間手影的扮演，都是我們應用身體去扭去跳，所能取得的最大娛樂。其次，植物則是我們隨手可以取得的另一類玩具。

辦家家酒（台語叫做「扮傢伙子」）首要的工作就是「吃」，一定要去摘一些樹葉、草葉，或者媽媽揀菜以後丟棄的菜葉，作爲我們煮飯炒菜的道具，再去撿些瓦片、石片作爲餐具，樹枝當筷子，「小民」一樣以食爲天。扮家家酒最有趣的是扮新娘，這時，紅花、紫花、黃花插滿頭，要將新娘子打扮得漂漂亮亮，有時摘來姑婆芋的大葉子當遮傘，更加氣派。如此，孩童時代「食」與「色」的天性，都是靠著植物來妝點。

男孩子沒得化妝，有時自己紮一個草圈戴在頭上，有時將帶殼的土豆輕輕一按，讓它夾住耳垂、夾住下巴，儼然是一個山大王，也自有樂趣。打起仗來，鳳凰樹的豆莢就是上等的刀劍，折斷的樹枝可以直逼敵人胸前，撿來的苦楝仔可以用彈弓彈射對方，或者藉著插在地上的竹篾片的彈力發射出去，男的勇敢在第一線作戰，女的在第二線努力撿拾敵方射過來的苦楝仔，後勤支援。這是一場植物的戰爭，戰多於爭。

另一種植物的戰爭，則是爭多於戰，那就是打陀螺（台語叫做「拍干樂」）比賽。那個年代，沒有人賣陀螺，陀螺都是父兄或自己砍下芭樂樹的樹幹、樹枝，以柴刀刪削製作，中心位置還要嵌入鐵釘，工程浩

大，我在想，會不會哪一位木雕師傅的第一刀就從這裡開始？擁有一顆陀螺，那真是莫大的喜悅與光彩。打陀螺，可以自己仔細纏索、用力抽索，讓陀螺在地上打轉，兩三個人同時丟出，看誰轉得久，這是文明的玩法。野蠻的玩法則是，上一回轉的時間最短的人，他的陀螺成為這一輪被釘打的對象，這一輪，他先抽轉陀螺，其他人則纏好陀螺的繩索，虎視眈眈，雀躍頻頻，選擇最恰當的時機、瞄準最適合的位置，狠狠以自己的陀螺釘打地上旋轉中的陀螺，將它擊倒、擊碎。這種玩法相當刺激，連旁觀的人都會熱血沸騰。有時，陀螺真的會被擊碎，通常只是被擊倒而已，也有情勢逆轉的情況，釘打人的陀螺反而受了傷。

不過，小孩子的戰爭不是為了宗教信仰，也不是為了石油，打完了，又去玩另一種遊戲，譬如，將掉下來的檳榔樹葉當拖車使用，讓幼小的弟妹或者女孩子坐在葉托上，大個子的男孩拉著葉子的一端跑，沙沙沙的聲響，揚起的灰塵，顛簸的運與動，都讓單純的心靈興奮。

八卦山腳多的是各種不同的樹，相思樹、樟樹、楓樹、木麻黃，供應我們「取之無禁，用之不竭」的玩具。

大地是學習最好的場域

八卦山腳，整整一大片彰化平原，就是我們奔馳追逐的場所。

那時的台灣是以農立國的年代，家家種田，我們有時隨父母下田實習，有時幾個孩子聚在一起玩泥巴，好靜的人自個兒捏塑泥像，捏個爸爸、捏個媽媽，捏個布袋戲裡的南俠翻山虎、北俠小流星，一面捏一面編故事；好動的人則各自找泥土製作平底碗，碗的大小約與手掌同，做好了以後托在手上，然後快速反扣地面，藉由反扣時大氣的衝力，將碗底爆破，兩人約好，要以自己的泥土補好對方的洞，洞破的越大，顯示自己的碗底壓得又薄又平，自己的腕力快而有力，這樣的比賽倒是溫馨而有趣，反正泥土多的是，隨挖隨有，不虞匱乏，要的是勝利的滋味。何況，賽完之後，誰的泥土，不論多少，都要還諸天地，剛才計較補多補少，可愛復可笑，對於人生的得失去取，不知有誰在這麼小的時候就

領悟了？

　　第二期稻作收成以後，田野空曠，可以丟土塊遠近為樂，可以紮稻草人大小為戲，可以大夥兒尋土塊、築土窯、熰番薯。在等待番薯烘熟以前，漫長的時間可以繼續土塊戰爭，可以繼續以稻草人為戲偶，自編自演新的武俠戲。大地一直不會拒絕孩子的笑聲。

　　或者，回到稻埕、回到厝角邊，以瓦片畫南北向的長方形，再疊上東西向的長方形，你用磚塊當「子」，我以石頭當「子」，下起「直棋」來。有時畫個圓形「西瓜棋」，各以六子攻守，可以一步一步走，也可以相約隨時飛翔，趣味自有不同。下完棋，用腳擦擦土地，磚塊、石頭、草葉也一樣回到大地，大地無損無傷，我們卻在這樣的歡樂中成長。

一條繩子・一堆廢物・一樣神奇

　　孩子是具有巧思的。家裡的廢物可能成為我們神奇的玩具，一條繩索可以有多種玩法。先說神奇的繩子吧！

　　一條繩子，我們可以自己揮動，由後而前，或由前而後，供自己兩腳齊跳、單腳獨跳、雙腳交互跳、跑步跳，這樣的組合變化已經夠讓人炫目了。還可以單手拿著繩索的兩頭，與大地平行逆時鐘方向揮動，繩子靠近時，兩腳跳躍過去，不停揮動不停跳躍，這是最累人的一種兼有運動效能的遊戲。

　　多人玩繩索，變化更多，最簡單的是一人站中間等候，兩人各執一端準備揮動，繩子揮過頭頂再落地時，中間的人同時起跳，如此反覆計數。高明的人不會站在中間等候，他是算準繩子落地的那一瞬間衝入起跳，瀟灑漂亮的英姿惹人讚賞，有時兩人一起衝入，整齊劃一，優雅美妙。

　　還有更優雅美妙的，揮繩的人左右各一繩，交互揮動，跳繩的人要在一起一落之間介入、跳躍，適時躍出，贏得許多的掌聲。我覺得這已經是一種舞蹈的基礎訓練了，笨手笨腳的我，在這種跳繩遊戲中，通常

是在旁邊用力鼓掌，衷心讚嘆的那人。

繩子除了可以供人跳躍之外，還有別的玩法。兩人各執繩索一端，分立兩旁，中間放著一塊石頭，猜拳贏的人先把繩子拋向空中抖出一個環來，要讓那個環剛好圈住石頭，慢慢攏近石頭，再猛一拉，將石頭拉到腳邊就勝了這場比賽，如果無法達成，就換對手拋繩、拉石，一來一往，有時勾住，有時落空，趣味自在其中。

延續到今天仍在玩的繩子遊戲，則是繩子繞過兩人的左腰拉在右手上，立地站穩，比比手力和智巧，誰能使對方移動腳步，誰就贏了。我住在員林那位姓張的健壯同學，一直是拉繩遊戲中的泰山。

至於廢物變神奇，就男孩而言，是滾鐵環（台語是「輪鐵箍」）遊戲的那一圈鐵環，那鐵環通常是用來捆栓水桶、尿桶、糞桶用的，當桶子壞了，上下兩圈鐵環就是我們最好的玩具，我們再製作一個「凵」字型的推桿，推著鐵環、滾著鐵環，天涯海角浪跡而去。

女孩子則喜歡以媽媽剩下的布料縫製小沙包，製成五個就可以開始玩了，拋一個在空中，趕緊放下四個再接空中那一個，然後是拋一個抓一個在手上，陸續完成後，又回到第一個動作，再換成拋一個抓兩個在手上，或者反過來，拋一次放一個，有時還配著歌謠做動作：「一放雞，二放鴨；三分開，四相疊；五搭胸，六拍手；七圍牆，八摸鼻；九咬耳，十拾起。」手巧的女孩，縫製的沙包精緻，拋接的動作俐落，歌聲又好聽，讓人入迷。

文字，奧祕的玩具，激盪腦力

識字以後，讓我入迷的是文字的變幻。

未上小學以前，爸爸就拿著磚塊、石頭、樹枝，在大地上教我習字、認字，我也有模有樣拿著磚塊、石頭、樹枝在大地上刻畫。我喜歡那些橫筆、豎畫、一撇、一捺的增減。

歐陽脩的母親以荻劃地教歐陽脩識字，使他成為宋朝重要的文學大師，八卦山腳有多少像我爸爸這樣的父親，拿著磚塊、石頭、樹枝，在

大地上教孩子認字，他們會教出多少文學大師？

　　中學以後，我喜歡文字的猜謎、對仗、押韻、重組，甚至於要從文字的筆劃間探悉人間的情義，測知人生的道理；要從文字的組合裡訴說心中的情義，布達生命的真諦。

　　文字是我童年最後的玩具，一直執迷地玩到今天，猶無歇息之意。它不像鐵環，只能滾到田中、二水，它可以翻滾到漢字通行的世界各地，甚至於翻滾到人的內心深處，歷史轉折的那一點奧秘，猶不歇息。

作者簡介

　　蕭蕭（1947～），本名蕭水順，彰化社頭鄉人，先後畢業於輔仁大學國文系、臺灣師大國文研究所碩士。十六歲開始接觸現代詩，步上詩壇，先後參加過水晶詩社、龍族詩社、後浪詩社，對臺灣的現代詩的創作與評論，具有相當的影響力，歷任「台灣詩學」季刊主編，明道大學中文系教授。

　　蕭蕭的作品以詩和散文為主。他的詩作意象簡潔凝練，兼具臺灣風土氣味與現代意象風格，對於形式空間的安排常有創新的嘗試。散文則展現人生的多元風貌，早期的作品多記錄少年情懷的真摯與年少激情，《太陽神的女兒》記載著景美女中教書時與學生的互動趣事，喚起多少年輕美好的生命歷程。晚期的作品則回歸樸質的生活興味，《來時路》以後的創作泉源，來自於土地的氣息，蕭蕭也在他的自序中談到他創作生命的轉變：「願以人為中心點去探討人與土地的關係，人與自然的和諧與對立──因而了解人性的生命的真正本質所在。」（《感性蕭蕭》自序）

　　誠如明道大學對他的讚譽：「一位永遠站在時代前端引領文學的詩人」，他是一位行遊在現代與傳統文化中的文學創作者，引領時代的文學思潮，也不忘將傳統的家鄉放在心上，這是作家蕭蕭獨特的風格吧！

書籍導讀

　　回到故鄉明道大學任職的蕭蕭老師，在生活的實踐上，的確呼應了他的作品《放一座山在心中》，將故鄉土壤的芬芳，透過簡潔的文字傳達給每個眷戀著故鄉的遊子，帶有一種神往，難免也流露些許淡淡的憂傷。這是一本兼具自然恬靜風情與質

樸淳厚人情之作，讀此書，有種繁華落盡、復返自然的近鄉情怯，對於自然景致的勾勒與人文世情的抒懷，都做了最完美的演繹。

《放一座山在心中》是作者以散文書寫的彰化地誌學，以報導文學的筆觸，展開了夢幻與現實糾葛的彰化記憶，書寫屬於故鄉的情事。內容共分五輯，分別書寫青春年少的鄉土記憶，或寫八卦山綿延的歷史脈絡與牽絆，更多的是社頭深深淺淺的生活情事與人文關懷，又側寫彰化縣境諸多鄉鎮的風土特色。這是一本秉持感恩的心追懷故鄉點滴的書籍，蕭蕭誠懇真摯的文筆描繪下，彰化在田園美景與名勝史蹟的光環籠罩下，多了份文學典雅的氣息。

對於自然景觀的描述，作者有其細膩深刻的視角：「走在田埂上，聞到的不論是清香或糞臭，總有眼眶濕潤的感覺。一大早班鳩的叫聲，黃昏時灰面鵟的身影，我都有『我認識牠、我記得牠』的興奮，很想告訴誰，這是我熟悉的事物。」（蕭蕭〈返鄉四唱〉）

蕭蕭的文字風格有別於其它書寫自然的作家，因為在他的作品裡，我們感受到「返鄉的幸福感」，回到自然的懷抱，在他看來，便是「人生絕大的幸福」。

篇章內容賞析

〈八卦山下的自然童玩〉這篇文本，記載著作者的童年記憶，與自然融合的生命律動，伴隨著成長的足跡，孕育出恬淡的胸襟，一如作者溫潤的性情。在自然的擁抱下，八卦山的日落、濁水溪的吟唱與社頭的溫暖人，彌補了農村貧乏的物質生活，而賦予作者豐厚的生命泉源。大自然的巧手與慧黠的想像成就了作者的童玩記憶，是透過生命的體驗得來的喜悅，不被潮流淹沒，未曾腐朽。

文中細數「自然童玩」的生活記趣，貧寒農村孩子的玩具常是生活中隨手取得的。「身體是第一樣遊戲載體」，隨身攜帶、自娛娛人；「口腔是最原始的樂器」，口腔的共鳴，千變萬化，樂此不疲；「植物是隨手可以取得的玩具」，家家酒、彈弓、打陀螺，取之無盡，用之不竭；「大地是學習最好的場域」，捏泥人、築土窯、紮稻草人，農忙後的閒趣；「一條繩子，一堆廢物，一樣神奇」，跳繩、滾鐵環，巧思可以化腐朽為神奇，無用之大用。作者透過小章節的段落安排，引領我們認識他的自然童玩，洋溢著跳脫文明的化外之趣。

但作者的文學啟發終究與他人不同，終章他點出最讓他入迷的童玩：

文字是我童年最後的玩具，一直執迷地玩到今天，猶無歇息之意。他不像鐵環，只能滾到田中、二水，它可以翻滾到漢字通行的世界各地，甚至於翻滾到人的內心深處，歷史轉折的那一點奧祕，猶不歇息。

　　文字的變幻遊戲讓作者入迷，因為這其中還蘊藏著父親的用心與關愛，拿著磚塊、石頭、樹枝畫地認字，包含了濃厚的情義，藉由文字的力量，作者把自然的風貌納入胸懷，也寫入自己的生命之歌。（陳淑滿導讀）

教學活動設計

一、課堂活動——童玩與我

　　小小的世界，曾經童玩是我們生活的全部，也是重要的陪伴，在成長的歲月中，是否仍保存著不捨的玩伴，在隱晦的角落堆疊著收藏的記憶呢？請打開你記憶的櫥櫃，選擇你最心愛的童玩，攜帶至課堂上，與同學來場童年的分享之旅。

二、引導寫作——童詩創作

　　大自然一直是我們的遊戲場，面對無邪的天地，我們終能保持一顆純真的心，請同學在分享之後，透過該童玩物件的回憶，創作一首屬於自己的童詩，記錄那段年少的時光。書寫格律以現代詩的模式，行數在十二行以上。

〈雪中過阿帕拉契山〉

《一天零一天》／張讓

　　開車穿過賓州阿帕拉契山許多次。許多年前深冬時走過，從安娜堡到新港的耶魯去，一路天寒地凍，過山時更覺岩冰雪石，只有仗小車溫暖保護。初春時再走過，綠葉還沒發，深色枝頭淡淡粉紅煙雲，有種嗷嗷企盼的溫柔。

　　這次穿賓州南部到匹茲堡去，過阿帕拉契山時遇見了雪。起初天晴，雖是冰點以下，但陽光明亮，視覺上有暖意。氣象預報沒說有雪。一路穿山越嶺，總共要過五座隧道。穿了四座隧道後，下起了雪來。

　　在美國開車難免遇到意外天氣。我們曾在大雷雨中開過，暴雷轟頂，雨瀑中不見前路，前後左右狂風摧枝折葉掃到路面，聲勢駭人。卻也驚險刺激，得說過癮（是性格裡那個愛冒險的部份在說。設使車過內布拉斯加大草原，一支尖細龍捲風霍然成形緊咬車尾追襲？多恐怖好玩！）有個夏天在往尼加拉瓜瀑布途中，突然雷雨傾盆，很快轉成冰雹，大石小石叮叮咚咚擊打，只好停車路邊等它過去，住在密西根時，冬天雪中開車十分平常。紐澤西冬季沒那麼嚴寒，不過有時也要雪中開車。遇上暴風雪裡簡直盲不見物，只能減速幾近爬行。

　　這場過山雪其實並不怎樣，只是意外。不到鋪天蓋地大野迷茫的程度，但滿天絞碎的陰靄敗絮，也夠騷擾趕路旅人視線的。高速公路循山起伏迴轉，雪花迎面衝來，側面看去卻從容飛舞。氣溫表顯示，降到了攝氏零下六度。噴洗車窗的清潔劑管子凍塞了（雖含抗凍劑），擋風玻璃上覆滿了雪粉鹽塵，雨刷奮力不過是將雪鹽來回層層塗抹，急凍成薄冰似毛玻璃，真的是霧裡看花了。天色越來越暗，快樂雪花持續撲來，能見度越來越差。最近的休息站起碼在十五哩外，只好稍稍減速，歪脖瞇眼效盲人瞎馬往前闖。

雪勢時大時小。有時像鵝絨，有時像細粉。雪花之大，無過李白〈北風行〉裡的「燕山雪花大如席」了。雪花能大到那程度嗎？想必是詩仙誇張，就如他的：「秋風渡江來，吹落天上月。」

　　雪花有時會肥胖像雪球。蒙大拿曾下過約七公分寬二公分厚的雪花，可稱雪餅了。蘇格蘭曾在八月轟雷後落下巨石大小冰塊，幸好是掉在一農家旁的野地上，沒造成傷亡。

　　經常在旅行時，最引人的景致是從大路正中看去。我常恨不能飛出車外，凌空攝個夠。這時路迴山轉，景觀忽開忽闔，迷茫晶瑩交替。有時圓圓山頭一片白粉樹林，有時卻像叢叢白玉珊瑚。我光是讚歎不免著急：「找地方停車照相吧！」然高速公路上，哪裡能說停就停？只好用心盡情的看。

　　史作檉《哲學觀畫》裡談中國水墨畫，主要在表現「深沉而孤獨之大莊嚴美學訊息」。尤其像范寬〈谿山行旅〉、關仝〈秋山晚翠〉重重疊架的「垂直構圖」，透過巉岩巨石表達大自然雄厚的原創力。到了橫展的水平構圖，山石草木已失去威嚴，淪為裝點悅目的工具。觀點特別，是本很有意思的書。

　　我倒覺得，中國人始終把人擺在天前面——人是外界的衡量。因此見山不是山見水不是水，紙面山水不是紙外山水。也說是，水墨畫最終不在寫實。未必是外在景物的內在昇華，而是將自我向外投射，賦外物予意味情境。剝奪物的自我，為個人感情所役用，是一種形式的征服和佔領。

　　當然，那時車行雪中四顧蒼茫，沒想到這麼多。隔天回程過山時只有一點小雪，陽光白雪明亮耀眼。雪地上農家穀倉柵欄，遠樹近樹小草，放眼一片橫披，清新得好像剛剛印刷出廠，才想到史作檉的說法。立軸畫雄奇大山，橫軸不過小橋流水？果真構圖從立軸到橫軸是退化嗎？清楚的是，我們過的不是尖峭插天的洛磯山或安地斯山，而只是古老圓融的阿帕拉契山。越往下雪越少，過了契色匹克分水嶺，便幾乎沒雪了。

作者簡介

　　張讓，本名盧慧貞，1956年生於金門，長年旅居美國。以小說崛起於文壇，曾獲首屆聯合文學小說新人獎中篇小說首獎、聯合報長篇小說推薦獎等。1991年散文集《當風吹過想像的平原》出版後，創作主力逐漸轉移至散文，作品多次選入當代散文選集。

　　具法律與心理學專業背景，寫作風格以理性辯證為主，不流於情緒的氾濫。有別於「閨秀文學」的抒情格局，善於剖析、探究問題、用字精煉，對自我、生活、社會提出省思批判。

　　張讓著作兼及小說、散文、翻譯作品等，創作態度坦然，重質不重量，不追潮流，不迎世俗。著有長篇小說《迴旋》等，散文集《當風吹過想像的平原》、《高速風景》、《急凍的瞬間》、《一天零一天》等，翻譯短篇小說集《出走》等。

書籍導讀

　　本書選文自2009到2010的《三少四壯》專欄，寫作背景起源於世界動盪、能源耗竭、資訊爆炸、人際變動等議題的省思。寫作形式自由，以隨筆形式記錄生活中的小人小物，文章主軸緊扣對生命各種焦慮的反思。

　　張讓自述，自己不善於生活中柴米油鹽的敘述，反倒被事物的抽象哲理與概念吸引。題材雖取自個人，但卻能表現多種人生議題：如以旅行文學的筆觸寫親身經驗的感知，寫旅行的無疆無界；以遊子的身分看原鄉文化的凋零，中西文化的不平衡；反思面對科技進步的不知所措，對生活與人際的衝擊；藉由讀書筆記，提出環境保育的新思維等。

　　隨著年紀的增長，對於時間流逝的焦慮，瞬息變化的未來別有感觸，文章試圖從生與死、現實與虛無中探求生命的意義，以理性的思維進行辯證，提出多面思考角度與論證。惜墨如金，筆觸遊走於時空邊界，以精簡的文字表現生命轉瞬即逝的片刻；以冷靜的筆調、嚴謹的思路緩緩道盡人世的起落。

篇章內容賞析

〈雪中過阿帕拉契山〉一文出自《一天零一天》，為作者紀錄行旅時巧遇阿帕拉契山降雪的所見所聞，從一場意外的降雪開頭，並敘述在美國開車時偶遇的意外天氣。

開頭敘述過阿帕拉契山多次，曾於嚴冬時走過，感受山間的岩冰雪石，亦於初春時走過，感受枝頭蠢蠢欲發的生命。並藉由多次旅程中偶遇多變天氣且驚險的行旅過程，來強調此行獨特之處，不在於雪景的驚心動魄，也無鋪天蓋地的大雪，而在於陽光暖照之時，一場平凡而不預期的降雪。

正文敘述降雪的場景，雪景並非獨具特色，只是來得突然。意外的降雪，為旅途帶來不小的困擾，迎面而來的紛飛亂絮，阻擾了旅程；覆蓋在擋風玻璃的雪粉鹽塵，遮蔽了視野。文中形容雪花翩翩落下的姿態，雪勢的時大時小，都讓一場平凡的雪景有了生命。並插敘在旅行時最令人震撼的景緻，莫過於從大路正中看去，隨著山迴路轉，景觀忽開忽闔，總有無盡的讚嘆。從雪景的描繪到對自然的讚嘆，表現了張讓散文一如往常的冷靜筆觸與哲理書寫。正文後段帶入對《哲學觀畫》中談中國水墨畫的看法，認為史作檉以立軸、橫軸的觀點來看雄奇大山與小橋流水的構圖，別具特色。由此思考人與外界事物的關係，認為人習慣藉由外在的景物投射自我的情感，將物視為個人情感的服膺。因此，水墨畫的意義最終不在寫實，而是人將自我向外投射，給予景物特殊的心境。

結尾寫回程之景，眼前所見不同於前一日的蒼茫雪景，心境平和了，多了份欣賞外物的注意，於是陽光的耀眼，雪地的明亮，清新的景緻便一覽無遺，盡收眼底。

文章以隨筆的形式寫成，不刻意造作，藉由一件日常小事闡發哲理，在歌頌明媚風光時，從不同角度體驗旅行的滋味；在飽覽物景變化時，思辨「物」、「我」的價值與角色意義。張讓的旅行書寫，記錄了自我的生活經驗，透過旅行尋找生活的步調，因此偏愛舊地重遊，每回都能有更深的探索與收穫。注重旅行中的精神層次，排斥誇大的戲劇化表現，和觀光客走馬看花的心態，將書寫建立在豐富的旅行經驗與感受上，在旅行中尋覓著自我，追求人生中的各種解答。（陳凱琳導讀）

教學活動設計〈跟著旅遊摺頁去旅行〉

活動目的：

　　旅行，是一個移動的過程，因此「旅行必然的條件是離開」（張讓〈旅人的眼睛〉）。旅人記錄某段移動的過程中所產生的感懷，就是旅行書寫。本課活動即借用旅行書寫的要素，進行旅遊摺頁的設計。

活動步驟：

一、請先討論〈學習單〉問題

問題	小組討論結果	自己的答案
旅行的動機與目的		
旅行的必要條件		
旅行的心態與眼光		
旅行的收穫		
旅行中，最常拍攝的景物		

二、旅遊摺頁設計

1. 請參照旅遊摺頁，設計一份深度旅遊的企劃，內容需有：

　　(1)交通路線與旅遊路線設計

　　(2)設施體驗或飲食相關資訊

　　(3)景點或人文背景介紹

　　(4)封面：廣告文宣與標題

　　　　封底：編輯群與工作分配

備註：(1)(2)可徵引網路資料，並附上資料來源

　　　　(3)(4)須自行撰寫與設計

2. 主題選擇參考：〈失落的帝國 —— 純樸小鎮探索〉、〈歡樂一夏 —— 遊樂園主題〉、〈踏板上的風景 —— 草嶺鐵馬走透透〉、〈品茗 —— 阿里山茶鄉之旅〉、〈美湯 —— 礁溪溫泉〉、〈黃金大道 —— 金瓜石之行〉、〈原味飄香 —— 傳統市場探查〉

3. 可先進行課堂PDF報告，期末再以WORD檔呈現。

主題三

生命的觀照

導言

■林艷枝老師

　　蘇東坡遊廬山時，在西林寺牆壁題下：「橫看成嶺側成峰，遠近高低各不同。」生命便如東坡所見的廬山，東西看連綿起伏，南北看聳立成峰，從遠處、近處、高處、低處觀照，都呈現出不同的風貌。而人生是一種從無到有，生命體悟隨著年歲增長而發生、探索、變化與省思，建構著一個從過去到未來的想像藍圖，從學習到體會、從實踐到想像、從經驗到傳承，完成了生命的旅程。

　　文本的創作者，藉由曾經發生的經歷，將往日的時光透過回憶獲得此刻的新意義。生命的厚實感即是來自生命經驗的歷史，也就是來自「生命閱歷」。經歷的返回並不是原樣搬移，而是以現在的情況重新被看見。往往在事情發生的當下懵懂難解，但總是在後來別的事情發生之後才明白，開啟了當年事件的意義。

　　面對生命，我們常問，人為何而活？應如何生活？要如何活出生命的意義？探索、體驗、反思這三個問題及其間關係，並將所得內化為生命智慧，啟發內在知能，從而去提升生命境界。藉由文本的閱讀，我們可以剖析當初故事內涵，找出故事背後的力量與聲音。體會作者生命狀態的某些側面，更可能追溯甚至建構書寫當下的整體精神樣貌，包括當時的文化規範、限制與內部張力，還有文本的主人翁、書寫者以及周圍關係人的多邊心理與社會關係。

　　生命有始必有終，死亡後肉身的毀壞是無法避免的事實，各人生命軌跡在他人的記憶版圖上消失、泯除，而「遺忘」與「記憶」常在我們生活中擺盪掙扎。創作者如何藉由紀錄、書寫將個人的生命故事，銘刻於他人的記憶中，並由此產生對其後人或閱讀者終極關懷的省思與實踐，開創有意義的人生哲學問題。

　　本單元主題選錄的作品，有疾病誌、臨終關懷、醫護照護與觀察，共計八篇文本。

　　郁達夫〈遲桂花〉，選自同名書籍中的選文，以晚開的桂花作為整篇意象的貫串，縱然當時桂花開得晚一些，但花香仍為未來帶來希望。象徵雖因罹患過肺疾，求學過程有所延誤的主人翁，對於未來仍抱持生存的力量，準備結婚開啟人生嶄新的生活。

　　黃春明〈死去活來〉，出自《放生》一書，是黃春明想為這一代被留在鄉間的老年人做見證的小說。死去活來，本義原是形容極度痛苦悲傷的情緒，以此為篇名，語

帶雙關，一方面說明小說主角粉娘兩度自彌留中甦醒，等於是死去又活過來，另一方面也因兩次的死而復生造成子孫的厭煩不耐，讓「死亡／重生」有悲劇性的收束，切合主角既死不了、又活不下去的難堪。

廖玉蕙的〈最後的咖啡〉，選自《後來》一書。作者談的是熱愛美食的母親在臨終前幾天，於飲食受限、病體困頓之下，終於喝到平生鍾愛的咖啡，而且一滴也不剩。而那杯咖啡，不但讓陪伴在側的兒女事後詮釋為「母親一生完美的結束」，也是思念母親時最美好的回憶。

簡媜〈醫院浮生錄〉，選自《誰在銀閃閃的地方，等你》，是寫作者陪同母親就醫時，觀察「痛苦的展覽所」——醫院的心情紀錄。看似零散的觀察筆記，除了刻劃醫院的日常面貌，更多的是以病人和家屬的角色，對醫院和醫療人員提出更多的願景和期待。

呂政達的〈避雨〉，選自《孤寂星球，熱鬧人間》一書。〈避雨〉一文從「就是你嗎？」及「別怕！」開啟二二八與撰寫者之間的關連性。二二八事件之後，到底歷史真相是什麼？對誰產生了什麼樣的影響？透過文末「別怕」一詞，展露人性對於死亡恐懼無處遁逃的心情。

李欣倫的〈藥罐子〉，選自同名書籍中的作品。臉頰紅潤如蘋果的女孩，怎麼會成為他人口中所說柔弱的「藥罐子」呢？一個中醫師的女兒以懸疑的開頭，引導讀者走入她的中藥世家，閱讀了她的青春與愛戀。

甘耀明的〈面盆裝麵線〉，選自《喪禮的故事》，作者以第三人稱旁觀的角度，將祖母（阿婆）1921年出生到過世前為時間軸，描寫客家族群的家庭、親情與鄉里傳說的種種故事。祖母「死裡逃生」的豁達，祖父糾結於算命師「壽終歲數」，兩相對照穿插的方式，帶出面對生命的不同態度。

阿布的〈臨行密密縫〉，選自《實習醫生的祕密手記》，以實習醫生-作者阿布為過世的病人移除管線，縫合氣切口和大腿放雙腔導管的傷口。寂靜的病房，作者將所有外來的管線一一拔除，細心縫合每一個缺口，還病人一具無罣無礙的軀體，一針一線，是溫柔的慈悲和對生命的敬意。

東坡先生提到從不同角度觀看盧山，盧山便以不同風貌與你相視。但若是陷溺在其中，便無法窺探到人生的種種風景。觀照，便是讓我們參與其中，卻能運用不同視角、觀點來檢視、反思我們生活中的種種生命面向。作者用生命故事來和我們相視，期許閱讀者也能以故事交換故事、生命觀照生命，共同豐厚我們的生命底蘊。

〈遲桂花〉 （節錄）

《郁達夫精選集3—遲桂花》／郁文

×× 兄：

　　突然間接著我這一封信，你或者會驚異起來，或者你簡直會想不出這發信的翁某是什麼人。但仔細一想，你也不在做官，而你的境遇，也未見得比我的好幾多倍，所以將我忘了的這一回事，或者是還不至於的。因為這除非是要貴人或境遇很好的人才做得出來的事情。前兩禮拜為了採辦結婚的衣服傢俱之類，才下山去。有好久不上城裏去了，偶爾去城裏一看，真是像丁令威的化鶴歸來，觸眼新奇，宛如隔世重生的人。在一家書鋪門口走過、一抬頭就看見了幾冊關於你的傳記評論之類的書。再踏進去一問，才知道你的著作竟積成了八九冊之多了。將所有的你的和關於你的書全買將回來一讀，彷彿是又接見了十餘年不見的你那副音容笑語的樣子。我忍不住了，一遍兩遍的盡在翻讀，愈讀愈想和你通一次信，見一次面。但因這許多年數的不看報，不識世務，不親筆硯的緣故，終於下了好幾次決心，而仍不敢把這心願來實現。現在好了，關於我的一切結婚的事情的準備，也已經料理到了十之七八，而我那年老的娘，又在打算著於明天一侵早就進城去，早就上床去躺下了。我那可憐的寡妹，也因為白天操勞過了度，這時候似乎也已經墜入了夢鄉，所以我可以靜靜兒的來練這久未寫作的筆，實現我這已經懷念了有半個多月的心願了。

　　提筆寫將下來，到了這裏，我真不知將如何的從頭寫起。和你相別以後，不通聞問的年數，隔得這麼的多，讀了你的著作以後，心裏頭觸起的感覺情緒，又這麼的複雜；現在當這一刻的中間，洶湧盤旋在我腦裏想和你談談的話，的確，不止像一部二十四史那麼的繁而且亂，簡直是同將要爆發的火山內層那麼的熱而且烈，急遽尋不出一個頭來。

我們自從房州海岸別來，到現在總也約莫有十多年光景了罷！我還記得那一天晴冬的早晨，你一個人立在寒風裏送我上車回東京去的情形。你那篇《南遷》的主人公，寫的是不是我？我自從那一年後，竟爲這胸腔的惡病所壓倒，與你再見一次面和通一封信的機會也沒有，就此回國了。學校當然是中途退了學，連生存的希望都沒有了的時候，哪裏還顧得到將來的立身處世？哪裏還顧得到身外的學藝修能？到這時候爲止的我的少年豪氣，我的絕大雄心，是你所曉得的。同級同鄉的同學，只有你和我往來得最親密。在同一公寓裏同住得最長久的，也只有你一個人；時常勸我少用些功，多保養身體，預備將來爲國家爲人類致大用的，也就是你。每於風和日朗的晴天，拉我上多摩川上井之頭公園及武藏野等近郊去散走閒遊的，除你以外，更沒有別的人了。那幾年高等學校時代的愉快的生活，我現在只教一閉上眼，還歷歷透視得出來。看了你的許多初期的作品，這記憶更加新鮮了。我的所以愈讀你的作品，愈想和你通一次信者，原因也就在這些過去的往事的追懷。這些都是你和我兩人所共有的過去，我寫也沒有寫得你那麼好，就是不寫你總也還記得的，所以我不想再說。我打算詳詳細細向你來作一個報告的，就是從那年冬天回故鄉以後的十幾年光景的山居養病的生活情形。

　　那一年冬天咯了血，和你一道上房州去避寒，在不意之中，又遇見了那個肺病少女——是眞砂子罷？連她的名字我都忘了——無端惹起了那一場害人害已的戀愛事件。你送我回東京之後，住了一個多禮拜，我就回國來了。我們的老家在離城市有二十來里地的翁家山上，你是曉得的。回家住下，我自己對我的病，倒也沒什麼驚奇駭異的地方，可是我痰裏的血絲，臉上的蒼白，和身體的瘦削，卻把我那已經守了好幾年寡的老母急壞了，因爲我那短命的父親，也是患這同樣的病而死去的。於是她就四處的去求神拜佛，採藥求醫，急得連粗茶淡飯都無心食用，頭上的白髮，也似乎一天一天的加多起來了。我哩！戀愛已經失敗了，學業也已輟了，對於此生，原已沒有多大的野心，所以就落得去由她擺佈，積極地雖盡不得孝，便消極地盡了我的順。初回家的一年中間，我簡直門外也不出一步，各色各樣的奇形的草藥，和各色各樣的異味的單

方，差不多都嘗了一個遍。但是怪得很，連我自己都滿以爲沒有希望的這致命的病症，一到了回國後所經過的第二個春天，竟似乎有神助似地忽然減輕了，夜熱也不再發，盜汗也居然止住，痰裏的血絲早就沒有了。我的娘的喜歡，當然是不必說，就是在家裏替我煮藥縫衣，代我操作一切的我那位妹妹，也同春天的天氣一樣，時時展開了她的愁眉，露出了她那副特有的眞眞是討人歡喜的笑容。

到了初夏，我藥也已經不服，有興致的時候，居然也能夠和她們一道上山前山後去採採茶，摘摘菜，幫她們去服一點小小的勞役了。是在這一年的——回家後第三年的——秋天，在我們家裏，同時候發生了兩件似喜而又可悲，說悲卻也可喜的悲喜劇。第一，就是我那妹妹的出嫁，第二，就是我定在城裏的那家婚約的解除。妹妹那年十九歲了，男家是只隔一支山嶺的一家鄉下的富家。他們來說親的時候，原是因爲我們祖上是世代讀書的，總算是來和詩禮人家攀婚的意思。定親已經定過了四五年了，起初我娘卻嫌妹妹年紀太小，不肯馬上准他們來迎娶，後來就因爲我的病，一擱就又擱起了兩三年。到了這一回，我的病總算已經恢復，而妹妹卻早到了該結婚的年齡了。男家來一說，我娘也就應允了他們，也算完了她自己的一件心事。至於我的這家親事呢，卻是我父親在死的前一年爲我定下的，女家是城裏的一家相當有名的舊家。那時候我的年紀雖還很小，而我們家裏的不動產卻著實還有一點可觀。並且我又是一個長子，將來家裏要培植我讀書處世是無疑的，所以那一家舊家居然也應允了我的婚事。以現在的眼光看來，這門親事，當然是我們去竭力高攀的，因爲杭州人家的習俗，是吃粥的人家的女兒，非要去嫁吃飯的人家不可的。還有鄉下姑娘，嫁往城裏，倒是常事，城裏的千金小姐，卻不大會下嫁到鄉下來的，所以當時的這個婚約，起初在根本上就有點兒不對。後來經我父親的一死，我們家裏，喪葬費用，就用去了不少。嗣後年復一年，母子三人，只吃著家裏的死飯。親族戚屬，少不得又要對我們孤兒寡婦，時時加以一點剝削。母親又忠厚無用，在出賣田地山場的時候，也不曉得市價的高低，大抵是任憑族人在從中勾搭。就因這種種關係的結果，到我考取了官費，上日本去留學的那一年，我

們這一家世代讀書的翁家山上的舊家，已經只剩得一點僅能維持衣食的住屋山場和幾塊荒田了。

當我初次出國的時候，承蒙他們不棄，我那未來的親家，還送了我些贐儀路費。後來於寒假暑假回國的期間，也曾央原媒來催過完姻。可是接著就是我那致命的病症的發生，與我的學業的中輟，於是兩三年中，他們和我們的中間，便自然而然的斷絕了交往。到了這一年的晚秋，當我那妹妹嫁後不久的時候，女家忽而又央了原媒來對母親說：「你們的大少爺，有病在身，婚娶的事情，當然是不大相宜的，而他家的小姐，也已經下了絕大的決心，立志終身不嫁了，所以這一個婚約，還是解除了的好。」說著就打開包裹，將我們傳紅時候交去的金玉如意，紅綠帖子等，拿了出來，退還了母親。我那忠厚老實的娘，人雖則無用，但面子卻是死要的，一聽了媒人的這一番說話，目瞪口僵，立時就滾下了幾顆眼淚來。幸虧我在旁邊，做好做歹的對娘勸慰了好久，她才含著眼淚，將女家的回禮及八字全帖等檢出，交還了原媒。媒人去後，她又上山後我父親的墳邊去大哭了一場。直到傍晚，我和同族鄰人等一道去拉她回來，她在路上，還流著滿臉的眼淚鼻涕，在很傷心地嗚咽。這一齣賴婚的怪劇，在我只有高興，本來是並沒有什麼大不了的，可是由頭腦很舊的她看來，卻似乎是翁家世代的顏面家聲都被他們剝盡了。自此以後，一直下來，將近十年，我和她母子二人，就日日的寡言少笑，相對煢煢，直到前年的冬天，我那妹夫死去，寡妹回來為止，兩人所過的，都是些在煉獄裏似的沉悶的日子。

說起我那寡妹，她真也是前世不修。人雖則很長大，身體雖則很強壯，但她的天性，卻永遠是一個天真活潑的小孩子。嫁過去那一年，來回郎的時候，她還是笑嘻嘻地如同上城裏去了一趟回來了的樣子，但雙滿月之後，到年下邊回來的時候，從來不曉得悲泣的她，竟對我母親掉起眼淚來了。她們夫家的公公雖則還好，但婆婆的繁言吝嗇，小姑的刻薄尖酸和男人的放蕩兇暴，使她一天到晚過不到一刻安閒自在的生活。工作操勞本係是她在家裏的時候所慣習的，倒並不以為苦，所最難受的，卻是多用一枝火柴，也要受婆婆責備的那一種儉約到不可思議的生

活狀態。還有兩位小姑，左一句尖話，右一句毒語，彷彿從前我娘的不准他們早來迎娶，致使她們的哥哥染上了遊蕩的惡習，在外面養起了女人這一件事情，完全是我妹妹的罪惡。結婚之後，新郎的惡習，仍舊改不過來，反而是在城裏他那舊情人家裏過的日子多，在新房裏過的日子少。這一筆帳，當然又要寫在我妹妹的身上。婆婆說她不會侍奉男人，小姑們說她不會勸，不會騙。有時候公公看得難受，替她申辯一聲，婆婆就尖著喉嚨，要罵上公公的臉去：「你這老東西！臉要不要，臉要不要，你這扒灰老！」因我那妹夫，過的是這一種不自然的生活，所以前年夏天，就染了急病死掉了，於是我那妹妹又多了一個剋夫的罪名。妹妹年輕守寡，公公少不得總要對她客氣一點，婆婆在這裡就算抓住了扒灰的證據，三日一場吵，五日一場鬧，還是小事，有幾次在半夜裏，兩老夫婦還會大哭大罵的喧鬧起來。我妹妹於有一回被罵被逼得特別厲害的爭吵之後，就很堅決地搬回到了家裏來住了。自從她回來之後，我娘非但得到了一個很大的幫手，就是我們家裏的沉悶的空氣，也緩和了許多。

　　這就是和你別後，十幾年來，我在家裏所過的生活的大概。平時非但不上城裏去走走，當風雪盈途的冬季，我和我娘簡直有好幾個月不出門外的時候。我妹妹回來之後，生活又約略變過了。多年不做的焙茶事業，去年也竟出產了一二百斤。我的身體，經了十幾年的靜養，似乎也有一點把握了。從今年起，我並且在山上的晏公祠裏參加入了一個訓蒙的小學，居然也做了一位小學教師。但人生是動不得的，稍稍一動，就如滾石下山，變化便要接連不斷的簇生出來。我因為在教教書，而家裏頭又勉強地幹起了一點事業，今年夏季居然又有人來同我議婚了。新娘是近鄰鄉村裏的一位老處女，今年二十七歲，家裏雖稱不得富有，可也是小康之家。這位新娘，因為從小就讀了些書，曾在城裏進過學堂，相貌也還過得去——好幾年前，我曾經在一處市場上看見過她一眼的——故而高不湊，低不就，等閒便度過了她的錦樣的青春。我在教書的學校裏的那位名譽校長——也是我們的同族——本來和她是舊親，所以這位校長就在中間做了個傳紅線的冰人。我獨居已經慣了，並且身體也不見

得分外強健，若一結婚，難保得舊病的不會復發，故而對這門親事，當初是斷然拒絕了的。可是我那年老的母親，卻仍是雄心未死，還在想我結一頭親，生下幾個玉樹芝蘭來，好重振重振我們的這已經墜落了很久的家聲，於是這親事就又同當年生病的時候服草藥一樣，勉強地被壓上我的身上來了。我哩，本來也已經入了中年了，百事原都看得很穿，又加以這十幾年的疏散和無爲，覺得在這世上任你什麼也沒甚大不了的事情，落得隨隨便便的過去，橫豎是來日也無多了。只教我母親喜歡的話，那就是我稍稍犧牲一點意見也使得。於是這婚議，就在很短的時間裏，成熟得妥妥帖帖，現在連迎娶的日期也已經揀好了，是舊曆九月十二。

是因爲這一次的結婚，我才進城裏去買東西，才發現了多年不見的你這老友的存在，所以結婚之日，我想請你來我這裡吃喜酒，大家來談談過去的事情。你的生活，從你的日記和著作中看來，本來也是同雲遊的僧道一樣的。讓出一點工夫來，上這一區僻靜的鄉間來往幾日，或者也是你所喜歡的事情。你來，你一定來，我們又可以回顧回顧一去而不復返的少年時代。

我娘的房間裏，有起響動來了，大約天總就快亮了罷。這一封信，整整地費了我一夜的時間和心血，通宵不睡，是我回國以後十幾年來不曾有過的經驗，你單只看取了我的這一點熱忱，我想你也不好意思不來。

啊，雞在叫了，我不想再寫下去了，還是讓我們見面之後再來談罷！

一九三二年九月　翁則生上

剛在北平住了個把月，重回到上海的翌日，和我進出的一家書鋪裏，就送了這一封掛號加郵託轉交的厚信來。我接到了這信，捏在手裏，起初還以爲是一位我認識的作家，寄了稿子來託我代售的。但翻轉信背一看，卻是杭州翁家山的翁某某所發，我立時就想起了那位好學不倦，面容嫵媚，多年不相聞問的舊同學老翁。他的名字叫翁矩，則生是

他的小名。人生得矮小娟秀，皮色也很白淨，因而看起來總覺得比他的實際年齡要小五六歲。在我們的一班裏，算他的年紀最小，操體操的時候，總是他立在最後的，但實際上他也只不過比我小了兩歲。那一年寒假之後，和他同去房州避寒，他的左肺尖，已經被結核菌損蝕得很屬害了。住不上幾天，一位也住在那近邊養肺病的日本少女，很熱烈地和他要好了起來，結果是那位肺病少女的因興奮而病劇，他也就同失了舵的野船似地遷回到了中國。以後一直十多年，我雖則在大學裏畢了業，但關於他的消息，卻一向還不曾聽見有人說起過。拆開了這封長信，上書室去坐下，從頭至尾細細讀完之後，我呆視著遠處，茫茫然如失了神的樣子，腦子裏也觸起了許多感慨與回思。我遠遠的看出了他的那種柔和的笑容，聽見了他的沉靜而又清澈的聲氣。直到天將暗下去的時候，我一動也不動，還坐在那裏呆想，而樓下的家人卻來催吃晚飯了。在吃晚飯的中間，我就和家裏的人談起了這位老同學，將那封長信的內容約略說了一遍。家裏的人，就勸我落得上杭州去旅行一趟，像這樣的秋高氣爽的時節，白白地消磨在煤煙灰土很深的上海，實在有點可惜，有此機會，落得去吃吃他的喜酒。

第二天仍舊是一天晴和爽朗的好天氣，午後二點鐘的時候，我已經到了杭州城站，在雇車上翁家山去了。但這一天，似乎是上海各洋行與機關的放假的日子，從上海來杭州旅行的人，特別的多。城站前面停在那裏候客的黃包車，都被火車上下來的旅客雇走了，不得已，我就只好上一家附近的酒店去吃午飯。在吃酒的當中，問了問堂倌以去翁家山的路徑，他便很詳細地指示我說：

「你只教坐黃包車到旗下的陳列所，搭公共汽車到四眼井下來走上去好了。你又沒有行李，天氣又這麼的好，坐黃包車直去是不上算的。」

得到了這一個指教，我就從容起來了，慢慢的喝完了半斤酒，吃了兩大碗飯，從酒店出來，便坐車到了旗下。恰好是三點前後的光景，湖六段的汽車剛載滿了客人，要開出去。我到了四眼井下車，從山下稻田中間的一條石板路走進滿覺隴去的時候，太陽已經平西到了三五十度斜

角度的樣子，是牛羊下山，行人歸舍的時刻了。在滿覺隴的狹路中間，果然遇見了許多中學校的遠足歸來的男女學生的隊伍。上水樂洞口去坐下喝了一碗清茶，又拉住了一位農夫，問了聲翁則生的名字，他就曉得很詳細似地告訴我說：

「是山上第二排的朝南的一家，他們那間樓房頂高，你一上去就可以看得見的。則生要討新娘子了，這幾天他們正在忙著收拾。這時候則生怕還在晏公祠的學堂裏哩。」

謝過了他的好意，付過了茶錢，我就順著上煙霞洞去的石級，一步一步的走上了山去。漸走漸高，人聲人影是沒有了，在將暮的晴天之下，我只看見了許多樹影。在半山亭裏立住歇了一歇，回頭向東南一望，看得見的，只是些青蔥的山和如雲的樹，在這些綠樹叢中又是些這兒幾點，那兒一簇的屋瓦與白牆。

「啊啊，怪不得他的病會得好起來了，原來翁家山是在這樣的一個好地方。」

煙霞洞我兒時也曾來過的，但當這樣晴爽的秋天，於這一個西下夕陽東上月的時刻，獨立在山中的空亭裏，來仔細賞玩景色的機會，卻還不曾有過。我看見了東天的已經滿過半弓的月亮，心裏正在羨慕翁則生他們老家的處地的幽深，而從背後又吹來了一陣微風，裏面竟含滿著一種說不出的撩人的桂花香氣。

「啊……」

我又驚異了起來：

「原來這兒到這時候還有桂花？我在以桂花著名的滿覺隴裏，倒不曾看到，反而在這一塊冷僻的山裏面來聞吸濃香，這可真也是奇事了。」

這樣的一個人獨自在心中驚異著，聞吸著，賞玩著，我不知在那空亭裏立了多少時候。突然從腳下樹叢深處，卻幽幽的有晚鐘聲傳過來了，柬嗆，柬嗆地這鐘聲實在真來得緩慢而淒清。我聽得耐不住了，拔起腳跟，一口氣就走上了山頂，走到了那個山下農夫曾經教過我的煙霞洞西面翁則生家的近旁。約莫離他家還有半箭路遠時候，我一面喘著

氣，一面就放大了喉嚨向門裏面叫了起來：

「喂，老翁！老翁！則生！翁則生！」

聽見了我的呼聲，從兩扇關在那裏的腰門裏開出來答應的卻不是被我所喚的翁則生自己，而是我從來也沒有見過面的，比翁則生略高三五分的樣子，身體強健，兩頰微紅，看起來約莫有二十四五的一位女性。

她開出了門，一眼看見了我，就立住腳驚疑似地略呆了一呆。同時我看見她臉上卻漲起了一層紅暈，一雙大眼睛眨了幾眨，深深地吞了一口氣。她似乎已經鎮靜下去了，便很靦腆地對我一笑。在這一臉柔和的笑容裏，我立時就看到了翁則生的面相與神氣，當然她是則生的妹妹無疑了，走上了一步，我就也笑著問她說：

「則生不在家麼？你是他的妹妹不是？」

聽了我這一句問話，她臉上又紅了一紅，柔和地笑著，半俯了頭，她方才輕輕地回答我說：

「是的，大哥還沒有回來，你大約是上海來的客人罷？吃中飯的時候，大哥還在說哩！」

這沉靜清澈的聲氣，也和翁則生的一色而沒有兩樣。

「是的，我是從上海來的。」

我接著說：

「我因為想使則生驚駭一下，所以電報也不打一個來通知，接到他的信後，馬上就動身來了。不過你們大哥的好日也太逼近了，實在可也沒有寫一封信來通知的時間餘裕。」

「你請進來罷，坐坐吃碗茶，我馬上去叫了他來。怕他聽到了你來，真要驚喜得像瘋了一樣哩。」

走上臺階，我還沒有進門，從客堂後面的側門裏，卻走出了一位頭髮雪白，面貌清癯，大約有六十內外的老太太來。她的柔和的笑容，也是和她的女兒兒子的笑容一色一樣的。似乎已經聽見了我們在門口所交換過的談話了，她一開口就對我說：

「是郁先生麼？為什麼不寫一封快信來通知？則生中午還在說，說你若要來，他打算進城上車站去接你去的。請坐，請坐，晏公祠只有十

幾步路，讓我去叫他來罷，怕他真要高興得像什麼似的哩。」說完了，她就朝向了女兒，吩咐她上廚下去燒碗茶來。她自己卻踏著很平穩的腳步，走出大門，下臺階去通知則生去了。

「你們老太太倒還輕健得很。」

「是的，她老人家倒還好。你請坐罷，我馬上起了茶來。」

她上廚下去起茶的中間，我一個人，在客堂裏倒得了一個細細觀察周圍的機會。則生他們的住屋，是一間三開間而有後軒後廂房的樓房。前面階沿外走落臺階，是一塊可以造廳造廂樓的大空地。走過這塊數丈見方的空地，再下兩級臺階，便是村道了。越村道而下，再低數尺，又是一排人家的房子。但這一排房子，因為都是平屋，所以擋不殺翁則生他們家裏的眺望。立在翁則生家的空地裏，前山後山的山景，是依舊歷歷可見的。屋前屋後，一段一段的山坡上，都長著些不大知名的雜樹，三株兩株夾在這些雜樹中間，樹葉短狹，葉與細枝之間，滿撒著鋸末似的黃點的，卻是木犀花樹。前一刻在半山空亭裏聞到的香氣，源頭原來就係出在這一塊地方的。太陽似乎已下了山，澄明的光裏，已經看不見日輪的金箭，而山腳下的樹梢頭，也早有一帶晚煙籠上了。山上的空氣，真靜得可憐，老遠老遠的山腳下的村裏，小兒在呼喚的聲音，也清晰地聽得出來。我在空地裏立了一會，背著手又踱回到了翁家的客廳，向四壁掛在那裏的書畫一看，卻使我想起了翁則生信裏所說的事實。琳琅滿目，掛在那裏的東西，果然是件件精緻，不像是鄉下人家的俗惡的客廳。尤其使我看得有趣的，是陳豪寫的一堂《歸去來辭》的屏條，墨色的鮮艷，字跡的秀腴，有點像董香光而更覺得柔媚。翁家的世代書香，只須上這客廳裏來一看就可以知道了。我立在那裏看字畫還沒有看得周全，忽而背後門外老遠的就飛來了幾聲叫聲：

「老郁！老郁！你來得真快！」

翁則生從小學校裏跑回來了，平時總很沉靜的他，這時候似乎也感到了一點興奮。一走進客堂，他握住了我的兩手，盡在喘氣，有好幾秒鐘說不出話來。等落在後面的他娘走到的時候，三人才各放聲大笑了起來。這時候他妹妹也已經將茶燒好，在一個朱漆盤裏放著三碗搬出來擺

上桌子來了。

「你看，則生這小孩，他一聽見我說你到了，就同猴子似的跳回來了。」他娘笑著對我說。

「老翁！說你生病生病，我看你倒仍舊不見得衰老得怎麼樣，兩人比較起來，怕還是我老得多哩？」

我笑說著，將臉朝向了他的妹妹，去徵她的同意。她笑著不說話，只在守視著我們的歡喜笑樂的樣子。則生把頭一扭，向他娘指了一指，就接著對我說：

「因為我們的娘在這裡，所以我不敢老下去嚇。並且媳婦兒也還不曾娶到，一老就得做老光棍了，那還了得！」

經他這麼一說，四個人重又大笑起來了，他娘的老眼裏幾乎笑出了眼淚。則生笑了一會，就重新想起了似的替他妹妹介紹：

「這是我的妹妹，她的事情，你大約是曉得的罷？我在那信裏是寫得很詳細的。」

「我們可不必你來介紹了，我上這兒來，頭一個見到的就是她。」

「噢，你們倒是有緣啊！蓮，你猜這位郁先生的年紀，比我大呢，還是比我小？」

他妹妹聽了這一句話，面色又漲紅了，正在囁嚅困惑的中間，她娘卻止住了笑，問我說：

「郁先生，大約是和則生上下年紀罷？」

「哪裏的話，我要比他大得多哩。」

「娘，你看還是我老呢，還是他老？」

則生又把這問題轉向了他的母親。他娘仔細看了我一眼，就對他笑罵般的說：

「自然是郁先生來得老成穩重，誰更像你那樣的不脫小孩子脾氣呢！」

說著，她就走近了桌邊，舉起茶碗來請我喝茶。我接過來喝了一口，在茶裏又聞到了一種實在是令人欲醉的桂花香氣。掀開了茶碗蓋，我俯首向碗裏一看，果然在綠瑩瑩的茶水裏散點著有一粒一粒的金黃的

花瓣。則生以為我在看茶葉，自己拿起了一碗喝了一口，他就對我說：

「這茶葉是我們自己製的，你說怎麼樣？」

「我並不在看茶葉，我只覺這觸鼻的桂花香氣，實在可愛得很。」

「桂花嗎？這茶葉裏的還是第一次開的早桂，現在在開的遲桂花，才有味哩！因為開得遲，所以日子也經得久。」

「是的是的，我一路上走來，在以桂花著名的滿覺隴裏，倒聞不著桂花的香氣。看看兩旁的樹上，都只剩了一簇一簇的淡綠的桂花托子了，可是到了這裏，卻同做夢似地，所聞吸的儘是這種濃豔的氣味。老翁，你大約是已經聞慣了，不覺得什麼罷？我……我……」

說到了這裏，我自家也忍不住笑了起來。則生儘管在追問我，「你怎麼樣？你怎麼樣？」到了最後，我也只好說了：

「我，我聞了，似乎要起性慾衝動的樣子。」

則生聽了，馬上就大笑了起來，他的娘和妹妹雖則並沒有明確地了解我們的說話的內容，但也曉得我們是在說笑話，母女倆便含著微笑，上廚下去預備晚飯去了。

我們兩人在客廳上談談笑笑，竟忘記了點燈，一道銀樣的月光，從門裏灑進來了。則生看見了月亮，就站起來想去拿煤油燈，我卻止住了他，說：

「在月光底下清談，豈不是很好麼？你還記不記得起，那一年在井之頭公園裏的一夜遊行？」

所謂那一年者，就是翁則生患肺病的那一年秋天。他因為用功過度，變成了神經衰弱症。有一天，他課也不去上，竟獨自一個在公寓裏發了一天的瘋。到了傍晚，他飯也不吃，從公寓裏跑出去了。我接到了公寓主人的注意，下學回來，就遠遠的在守視著他，看他走出了公寓，就也追蹤著他，遠遠地跟他一道到了井之頭公園。從東京到井之頭公園去的高架電車，本來是有前後的兩乘，所以在電車上，我和他並不遇著。直到下車出車站之後，我假裝無意中和他衝見了似的同他招呼了。他紅著雙頰，問我這時候上這野外來幹什麼，我說是來看月亮的，記得那一晚正是和這天一樣地有月亮的晚上。兩人笑了一笑，就一道的在井

之頭公園的樹林裏走到了夜半方才回來。後來聽他的自白,他是在那一天晚上想到井之頭公園去自殺的,但因為遇見了我,談了半夜,胸中的煩悶,有一半消散了,所以就同我一道又轉了回來。「無限胸中煩悶事,一宵清話又成空!」他自白的時候,還念出了這兩句詩來,借作解嘲。以後他就因傷風而發生了肺炎,肺炎癒後,就一直的為結核菌所壓倒了。

談了許多懷舊話後,話頭一轉,我就提到了他的這一回的喜事。

「這一回的喜事麼?我在那信裏也曾和你說過。」

談話的內容,一從空想追懷轉向了現實,他的聲氣就低了下去,又回復了他舊日的沉靜的態度。

「在我是無可無不可的,對這事情最起勁的,倒是我的那位年老的娘。這一回的一切準備麻煩,都是她老人家在替我忙的。這半個月中間,她差不多日日跑城裏。現在是已經弄得完完全全,什麼都預備好了,明朝一日,就要來搭燈彩,下午是女家送嫁粧來,後天就是正日。可是老郁,有一件事情,我覺得很難受,就是蓮兒——這是我妹妹的小名——近來,似乎是很不高興的樣子,她話雖則不說,但因為她是很天真的緣故,所以在態度上表情上處處我都看得出來。你是初同她見面,所以並不覺得什麼,平時她著實要活潑哩,簡直活潑得同現代的那些時髦女郎一樣,不過她的活潑是天性的純真,而那些現代女郎,卻是學來的時髦。……按說哩,這心緒的惡劣,也是應該的,她雖則是一個純真的小孩子,但人非木石,究竟總有一點感情,看到了我們這裡的婚事熱鬧,無論如何,總免不得要想起她自己的身世淒涼的。並且還有一個最重要的動機,彷彿是她覺得自己今後的寄身無處。這兒雖是娘家,但她卻是已經出過嫁的女兒了,哥哥討了嫂嫂,她還有什麼權利再寄食在娘家呢?所以我當這婚事在談起的當初,就一次兩次的對她說過了,不管它怎樣,她總是我的妹妹,除非她要再嫁,則沒有話說,要是不然的話,那她是一輩子有和我同居,和我對分財產的權利的,請她千萬不要自己感到難過。這一層意思,她原也明白,我的性情,她是曉得的,可是不曉得怎麼,她近來似乎總有點不大安閒的樣子。你來得正好,順便

也可以勸勸她。並且明天發嫁粧結燈彩之類的事情，怕她看了又要想到自己的身世，我想明朝一早就叫她陪你出去玩去，省得她在家裏一個人在暗中受苦。」

「那好極了，我明天就陪她出去玩一天回來。」

「那可不對，假使是你陪她出去玩的話，那是形跡更露，愈加要使她難堪了。非要裝作是你要她去作陪不行。彷彿是你想出去玩，但我卻沒有工夫陪你，所以只好勉強請她和你一道出去。要這樣，她才安逸。」

「好，好，就這麼辦，明天我要她陪我去逛五雲山去。」

正談到這裡，他的那位老母從客室後面的那扇側門裏走出來了，看到了我們坐在微明灰暗的客室裏談天，她又笑了起來說：

「十幾年不見的一段總帳，你們難道想在這幾刻功夫裏算它清來麼？有什麼話談得那麼起勁，連燈都忘了點一點？則生，你這孩子真像是瘋了，快立起來，把那盞保險燈點上。」

說著她又跑回到了廚下，去拿了一盒火柴出來。則生爬上桌子，在點那盞懸在客室正中的保險燈的時候，她就問我吃晚飯之先，要不要喝酒。則生一邊在點燈，一邊就從肩背上叫他娘說：

「娘，你以為他也是肺癆鬼麼？郁先生是以喝酒出名的。」

「那麼你快下來去開罈去罷，今天挑來的是那兩罈酒，不曉得好不好，請郁先生嘗嘗看。」

他娘聽了他的話後，就也昂起了頭，一面在看他點燈，一則在催他下來去開酒去。

「幸而是酒，請郁先生先嘗一嘗新，倒還不要緊，要是新娘子，那可使不得。」

他笑說著從桌子上跳了下來，他娘眼睛望著了我，嘴唇卻朝著了他啐了一聲說：

「你看這孩子，說話老是這樣不正經的！」

「因為他要做新郎官了，所以在高興。」

我也笑著對他娘說了一聲，旋轉身就一個踱出了門外，想看一看這

翁家山的秋夜的月明，屋內且讓他們母子倆去開酒去。

月光下的翁家山，又不相同了。從樹枝裏篩下來的千條萬條銀線，像是電影裏的白天的外景。不知躲在什麼地方的許多秋蟲的鳴唱，驟聽之下，滿以為在下急雨。白天的熱度，日落之後，忽然收斂了，於是草木很多的這深山頂上，就也起了一層白茫茫的透明霧障。山上電燈線似乎還沒有接上，遠近一家一家看得見的幾點煤油燈光，彷彿是大海灣裏的漁燈野火。一種空山秋夜的沉默的感覺，處處在高壓著人，使人肅然會起一種畏敬之思。我獨立在庭前的月光亮裏看不上幾分鐘，心裏就有點寒竦竦的怕了起來，回身再走回客室，酒茶杯筷，都已熱氣蒸騰的擺好在那裏候客了。

四個人當吃晚飯的中間，則生又說了許多笑話。因為在前回聽取一番他所告訴我的衷情之後，我於舉酒杯的瞬間，偷眼向她妹妹望望，覺得在她的柔和的笑臉上，的確似乎是有一種說不出的悲寂的表情流露在那裏的樣子。這一餐晚飯，吃盡了許多時間，我因為白天走路走得不少，而談話之後又感到了一點興奮，肚子有點餓了，所以酒和菜，竟吃得比平時要多一倍。

到了最後將快吃完的當兒，我就向則生提出說：

「老翁，五雲山我倒還沒有去玩過，明天你可不可以陪我一道去玩一趟？」

則生仍復以他的那種滑稽的口吻回答我說：

「到了結婚的前一日，新郎官哪走得開呢，還是改天再去罷。等新娘子來了之後，讓新郎新娘抬了你去燒香，也還不遲。」

作者簡介

郁文（1896-1945），字達夫，浙江富陽人，中國近代小說家、散文家、詩人。1919年11月入東京帝國大學經濟學部，至1922年畢業回國。他雖然修讀的是經濟，但文學活動不絕。1921年，與同為留日學生的郭沫若、成仿吾、張資平、鄭伯奇組織文學團體「創造社」，同年開始寫作小說。該年10月15日，首部短篇小說集《沉

淪》出版，內容暢述留學日本時迷戀日本女人的故事，故事也刻畫了主角因孤獨、性壓抑及對中國的矛盾情結所產生的複雜心理結構，內容綺豔豪放，轟動文壇。郁達夫小說作品甚豐，而獨具一格的「私小說」式的小說作品，在當時引起極大的爭議，有的說他頹廢，有人說他消極。其著名小說有〈沉淪〉、〈遲桂花〉、〈她是一個弱女子〉、〈春風沉醉的晚上〉等。本文〈遲桂花〉即選自《郁達夫作品集》。

書籍導讀

　　民初整個時代動盪不安，社會生活環境不佳，對於疾病治療常昧於怪力亂神，深刻影響人心，或溺於其中無法自拔，或心嚮往西洋文化，知識份子極為苦悶。郁達夫本人的性格敏感、身體羸弱，但其成長的經歷、社會環境、時代氛圍的影響，在新舊世界之交的動盪中，他只能以迷茫痛苦的表現方式，來發出憤怒悲哀的感嘆。他的成名作〈沉淪〉就是寫出疾病者的心情，此疾病者是一個精神耗弱的性壓抑者，以他的情況反映民初的社會狀況。郁達夫的自我書寫與時代脈動共振的呈現，幾篇作品中時時以主人翁的苦痛、疾病作為人生的情感耽溺、生命省思的重點，如〈蔦蘿行〉、〈春風沉醉的晚上〉等。他如此深切的痛苦，逐漸也得到精神的抒解與變化。陸續幾篇小說皆是自我坦露、揭發疾病痛苦的主題。但是經過十年之後，他的心情卻有了轉折，〈遲桂花〉就是他的另一個寫作主題之呈現。

　　本書《郁達夫作品集》包含幾篇短篇小說之收集，〈遲桂花〉是其中的一篇，裡面收錄：〈二詩人〉、〈逃走〉、〈楊梅燒酒〉、〈她是一個弱女子〉、〈碧浪湖的秋夜〉、〈瓢兒和尚〉、〈唯命論者〉、〈出奔〉以及〈遲桂花〉等九篇短篇小說。

篇章內容賞析

　　〈遲桂花〉創作於1932年，是郁達夫的晚期作品，與〈沉淪〉相比，它的思想和藝術特點有了明顯的改變。作品的最大藝術特點是散文化的敘事風格和內斂卻又強烈的感情色彩。文中的主人翁因為罹患過肺疾，人生求學過程有所延誤，但是總算病治好，正準備成親，作者以第一人稱的方式敘述，以主人翁的好友的身分出現，將主人翁的心情呈現出來。

　　整篇小說以晚開的桂花作為整篇意象的貫串，桂花很香，但是因為花開得晚一

些，還是充滿的希望。文章結構分爲三部份，第一部分以主角翁則生寫給同學郁先生的信，帶出主角染上肺病後，放下理想與野心的一介平凡人，希望好友參加婚禮與敍舊之情。第二部份改以郁先生的口吻，描述翁家山的景色，尤其是遲桂花之美，並刻畫翁蓮（則生妹）的活潑可人，以及郁先生暗生之情愫。第三部份則是婚禮後，「我」（郁先生）表達內心對遲桂花的嚮往之情，並以「遲桂花」互勉之，期盼三人都能等到生命中遲來的花開。

本文對於「遲桂花」象徵的運用極爲出色，作者先描寫「我」羨慕翁則生老家的幽深雅靜：「而從背後又吹來了一陣微風，裡面竟含滿著一種說不出的撩人的桂花香氣」，「桂香浮動月黃昏」（南唐江爲）的清幽畫面躍於紙上。

文中藉翁則生之言：「桂花嗎？這茶裏的還是第一次開的早桂，現在在開的遲桂花，才有味哩！因爲開得遲，所以也經得久。」說明了遲桂花奮鬥的精神，也暗喻翁則生不再消極自艾的新人生。在婚禮的致辭，「我」也不忘說起遲桂花的好，愈發凸顯文章的主題意識。文末：「則生前天對我說，桂花開得愈遲愈好，因爲開得遲，所以經得日子久。……『則生！蓮！再見！但願得我們都是遲桂花！』」以遲開的桂花作爲精神再造的隱喻，作者將遲桂花與人生緊密結合在一起，象徵著「我」內心深處對遲桂花精神的讚美、嚮往與追求。

比較郁達夫前期的作品，小說〈遲桂花〉展現不同以往的風格，作者已從早期完全灰色的書寫中逐漸走出來，脫離晦澀苦悶的意味，以樂觀積極的筆調描寫出大病後患者的心情，表達出希望與願景，感情表達顯得相當柔和，有著中年人心境的舒緩步調。

作品的另一寫作特點是情和景巧妙的融合，作品的感情色彩並不突兀，而是融合在美麗的山水風景中，他的寫景手法極爲圓熟，如勾勒翁家山傍晚、夜色、清晨的不同景致，開朗清新的格調，如詩般的意境，令人神往，從中可感受作者細膩的觀察與過人的才氣。無論主題意涵的掌握或是藝術手法的表現，〈遲桂花〉可說是一篇難得之佳作，值得細細品味。（宋邦珍導讀）

教學活動設計

一、活動設計——議題討論

　　請找出文中對於桂花的描寫，和你所知的桂花的意象有何差異？請蒐集有關桂花的資料，介紹這種植物的特性。

二、引導寫作

　　郁達夫〈遲桂花〉描寫了對美好未來的企盼，雖是遲來的花開，仍值得細細等待。對於愛情，你是否也有如此的期待，請你試著描述自己對幸福的嚮往心情。（300字以上）

〈死去活來〉

《放生》／黃春明

不是病。醫院説，老樹敗根，沒辦法。他們知道，特別是鄉下老人，不希望在外頭過往。沒時間了，還是快回家。就這樣，送她來的救護車，又替老人家帶半口氣送回山上。

八十九歲的粉娘，在陽世的謝家，年歲算她最長，輩份也最高。她在家彌留了一天一夜，好像在等著親人回來，並沒像醫院斷的那麼快。家人雖然沒有全數到齊，大大小小四十八個人從各地趕回來了。這對他們來説，算難得。好多人已經好幾年連大年大節，也都有理由不回來山上拜祖先了。這次，有的是順便回來看看自己將要擁有的那一片山地。另外，國外的一時回不來，越洋電話也都連絡了。

準備好的一堆麻衫孝服，上面還有好幾件醒眼的紅顏色。做祖了，四代人也可算做五代，是喜喪。難怪氣氛有些不像，儘管跟她生活在一起的么兒炎坤，和嫁出去的六個女兒是顯得悲傷，但是都被多數人稀釋掉了。令人感到不那麼陰氣。大家難得碰面，他們聚在外頭的樟樹下聊天，年輕的走到竹圍外看風景拍照。炎坤裡裡外外跑來跑去，拿東拿西招待遠地回來的家人。他又回屋裡探探老母親。這一次，他撩開簾布，嚇了一跳，粉娘向他叫肚子餓。大家驚奇的回到屋子裡圍著過來看粉娘。

粉娘要人扶她坐起來。她看到子子孫孫這麼多人聚在身旁，心裡好高興。她忙問大家：「呷飽未？」大家一聽，感到意外的笑起來。大家當然高興，不過還是有那麼一點覺得莫名的好笑。

么兒當場考她認人。「我，我是誰？」

「你呃，你炎坤誰不知道。」大家都哄堂大笑。他們繼續考她。能叫出名字或是説出輩份關係時，馬上就贏得掌聲和笑聲。但是有一半以

上的人，儘管旁人提示她，說不上來就是說不上。有的曾孫輩被推到前面，見了粉娘就哭起來用國語說：「我要回家，我不要在這裡。」粉娘說：「伊在說什麼？我怎麼聽不懂。」總而言之，她怪自己生太多了，怪自己老了，記性不好。

當天開車的開車，搭鎮上最後一班列車的，還有帶著小孩子被山上蚊蟲叮咬的抱怨，他們全走了。昨天，那一隻為了盡職的老狗，對一批一批湧到的，又喧譁的陌生人提出警告猛吠，而嚇哭了幾個小孩的結果，幾次都挨了主人的棍子。誰知道他們是主人的至親？牠遠遠的躲到竹欉中，直到聞不出家裡有異樣的時候，牠搖著尾巴回到家裡來了。腦子裡還是錯亂未平，牠抬眼注意主人。主人看看牠，好像忘了昨天的事。主人把電視關了。山上的竹圍人家，又與世隔絕了。

第二天清晨，天還未光，才要光。粉娘身體雖然虛弱，需要扶籬扶壁幫她走動，可是神明公媽的香都燒好了。她坐在廳頭的藤椅上，為她沒有力氣到廚房泡茶供神，感到有些遺憾。想到昨天的事；是不是昨天？她不敢確定，不過她確信，家人大大小小曾經都回到山上來。她心裡還在興奮，至少她是確確實實地做了這樣的一場夢吧。她想。

炎坤在臥房看不到老母親，一跨進大廳，著實地著了一驚。「姨仔！」他叫了一聲湊近她。

「你快到灶腳泡茶。神明公媽的香我都燒好了，就是欠清茶。我告訴神明公媽說，全家大小都回來了，請神明公媽保庇他們平安賺大錢，小孩子快快長大念大學。」

炎坤墊著板凳，把插在兩隻香爐插得歪斜的香扶直，一邊說：「姨仔，你不要再爬高爬低了，香讓我來燒就好了。」他看看八仙桌紅格桌，很難相信虛弱的老母親，竟然能搆到香爐插香。

「我跟神明公媽說了，說全家大小統統回來了。……」

「你剛剛說過了。」

「喔！」粉娘記不起來了。

炎坤去泡茶。粉娘兩隻手平放在藤椅的扶手上，舒舒服服地坐在那裡，露出咪咪的笑臉，望著觀音佛祖媽祖婆土地公群像的掛圖。她望著

此刻跟她生命一樣的紅點香火，在昏暗的廳堂，慢慢地引暈著小火光，釋放檀香的香氣充滿屋內，接著隨裊裊的煙縷飄向屋外，和濛濛亮的天光渾然一起。

不到兩個禮拜的時間，粉娘又不省人事，急急地被送到醫院。醫院對上一次的迴光能拖這麼久，表示意外神奇。不過這一次醫院又說，還是快點回去，恐怕時間來不及在家裡過世。

粉娘又彌留在廳頭。隨救護車來的醫師按她的脈搏，聽聽她的心跳，用手電筒看她的瞳孔。他說：「快了。」

炎坤請人到么女的高中學校，用機車把她接回來，要她打電話連絡親戚。大部份的親戚都要求跟炎坤直接通話。

「會不會和上一次一樣？」

「我做兒子當然希望和上一次一樣，但是這一次醫生也說了，我也看了，大概天不從人願吧。」炎坤說。對方言語支吾，炎坤又說：「你是內孫，父親又不在，你一定要回來。上次你們回來，老人家高興得天天唸著。」

幾乎每一個要求跟炎坤通話的，都是類似這樣的對答。而對方想表示即時回去有困難，又不好直說。結果，六個也算老女人的女兒輩都回來了，在世的三個兒子也回來，孫子輩的內孫外孫，沒回來的較多，曾孫都被拿來當年幼，又被他們的母親拿來當著需要照顧他們的理由，全都沒回來了。

又隔了一天一夜，經過炎坤確認老母親已經沒脈搏和心跳之後，請道士來做功德。但是鑼鼓才要響起，道士發現粉娘的白布有半截滑到地上，屍體竟然側臥。他叫炎坤來看。粉娘看到炎坤又叫肚子餓。他們趕快把拜死人的腳尾水、碗公、盛沙的香爐，還有冥紙、背後的道士壇統統都撤掉。在樟樹下聊天的親戚，少了也有十九人，他們回到屋裡圍著看粉娘。被扶坐起來的粉娘，緩慢地掃視了一圈，她從大家的臉上讀到一些疑問。她向大家歉意地說：「真歹勢，又讓你們白跑一趟。我真的去了。去到那裡，碰到你們的查甫祖，他說這個月是鬼月，歹月，你來幹什麼？」粉娘為了要證實她去過陰府，她又說：「我也碰到阿蕊婆，

她說她屋漏得厲害,所以小孫子一生出來怎麼不會不兔唇?……」圍著她看的家人,都露出更疑惑的眼神。這使粉娘焦急了起來。她以發誓似的口吻說:

「下一次,下一次我真的就走了。下一次。」最後的一句「下一次」幾乎聽不見。她說了之後,尷尬地在臉上掠過一絲疲憊的笑容就不再說話了。

作者簡介

　　黃春明,1935年出生於宜蘭羅東,曾任小學教師、記者、廣告企劃、導演等職,近年除專業寫作外,更致力於歌仔戲及兒童劇的編導,並策劃推動宜蘭的社區總體營造,打造新桃花源的宜蘭願景。著作豐富,皇冠出版社《黃春明小說集》,聯合文學出版《黃春明作品集》,代表作品有〈城仔落車〉、〈小寡婦〉、〈兒子的大玩偶〉、〈看海的日子〉。

　　黃春明是臺灣國寶級文學大師,在早期的作品裡,他以小說家的筆觸來表達純樸中帶著悲情的鄉土情懷。都會的便捷現實,對比故鄉的沉緩單純;城市的經濟展望,對比鄉村的落後衰敗,用一種嘲諷的幽默筆法,呈現六、七○年代社經動盪下的市井小民荒謬可笑的處境與行為。

　　八○年代,是黃春明的輝煌時代,臺灣新電影的導演紛紛以黃春明的作品改編成電影,〈兒子的大玩偶〉、〈小琪的那頂帽子〉、〈蘋果的滋味〉改編為「兒子的大玩偶」三段式電影(中國電影公司)。〈看海的日子〉也改編成同名電影,由黃春明自行編劇,〈兩個油漆匠〉、〈莎喲娜啦·再見〉陸續被改編為電影,他筆下的小人物的生活風情和傳奇軼事,既浪漫又寫實,見證臺灣經濟發展的歷史情結與哀愁,獲得極大的回響。

　　「小人物」是黃春明筆下的重點,也是創作的起點,成為「小人物的代言人」和標準的鄉土文學作家。黃春明的鄉土關懷,跨越了作家的藩籬,化為行動力,從愛自己的鄉土出發,透過文化傳承,喚起大家對臺灣這塊土地的愛。

《放生》一書，是黃春明停筆小說創作十多年後的作品，收錄：〈現此時先生〉、〈瞎子阿木〉、〈打蒼蠅〉、〈放生〉、〈九根手指頭的故事〉、〈死去活來〉、〈銀鬚上的春天〉、〈呷鬼的來了〉、〈最後一隻鳳鳥〉、〈售票口〉等十篇小說。本就擅長描繪農村中老人與小孩感情的黃春明，在本書中，更著力於城鄉差距、人情關懷上，透過輕描淡寫筆觸中，表達無以言喻的無奈。《放生》寫的是農村老人的眾生相、浮世繪，黃春明用生花妙筆，描摹了這些身處社會邊緣的老人群像。這些老人過去為了哺育子女和打拚經濟流血流汗，現在卻被「放」置在鄉下，任其自「生」自滅。

　　黃春明對於老人問題的關注，其實從其早期作品便已展開，如〈城仔落車〉、〈青番公的故事〉，到《放生》一書，看似同樣議題的翻新討論，其實隱含著小說視角的轉變，作者早期是以少年之眼聚焦，多著重書寫記載老人傳統智慧；但步入老年後，則轉以同樣身為老人的身分觀看老人問題，碰觸更深沉的老人心理。

　　《放生》的自序：「我要為這一代被留在鄉間的老年人做見證。」小說中的老人群像，是時代縮影。〈售票口〉中，寫急著去火車站排隊為孩子買回程車票，卻氣喘病發送醫的老人；〈打蒼蠅〉中為兒子還債，賣農地與房舍，以打蒼蠅度餘生的父親；〈放生〉中寫等著兒子出獄，彌補親情的父親……，鮮明地描繪出諸多為子女所遺忘的父母形象。黃春明以文學的敏銳細膩，帶領我們進入老人的內心世界，那是一片剛強又柔韌、寓關愛於無言的天地，希望能觸動讀者的心靈，轉身回首，必然發覺，那倚閭守候的身影。

 篇章內容賞析

　　〈死去活來〉一文，敘述老媽媽粉娘的兩次死亡通知，忙壞了分居各處的子孫。第一次通知大家幾乎全數到齊，但聊天寒暄拍照，巡視將繼承的山地，悲傷被稀釋掉了。在粉娘一聲：「呷飽未？」中，子孫們哄堂一笑，隨即在小孩的吵鬧中急速各自離去，儘管如此，意外的死而復生，讓粉娘有全家團圓的驚喜。

　　第二次病危送醫，再次連絡外地家人時，大家都半信半疑，推三阻四的不想回老家，果然在作功德法事時，粉娘又再次活過來，面對子孫們的狐疑，她竟尷尬抱

歉地說：「眞歹勢，又讓你們白跑一趟了」、「下一次，下一次我眞的就走了。下一次」。「死而復生」原是喜劇收場的團圓，本文卻讓「死亡／重生」有悲劇性的收束，無奈的情緒流露無遺，讀來令人心酸。

　　死去活來，本義乃在形容極度痛苦悲傷的情緒，以此爲篇名，語帶雙關，一方面說明小說主角粉娘兩度自彌留中甦醒，等於是死去又活過來，一方面也切合主角既死不了、又活不下去的難堪。

　　在語言的風格上，「以地方語言入文」是臺灣鄉土文學的特色。〈死去活來〉中，穿插著「閩南腔」的語氣，如「眞歹勢」、「呷飽未」。除此，文章裡也記載了許多傳統風土習俗，如文中炎坤稱粉娘爲「姨仔」，實因臺灣民間的風俗，若幼童多病痛，撫養不易，則讓幼童叫自己的母親作「姨仔」，不稱「阿母」。這樣的書寫風格除凸顯老一輩與晚輩間的語言隔閡外，更表達了在世代更替的社會裡，年輕族群對於傳統習俗的意涵，已然漠視與遺忘。

　　〈死去活來〉是一篇凝鍊極致的短篇小說，黃春明以荒謬的情節取代深切的控訴，反而轉化了「老人遭棄養」的社會議題，鋪陳出家庭關係中倫理的失落、親情的疏離，留予讀者深切的省思。（陳淑滿導讀）

教學活動設計

一、活動設計——聆聽……的聲音

1. 訪談對象：以家中長輩或其他各行各業的長者為採訪對象。

2. 訪談的目的：透過觀察或訪問，了解不同世代的人們的生命歷程與生活經驗，並與同儕分享。

3. 活動進行形式：

　(1)觀察日誌，從旁觀察對方的生活起居、設計問題，做成紀錄。

　(2)與對方互動，透過訪談對方，設計與其生命經驗相關的問題，了解他的世界。

　(3)說明你認識他、了解他之後的感受與心得。

　(4)請拍下訪談的照片，做成訪談報告。

聆聽……的聲音

1.採訪記者：

2.採訪對象：

2.他（她）是誰（人物介紹）：

3.觀察日誌（長時間觀察他的生活型態）：

4.他（她）的生命故事：

5.你的採訪感受（心得）：

二、引導寫作

　　朱自清「背影」一文，描繪作者回憶步履蹣跚的父親，攀爬過月臺買橘子，那蘊藏著關愛的身影，內心湧現的思念與愧疚。你可曾細心觀察，與你親近卻又疏離的身影呢？請以「背影」為題，描寫生命中令你印象最深切的身影。

〈藥罐子〉

枸杞

【本草綱目】其子圓如櫻桃，

乾亦紅潤甘美。

滋腎，潤肺，補肝，明目。

【藥罐綱目】紅圓如蘋果，

素有健康快樂丸之稱。

「看他那個樣子，肯定從小是個藥罐子。」順著朋友的眼光看去，公車站牌旁的年輕男子，臉色灰黃，身材瘦小，眼睛茫然飄向空中。

「你知道嗎，我也是個藥罐子哪！」我笑笑。

朋友不可置信看著我。一個臉頰蘋果色的女孩，竟然也是藥罐子？

家開中藥舖，店面的長桌後，透明圓藥罐呈階梯狀排列。下午三點，陽光悄悄踏入室內，隔著玻璃輕吻罐裡的各色藥材。我喜歡選這個時刻，雙手環握瓶身，感受微微的熱度。是陽光的餘溫，還是藥的體溫呢？罐裡的草藥，經過摘取、日曬的過程，住進透明小窩。我一直認為，即使他們被迫脫離植物母體，水分被抽盡，猶存有生命的樣態。看看當歸吧，不規則的切片裡，輕輕流過柔軟曲線，像水面漣漪。菊花壓成扁釦形，顏色偏焦黃，但沖泡熱水後，便漸漸舒展葉瓣，吸飽水的菊花呈奶油黃色，在透明壺中靜靜挪步，青春盛開。

他們有生命。也許在熱水中思考，也許在夜晚耳語，也許在離開藥罐、成為人們的補品時，依依不捨地嘆息。平常他們靜躺罐中，看起來真的像生命已脫水的死體。下午三點是他們醒轉的時間，有機的氣息充

滿藥罐，湊近彷彿依稀能夠聽見集體想出門的歡呼聲。我常常輪流取出些許，鋪散在桌面白紙上，讓他們享受日光浴。尤其是少用的草藥，更要多透透氣，以免潮霉傷了體質。這群小傢伙很黏人的，即使乖乖回到小窩，仍固執在我指尖留下體味。

我喜歡在屋頂上曬藥。由於附近野貓多，因此曬藥時必須有人看顧。將新鮮植物鋪於報紙上攤散開來，讓陽光曬燙他們。雲移動時投下陰影，小傢伙在光影中一寸寸縮小，曬過幾天陽光，才變得乾瘦。我和他們躺在屋翼上。眼縫中的夕陽漸漸扁小，喵喵聲逐漸遠去，模糊的光影在眼皮上游移，扯亂的線條在腦中塗畫。噓！小聲點，可別吵醒他們了。

由於這份依戀，每當我凝視罐裡的草藥，都隱約感覺他們溫暖的眼光。

我也喜歡嗅、嚐中藥香。青春期痘子爬了滿臉，天天都要吃幾大包黃連粉。黃連味苦，吞時過快整團便塞在喉嚨，往往嗆出鼻涕眼淚。某天我發現一個寶。細長的藥草，像鉛筆削下的薄片，散發淡淡木香。從藥罐摸出兩三片，含入口中。介於甜與苦的味道滲入味蕾，起初含蓄地釋放，輕嚼幾分鐘後，甘味統治口腔，脣齒間漾滿濃重氣味。每當我吸含這片草藥，總想起姑婆的「秘密閣樓」。她家的三樓是窄而濕的儲藏室，隨處堆滿破瓦、廢水管、鏽蝕的鍋爐和褪色的布衫，石製的洗手台旁，連著短階。這裡總漫著死雞臭，日光燈忽明忽暗，水泥地上沾黏壁虎的殘屍，隔間還不時傳來姑媽用力擤鼻涕的哼哼聲。幼時玩捉迷藏，我偏愛躲匿在這，因為我發現這間噩夢裡，有個秘密的出口。踏上第五層短階，踮腳尖並伸直手臂，可以摸到一扇粗木門。打開木門，我進入另一場夢境。

整片的藍天，菜畦。竹帚。粉蝶。竹籬腳旁，整齊排列幾甕醬菜。甕口緊緊封住，嗅不出甜鹹味。但我總覺得有深深的氣味，既不甜也不苦，從鼻根往腦際擴散開來。

就是這種甘味，細細將黃連苦分解。每當我口含甘草，眼前立即湧現竹籬腳旁一罐罐的甕。

除了惱人的青春痘爬滿我整個少女時代，困擾我的還有經痛。十三歲那年，我開始喝四物。「四物」主要包含川芎、當歸、熟地、芍藥，不過通常加入枸杞和黃耆作為調味。濁黑的藥湯帶點苦澀，若配上幾兩枸杞黃耆，味道則產生變化。舌尖上的淡苦通過喉嚨，則泛出奶油麵包的香甜。我感覺，前四味藥像姑婦嫂婆，慎重與初經後的女孩作深切經驗談，而黃耆枸杞則是女孩的手帕交，在絮語的同時塞顆糖給她。我的許多女朋友痛恨四物，看到整碗的黑湯就反胃，可是我卻樂飲之如甜湯。

　　初經那年夏天的傍晚，我獨自坐在門檻，思緒像亂蟲飛旋。電視上女星拍的衛生棉廣告。漂亮的大姊姊在家政課，教導我們經期的衛生問題。超市裡整櫃的衛生棉包裝。放在口袋的棉片會不會被發現？經潮的感覺很奇異，彷彿有重力往下猛墜。退潮後，腹部抽空，四物則填補經血沖刷後虛弱的子宮。媽媽從身後遞碗四物，我接過小口小口啜。藥湯溫暖腹腔，流動成旋律，行經毛孔和穴位，將體腔殘餘的黏礪與浮躁情緒送出體外。閉上眼，我想起媽媽的手。

　　揀藥的手。調火候的手。覆在藥爐蓋上的手。指縫飄出四物香的手。

　　我不曾忘記媽媽遞四物湯給我時的笑容，也永遠記得從我手中接過四神湯的他。

　　他喜歡喝四神，甜鹹皆愛。「甜的像踩在露濕的草皮，或陽光烘焙的無人操場。鹹的則像閃電的雨夜，流浪漢棲身的公園長椅。」他眨動睫毛，輕咬筆桿說。

　　那年冬天，放學後的傍晚，我們在附近的小攤喝四神湯。天色灰濁，攤子的燈籠蒸出黃暈，大紅正楷寫成的「四神湯」，像臉色通紅的壯漢。老闆娘是個壯婦，硬髻紮在腦後，熱氣在她雙頰凝兩團紅霧。下課了啊，今天老師比較晚放人喔。看到我們，她笑開，盪出眼角刻紋。隨即端出兩碗四神，熱氣霧滿他的眼鏡。用湯匙舀湯面，滑入喉嚨。他的表情瞬間舒緩，高挺的鼻翼線條趨於柔和。我彷彿聽見他心裡喊，就是這個味道。第一口是滿匙的薏仁，再一匙湯。然後是蓮子和淮山，一

匙湯。細嚼芡實時，他總專注緊盯一點，或許正傾聽芡實碾成稠醬的細語吧！聽他齒縫研磨蓮子，想像碎蓮在他耳腔奏鳴的小調。他的側臉收入眼角，心裡亮起暖燈。

我一向討厭吃四神湯裡的白果，白滾的果身宛如一截切下的指頭。印象中，白果苦澀，連湯吞下有股清潔藥劑的泡沫味。白果有治女性不正常分泌的療效，一次媽媽強要我吞下，當晚卻連著食物糊吐出，整顆白果像死魚眼珠，直瞪視我。從此我不吃白果，總將全部挑到盤緣，沿盤環列成珍珠串子。那晚，他看了一眼，一言不發舀回自己碗中。吸飽湯汁的白果在他齒間鬆裂，像成熟果實進出的芬芳音響。告訴他我患「白果恐懼症」的來龍去脈，他夾住一顆，就著燈光，雙眼瞇成一線。妳看，這是改良後的白果，瓜子臉狀，肉身橙黃，幾乎沒有味道……妳以前吃的白果白胖，很苦。兩種是不一樣的，妳吃吃看。顫顫拈一顆送入口中，淡淡的清味彈落舌尖。巷底那個女人的半張臉突然閃進腦中。她的臉摩擦絹白衣領，偏過頭看我。似笑非笑，溼髮黏在眉間，黑眼圈下半圈霉黃印，凸顯無血色的臉。薰衣草的清香長年守護著她，盤在頸項、袖口縐褶和淺淺酒渦中，即使身軀被丈夫的拳頭搗爛後。

浸在藥湯中的白果，飄散薰衣清味。她的瓜子臉，疊印在我和白果的視線間。

之後，我常燜煮一鍋四神湯端到他宿舍。我愛吃甜四神，享受各色藥材與糖的協奏曲。蓮子、淮山、芡實、薏仁、白果在燜燒鍋中毛孔膨脹，釋放體味。他們互相擁抱，藉著傳遞口沫表達想念之情。平日各處在自己的轄區，唯有入鍋後才能膚觸、唇吻。蒸氣像他們的溼汗，鍋蓋拍出的答答聲，則像交歡時喊出的呻吟。燜煮四神的時間，我捧書消磨，但他柔緩的五官線條似乎幻成蠱，在眼睛和文字間形成一團濃霧。想像旋出濃霧，擴大，擴大。想像我們踏在露溼草皮上，牽手漫步在陽光烘焙的操場。

冷風在窗外流浪，灰雲拖曳一道淚痕。宿舍裡，爵士女樂手慵懶的嗓音，巧克力色的四神湯，臉紅的我。這是我們第一個情人節。

分手後的每年冬季，仍習慣煮大鍋四神湯，吃不完便留在冰箱。

冰過的四神湯面懸浮骨髓般黏條，若海葬。鹹四神燙破舌頭，蓮子、薏仁等物，經過鹽的調味，像改變體質般散發不同氣味。緊閉雙眼的暗壁上，我試圖畫出閃電的雨夜，以及流浪漢棲身的公園長椅，但畫面總在雜訊干擾後切斷。一口薏仁，一匙湯。一匙蓮子和淮山，一口湯。我嚐到眼淚的鹹味。

鹹味。鹹的赤褐色藥粉融在唇齒間，擱淺在喉頭，踏出甘甜印記。嚴重咳嗽時，爸爸常多給病人一小瓶藥粉。這瓶藥的主要成分是救肺行氣散，治咳兼暈車。我容易暈車，一旦坐遠程車和繞行山路，胃裡總釀出餿味，刺激嘔吐的慾望，因此上車前一定得口含三、五小瓢。一般食用藥粉的方法，是先口含開水，再倒入藥粉，否則容易嗆到，但這藥粉不須先喝水，直接口服，讓唾液分解。藥粉本身甘苦略鹹，唾液溶解後卻釋放薄荷涼，尤其經過數種藥粉調配，甜涼氣味若春季傍晚的微風。藥粉在喉頭融縮，一寸寸滲入整個口腔。數秒後，感覺下顎的甜涼漸漸擴散，像汽水冒氣泡般，至面頰、太陽穴，直達腦部。闔眼休息一段時間，不再感暈眩，眼前的風景也回到正常軌道。

因此平日咳嗽口含此藥，總恍惚以為車窗外的風景流過。它是暈眩主題的一部分，當腦門搖晃、一波波酸餿沖激胃壁時，薄荷甜涼便隨唾液湧現，太陽穴像開孔般射入新鮮氣流，將頭殼內搗蛋的壞蟲驅逐。整個生理晃動的過程，在藥粉跡影全數融入喉頭後，畫下句點。

轉學的他家裡開西藥行，座位抽屜總塞滿各種藥片。那只抽屜簡直是小型藥鋪，頭痛、胃痛、牙痛、外傷藥等一應俱全，不過一律是西藥。只要同學哪裡不舒服，都找他拿藥，因此他有「蒙古大夫」的戲稱。我討厭這種自以為是醫生態度，加上他給人的全是西藥，更讓我反感。總覺得整齊切割成圓形、四角形和六角形；背面還刻上英文字母的藥片，很沒有真實感。藥片幾乎沒有味道，就著開水立即吞下，失去中藥那種藥粉、唾液、開水、舌尖交互親愛的感情。而他生著雀斑的臉，更給我「藥片亂葬崗」的厭惡。

畢業旅行的回程，遊覽車繞道走山路，曲折加上路面顛簸，我的暈車毛病又犯了。發現忘了帶暈車藥粉，只好胡亂塞幾顆梅子，希望酸鹹

味趕走腦袋狂歡派對的魔頭。不料梅味更讓我反胃，我歪頭靠窗，一副痛苦模樣。突然，聽見有人叫喚。微睜眼，整張雀斑臉向我靠近。怎麼樣，妳還好吧！蒙古大夫皺鼻。我給妳暈車藥。他在腰包翻尋。不了，我不吃西藥！我打算別過臉去不理他。不不……這是中藥，妳放在口裡含，可能會比較好。睜眼，我看見我忘了帶的藥粉瓶。

浴在陽光下的赤褐粉末，接近透明。

雖然家裡開西藥房，但他對中藥也很感興趣。那瓶藥是姑姑在中藥店買的，聽說可治暈車就隨手拿來，沒想到那家藥舖竟是我家。他露出羨慕神情，侃侃說出曾經用過的幾副湯藥，某些甚至我沒聽過。他的聲音在耳邊編織，腦袋的不適也漸漸消失。不過，我仍覺得暈眩，臉頰泛紅。

陽光描清他側臉的雀斑。「妳知道救肺行氣散的俗名又叫做什麼嗎？」他看我，遲疑一下。「玫瑰草，」他說：「玫瑰是情人的象徵，我覺得玫瑰草就像喉嚨的情人，放出淡淡的……甜蜜。」

淡淡甜蜜。多年後，我在另一碗藥湯裡嚐到。

那陣子忙於課業、社團和處理複雜感情問題，作息不正常，加上壓力與焦慮，常搞得偏頭痛、胃痛和精神不濟。身心折磨下，瘦一大圈。鮮少生病的我不以為意，想也許躺一躺就沒事了。某天回家，頭疼劇烈，爸爸為我把脈後，進行頭皮針灸。頭插細針，像裝上雷達的外星人。駐紮在頭皮的雷達，是否會將一切敗壞的生活、情緒發射出去？

躺在診療室，透過窗口看調劑室正切參的爸爸。烤箱傳來西洋參的味道，滲透疲倦的夢。恍惚看見穿中學制服的我。聯考、失眠、易怒。媽媽緊張向老師求救的臉孔。跳接畫面閃動眼前，停格至站在頂樓的我。風吹乾眼淚，我站在護欄往下望。突然，有種香氣游開。是大雨沖刷過的森林氣味。回頭尋找，向濃霧處探進。是爸爸。他左手拿參，右手持桌刀慢慢畫下。老鏽的烤箱漫著起司香。他微笑，不發一言，但卻可強烈感受他的低喃。

春風和氣滿常山

芍藥升麻及牡丹
遠志尋訪四君子
當歸何必問澤蘭
……
秋菊開時滿地黃
一番風送小茴香

　　歌謠般的詩句流入我耳內，灌溉心田。這是我第一首會背的詩啊！紮著兩條麻辮，睏在爸爸身旁，要他教誦診療室牆上掛的這幅楷體長詩。這裡面藏了很多藥藥唷！他將藥名一一數出來，我覺得好玩，不知不覺中文字便深印腦海。當時根本不懂詩句涵義，但押韻的音樂性帶給我快樂，我套上卡通配樂，輕輕唱起。之後當我仰頭望這幅詩時，耳邊傳來爸爸切參的聲音。沙沙，沙——沙，沙沙沙。彷彿隨著節奏替我打拍子。

　　爸爸喚醒我。這時才發現診療室的長詩早巳消失，夢中殘落的詩句找不到歸鄉之處。他端出一碗參湯。天麻、遠志、人參、伏苓、枸杞、紅棗和幾片豬肉，這帖藥治補腦強精神。在家煎補藥給我吃的多半是媽媽，印象中爸爸鮮少為我煮藥。喝下參湯，心胃暖和，那首草藥歌的最末兩句浮現腦海：

睡到五更陽起石
開門只見白頭翁

　　爸爸的白髮，在陽光刺入調劑室時特別明顯，即使如此，他專注切參的身影，如同烤箱烘出的香味，長久刻在心上，盈滿體腔。

　　體腔，是記憶的藥罐。中藥在體內溫和發酵，沿著血管經脈，進行長期的吸收、分解與排泄，它們以自身的溫度，軟化頑強病毒，時時修復受損的有機單元。有時，草藥也輸出心腦廢棄物，將甘甜溫涼記憶妥

善收藏，直到用一壺熱水或一束陽光將它們喚醒。藥罐看似封閉空間，裡頭存物彷彿死屍，但事實上那是個流動的生態，那裡連接我的成長，通往姑婆的閣樓、情人的宿舍與久違的夢境，那裡不時響起音樂，飄出花香，將鮮活記憶裱褙。

「妳真的是藥罐子？」朋友的眼光從驚訝轉成同情。
「是啊。我一向是個藥罐，」我說：「幸福的藥罐子。」

作者簡介

　　李欣倫（1978年～）出生於桃園中壢，現為靜宜大學臺灣文學系副教授。「身體」的關注，是李欣倫一貫的書寫主題。李欣倫曾說一開始是因為碩士論文研究臺灣疾病書寫，閱讀許多身體論述的書，從對自我身體的感受，進而對他者的身體，世界的身體關注著墨。近年對身體感受逐漸從紙上轉向真實體驗，也才開始意識這是一個豐富而吸引她繼續討論的主題。著作從自父親中醫淵源、觀照並凝視疾病與身體樣貌，思考文字如何展現身體感知，讓讀者感同身受的《藥罐子》（2002）；失戀後選擇到印度進行一場極簡的、放逐的、重生的自助旅行，像一個苦行的修道者，要去滌濾心靈，參透愛情道理的《有病》（2004）；2006年到印度、尼泊爾當志工，親臨受難的生命現場，凝視擁抱殘缺與衰敗的身體，親身實踐、體會長久以來關懷的疾病課題的《重來》（2009）；近年來寫的不只是具體可見的身體髮膚，也寫人們投射形體之上的情感與情緒。從己身寫到他者之身，再從彼身回眸自身，冥想生死。關照並凝視世間各種身體樣貌，最後展現對生老病死的反思以及對生命的關懷的《此身》（2014）。

書籍導讀

　　《藥罐子》，作者作為一個中醫師的女兒，從小生長、薰習其中的漢藥為媒材，編織出一則則關於自身與身邊親人友朋的故事。除了小女孩清純心事，對人世的

寬廣關注，更有新世代女性面對身體、慾望的勇敢面視。

　　如作者所說，成為藥罐，不是決定的問題，而是宿命，無法改變上一輩的身分與職業。而漢藥長期被「汙名化」的結果，造成人人避而言之。當她因碩士論文研究，開始認真搜索、閱讀中藥相關文獻，並發現過往的個人札記，宛若草藥及記憶繫年，驚覺許多美麗的記憶，竟多以草藥連結，開啟了她的漢藥版圖想像，寫下了第一篇與中藥相關的散文〈藥罐子〉。每一則故事，作者都以一樣藥材為喻，例如第一篇〈中醫師的女兒？〉作者以「甘草」為喻，《本草綱目》中，甘草的功能是補肺益氣，清熱解毒。而作者自訂的「藥罐綱目」中，則以甘草的甘甜，調和諸藥來作為是解「中醫師女兒」之魔咒。

 ## 篇章內容賞析

　　社會大眾對「藥罐子」的負面印象，應該是鎮日與藥為伍，甚至成了一種生活方式。而一個臉頰紅潤如蘋果的女孩，怎麼會成為他人口中所說柔弱的「藥罐子」呢？李欣倫以懸疑的開頭，引導讀者走入她的中藥世家。

　　下午三點，陽光踏入室內，作者雙手環握中藥玻璃罐瓶身，經由陽光餘溫的投射，藥草便醒轉過來，生命的樣態也活了起來。屋頂上曬新鮮的藥草，陪伴他們在光影中寸寸縮小，讓作者對中藥草產生了一種生活的依戀，由物品而成為有機的生命體，彼此陪伴成長。青春期的痘子、初經的經痛，都由藥草撫慰了生理的疼痛與心靈的不適。也由藥湯的傳遞，感受到母親揀藥的手、調火候的手、覆在藥爐蓋上的手，從指縫中飄出四物香的手，也看到母親面對女兒初長成喜悅臉龐的笑容。

　　戀愛中的的她，為對方煲起了四神湯，蓮子、淮山、芡實、薏仁、白果，原本生活在自己的轄區，唯在入鍋後才能膚觸與唇吻，如同原本平行的兩人在交集後所迸出的相濡以沫。此刻的作者所愛的是甜四神湯，像兩人「踩在露濕的草皮，或陽光烘焙的無人草場」。分手後所食四神湯的鹹味，像「閃電的雨夜，流浪漢棲身的公園長椅。」也讓作者嚐到眼淚的鹹味。而在身心折磨下，病重的她躺在父親的診療室，接受父親的針灸後，透過窗口看著正在調藥劑切蔘片的父親，腦海跌出了大學聯考時期失眠、易怒，站在頂樓向下探視，讓父母大為緊張的時候，為她調煮蔘湯的香氣與低聲呢喃的藥草歌謠，如同大雨刷過的森林氣味，讓她回頭張望的是一頭白髮的父親。

　　作者說：「體腔，是記憶的藥罐。中藥在體內溫和發酵，沿著血管經脈，進行長

期的吸收、分解與排泄，它們以自身的溫度，軟化頑強病毒，時時修復受損的有機單元。」藉由中藥草，連結了作者的生活記憶。作者在另一本書《有病》中說到「書寫設法繞過最遠最崎嶇的路，路上有房子、微笑、行道樹、情人耳後的味道……諸如此類你熟悉的一切一切，透過各種具體可見的東西告訴你無常真理。」藥草與書寫，都療癒了作者受損的身心靈，也帶給了讀者心靈的感動與洗滌。（林艷枝導讀）

教學活動設計

一、活動設計─情境模擬

　　請學生解讀本篇文章後，到中藥鋪買一錢中藥材，例如當歸、黃耆、枸杞、紅棗、甘草、菊花、人參等等，描繪或拓印藥材的形狀，並寫下藥材的形狀、顏色、味道。試說說在生活中曾與它相遇的情境，例如哪一道食物中曾有的味道記憶。

二、寫作引導

　　請寫一則自己或家人的病中生活意象，敘述治病經過、身心的感受或生活的影響。（500字）

〈面盆裝麵線〉 （節錄）

《喪禮的故事》／甘耀明

老妞故事講完了，不過，沒有外人接著説。好吧！我講個關於阿公與阿婆的故事，再熱熱場面。過世的是我愛聽故事的阿婆，我是她孫子。這樣介紹，無非是給剛來靈堂弔唁的外人知道我們的關係。

各位知道，我阿公有個響噹噹的綽號，名叫「面盆伯」。之所以會得名，跟面盆（臉盆）有關。這個面盆不大，錫製的，上面布滿小凹痕，帶著大小不一的碎石刮痕，向來掛在祖父母的床頭。她常拿來撫摸，不是擦乾淨，是思念阿公。現在，阿婆過身了，面盆放在她永眠的身邊，就在這靈堂。各位看看，我現在把這面盆拿來端好，用手敲盆腹，聽聽看，發出的聲音清脆無比，聽者的耳膜沒有絲毫的不舒服。

事實上，跟阿婆敲起來，我的聲音拙劣太多了。沒錯，十多年來，她上床前用手敲一下掛在床頭的面盆，早起後，也敲一下面盆。這樣做無非是跟死去的丈夫，也就是我阿公問候呀！説穿了，這面盆是「電話」。阿婆過身前，常打電話給阿公。

阿公爲何有面盆伯的綽號，由我慢慢説來。

阿公十八歲「入宮」。照客語解釋，「入宮」是成爲宮廟主祀的信徒。村子最大的廟屬恩主公（關聖帝君）廟。阿公入宮成爲祂的「契子」。這時，阿公注意到平日沒多費心思的事：「爲什麼恩主公的臉是紅的？」他想得滿頭包，問題對他而言像是一道河有幾個彎，或是雲裡藏了幾滴雨一樣困擾人。

照民間説法，恩主公是「正派」的才畫紅臉，這説服不了阿公。要是説，恩主公對副祀的媽祖婆有情意，暗戀了才臉紅，這説法對神大不敬。要是説，恩主公用毛巾猛擦臉，或偷吃東西噎著，又太滑稽。好啦！阿公快想破頭時，聞到一股香味。這香味濃嗆，扯著他的鼻子跑。

他在廟裡兜了幾圈，最後鑽進左廂的廚房，見到驚人的一幕。

廚房瀰漫煙霧，有烹飪的蒸汽，也有燒柴濃煙，又熱又濕。可是，有個女孩不被干擾，竟然用面盆一邊炒米粉，一邊煮雞酒。這女孩的模樣如何？穿著藍衫粗衣、黑長褲，打赤腳，臉上的裝飾有柴灰、汗水與慌亂，再普通不過了，可是阿公心中的讚美是：「觀世音娘娘下凡在廚房，為眾生準備菜飯，尤其是用面盆炒菜，實在有夠『慶』（讚）」。他在油煙白熱化的戰況下，還能把人說得美。依大家後來的見解，不是見鬼，就是萌生愛意了。

後來，阿公與阿婆結婚了。婚是結了，孩子一個也沒有少的生出來，可是古怪的是，阿公出門時，背後老是掛個面盆。從遠處看去，二十幾歲的阿公卻像駝背老人，在村裡走來走去。如果你問他為什麼揹面盆，他會歪頭，緩慢的說：「面盆是世界上最好的，我一看『她』就中意了。」

但是，有一項事情困擾阿公，那是阿婆愛講話，幾近囉唆，喜歡去聽故事，回來又把事情說一遍。有時候，阿公農事忙完，頭才沾到枕頭要打呼時，阿婆硬是把他從睡夢中敲醒，告訴她今天聽到、見到、想到的故事。

「妳怎麼這麼愛講，難怪人家叫妳『麵線』。」阿公說。

阿婆從小屬於「舌頭過動兒」，曾把狗罵到昏倒，把貓說到吐，也締造過一開口就讓廟會的人群散會的紀錄呀！

「我就是麵線，你給我好好聽一輩子。」阿婆沒好氣的回答。

阿公抱怨這一生完了，將被吵死，而且阿婆的禁令是「要是你在床上聽到先睡去，就試試看」。於是夜裡，一個說到睡不著，一個聽到睡不好。某次，阿公撐到入睡後被自己嚇醒，幸好發現阿婆也睡著了，可是她所說的夢話像醒著時的囉唆語氣。

隔天，阿公連忙到廟裡詢問恩主公，這是什麼姻緣呢？他上炷香，照例擲個聖筊後。從籤櫃拿了張不好也不壞的籤詩。剛好廟公不在，沒人解籤，於是到廣場上找了位剛從遠方來擺攤的算命師。

算命師擺了小木桌，桌子鋪上紅布，擺上命書與沙盤，自個兒則

盤坐在冰冷的地上。他瞎了一眼，用另一眼看籤詩。看了幾回，慢慢吟哦，下結論：「這意思是說，『面盆放麵線』，絕配。」

阿公聽了一愣，之後大笑。他這麼笑是有道理的。如果大家看過廟會時的大鍋飯，炒好的米粉或麵線放在那裡供香客取用，便能意會。

之後，阿公也算起命，與算命師聊了不少，時而點頭，時而微笑，起身離去前，他又問了個問題：「算算看，我能活到幾歲？」

「七十五，值得了。」算命師摸了摸阿公的腦杓，下了結論。

回家後，阿公把算命的結果向阿婆說，卻保留「面盆放麵線」一事。接下來幾天，阿婆在臨睡時命令阿公再說一回，因為她打從心底愛聽。阿公白日幹活，晚上還得重複折磨自己的嘴巴，不知造了什麼孽緣。說到後來，他昏沉之際，竟說溜了幾日來斷然不洩密的「面盆放麵線」。

阿公被嚇醒，阿婆也是，追問那是什麼意思。阿公機靈回應，他說他講的是「面盆裝米酒」，那是因為呀，恩主公喜歡用面盆裡的米酒洗臉，才得了一副臉紅模樣。阿婆回了一句「聽你放屁」，倒頭睡去。

後來，阿公不知哪根筋發達，實踐「面盆放米酒」，成了酒鬼。他常常揹個臉盆到各地的婚禮場合，卸在餐桌，倒入紅露酒。紅露酒一瓶約四碗的量，倒入面盆，激起一層骯髒泡沫。阿公形容是「一隻毛蟹吐出的口水渣」呀！於是他追加十二罐，直到酒量成了他形容的「一群快樂毛蟹的澡堂」。

他端起面盆，一桌桌敬過去，直到醉了，酒宴也將散了。這時候，他又揹著面盆離開，後頭由阿婆拿著竹竿看護。這酒鬼呀！走沒多久就癲了，暈個不知頭腳在哪。他什麼地方不好倒，偏偏往水田倒，讓人擔心他會淹死。可是，他不是死醉的那種，倒下去後，躺在面盆上輕輕的在水田裡滑動。

他乘坐面盆的姿態很優雅，手腳往外撥，咻溜一聲，稻苗彎腰讓路，水田皺著光亮的漣漪。從遠方看來，他是鴨子，任由在後的阿婆拿竹竿趕。滑回家，阿婆才鬆口氣，覺得又將自己的老公從鬼門關贖回來了。

阿公回到家，爬回房間的床底，躲在那睡。床底下放了不少農作物如南瓜與冬瓜，尤其冬瓜有硬毛，眞螫人。從水田回來的阿公全身裹滿了泥巴，硬毛扎不疼，還大膽的抱著冬瓜睡，大喊：「妳是最靚的新娘呀！」隔天酒醒，他從床底爬出來，身體一拱，上上下下乾燥的泥土馬上崩落，上田去幹活，並期待下一次的喜宴。

　　這樣生活了十多年，直到阿婆生病，他才戒酒。

　　阿婆四十五歲那年，被人抬回來，胸口插著竹子。那是駭人的意外，她採竹筍跌落山谷，遭竹子插傷。天呀！那竹子豎在胸口，直冒血，昏迷的阿婆呼吸弱得像餘燼。阿公跪在她身邊，祈求流血快點停。可是不如人意，血隨著她起伏的胸口湧出來。來了解傷勢的親戚分兩派，一是認爲阿婆在家臨終；一是趕快送醫。那是民國五十五年的事，村子離醫院遠，重症的人離死亡反而比較近。

　　「好啦！別吵了，現在就送醫院。」阿公這麼一說，帶著即使沒希望也要救的決心。

　　這男性深情的聲音，不疾不徐，竟然在這時驚醒了阿婆。她看著胸前插著竹子，也看到四周拿不定主意的人。她知道什麼事了，此生將盡，再救也沒用。她費力的交代，別醫了，把省下的錢留給子孫用。之後她一把抓住阿公的手，力道不大，牢牢留下他。

　　阿公可以撥開那隻手，去找醫生。然而，他感到世界上最溫暖、最柔軟、最深情的手在眼前，要是放開，就會一輩子後悔，無從握起了。這一握，足足握了三天三夜，期間他無數次祈求恩主公救救眼前的妻子，無論要他如何，都願意代爲折磨。

　　到了第三天，阿婆有了起色，勉強撐起身子。至於那根插在胸前、沒人處理的竹子，竟脫落了，傷口沒有想像中惡化。日子久了，阿婆能下床走路，幹些輕活，可是胸口痛楚不堪。她即使走幾步路，也像是魂掉在後頭跟不上來似的，常冒冷汗，話也說得有上句沒下句的喘。

　　阿公整修一張四腳靠背椅，放上軟亨亨的墊子給阿婆坐，揹去看醫生。足足有十年，聽說哪有名氣大的漢醫與西醫，他們就往哪去，也不坐公車，好省下錢當醫藥費。那十年，他們出門看醫生，必定一早去，

回家時滿天都星斗綻光。阿公親自幫阿婆洗完腳後，兩人才上床睡。

　　他們爬過好多山，涉過好多河，山長得平凡無奇，河水聲也單調得讓石頭在那安靜不動。阿婆坐在特殊椅子，背對著阿公，看著整個世界的一半風景，對她來說，另一半的世界不是看不見，是有人顧了。他們品嘗路上遇到的野果、泉水與每一場大雨過後的潮濕空氣。他們對彼此沒太多的感謝，反正阿婆會唱歌，阿公以走路回報。

　　有一回，他們從原住民部落回來，那裡的巫婆給了「交配中的蝸牛製成的肉乾」，吩咐「一人一隻，握在手，直到走到家才燒成灰吃了」。阿公把蝸牛握得太緊，沒注意回途變化，跌了一跤，害阿婆從椅子上翻落，胸部撞上樹根。她透不過氣來，摀著胸，額頭冒汗，認為快沒命了，便趕緊交代後事。

　　阿婆利用剩下的幾口氣，說：「哎呀！阿添呀！那隻老母雞，每天會到後山的大石邊生卵，你記得要去撿。」

　　「我知道，妳不要講話了。」

　　「阿添呀！眠床尾的縫隙，我放了十塊錢。」阿婆說出她的私房錢。

　　「妳不要講話了。」

　　「阿添呀……」

　　「不要講了。」

　　「講，你講個故事來聽聽。」

　　連這時候，阿婆都要求聽故事。可是，她喘著氣，痛得摀上眼，無計可施的阿公只顧流淚，嘴巴哪迸得出話。到後來，阿婆臉色發青，眼睛睜得好大，沒了呼吸。

　　「我拜託妳，我求求妳，快點呼吸……」阿公戳阿婆的人中，好把她疼醒，又說：「拜託妳，醒來跟我講話。」

　　後來，阿公趴下去，給阿婆吐口氣，如是幾回。這時候妙事發生了，阿婆重重咳了幾下，吐出血泡，恢復了呼吸。至於血灘裡，有個檳榔大的肉瘤。阿公撕開肉瘤，纖維裡頭裹著一段粗竹片。原來，困頓阿婆十幾年的胸痛是當年戳進肺裡的竹子。兩人大哭，抱在一起為重生感

到喜悅，深覺樹林傳來的鳥囀與風聲都充滿了祝賀，全新的世界展開了。

所謂全新的世界，是阿婆病好了，胸不痛，氣也足了，十年來暫且休兵的喉嚨又發揮了麵線功。只見她兩瓣嘴皮動起來，把飛鳥說墜了，把花草念枯了，把人說煩了。這點就不再深入說明了。

可是，事情有了變化，發生在阿公七十歲時。

這一年，照樣是廟會活動，搭了戲棚，來了無數賣零嘴的販子。有個算命的在黑壓壓的人群角落擺了小木桌，桌子鋪上紅布，擺上命書與沙盤，自個兒則盤坐在冰冷的地上，生意也很冷。算命師不算希奇，只是犯了咳嗽，嘴巴老是發響，從旁經過的阿公被聲響吸引了。

「那不是幫我算過命的嗎？」阿公想起那個鐵口直斷、拍桌說他只活到七十五歲的算命師，他仔細看，確認不是以前的那位。眼前這位，從墨鏡邊看去，兩眼都瞎了，他猶記以前那位只瞎了左眼。

好吧！阿公想，那就給他算個命，到底「活到七十五」的說法準嗎？

這兩眼俱瞎的算命師，連名字、八字、年歲也不問，他把阿公的手撈來，順著骨骼又捏又摸，又把阿公的腳板抓來。像小雞般捉弄，最後說：「你活到七十五歲。」

「活到七十五」來自兩人的判讀，結果一樣。回家路上，阿公腦海轉了千百個念頭，每道念頭往不同方向，他慌了，亂了，他想知道哪個念頭可靠。從那時開始，他飯吃一半，覺睡得淺，眼神時常飄到連他都搞不清楚的遠方。某次他上床睡覺，鞋子一甩，擊中床下的面盆，發出激烈聲。這時他醒了，告訴自己，沒錯，人終有死時，得及時行樂。他把面盆端出來，拿回了老習慣，趁夜出門沽酒去了。

事實上，阿公戒酒近三十年了。在阿婆受傷昏迷的三天三夜間，阿公握著她的手，心中祈禱，要是眼前的女人好起來，要戒掉她最討厭的酒，為她活得有精神點。從此，他沒沾過酒。可是，七十歲破戒後喝得更兇，把以往憋住的額度補回來。他到處找酒，喝夠了像小孩般快樂，沒喝夠像小孩耍脾氣。喝醉了，隨便倒個地方躺；沒喝夠，用面盆盛

酒，頂在頭上，邊走邊喝。

　　阿公清醒的時間越來越少。他夜裡在親友家喝到掛，起身回家，見門前有條小圳溝，把面盆放上，人躺下去。那流水自在得鳴唱又律動，像最棒的公車，一夜間將他載回距離5公里外的家門前。他一路高歌，直到睡去。

　　第二天，天還很淡，世界的線條也很淡，一切蒙在深邃的霧裡，萬事萬物泛著水珠。阿婆走到門前溝圳，發現阿公睡在四周由茂盛莖葉點綴成壁畫的水灣處，流水深靜，面盆輕擊石壁，叮咚響著。

　　「就像一個『狃伢仔（嬰兒）』呀！不知他要醒來，還是要死掉了？」阿婆心裡嘀咕，事實上充滿擔心。

　　正如阿婆擔心的，阿公只能活到七十五歲，是算命師的套子。每個算命師的說辭或許都是「你能活到七十五」。是否如此，端看個人信不信。可是，阿公把頭伸進套子裡，自己一吋吋拉繩子，他信了，也給自己下了咒，無人能解，除了自己。

　　到了阿公七十四歲半時，他喝壞自己，這時候才意識到得少喝了，卻過止不了身體壞下去，得了酒精性肝硬化，肚子累積的腹水像剛從水田抓來的青蛙，鎮日躺在床上度日。他又更相信一點：如算命所說的，他活不過七十五歲，因此意志消沉，脾氣更倔。

　　阿公在床上躺了半年，在臨終時刻，他闔上眼，等待死神。這時候，阿婆挽起他的手，嘴巴湊近他的耳朵。從那時開始，她對他說盡了心中的故事與心情，從那刻開始，每秒都最真誠，沒有一句話重複，也沒有一個故事相同。她從白天說到晚上，又從夜幕來到清晨。周而復始。家族的親人站立在旁邊。拿水供飯都遭到回絕，於是，大夥也站在阿婆身邊陪伴。

　　時間過了好久，阿公漸漸耗弱，這反而激勵阿婆說下去。然而，就在阿婆大膽說出生命中最重要的言語時，她夢到某個景象。那是稻穗綻放金光的田野，光好強，所有的線條都瘦了。唯獨阿公的線條仍鋼鐵性子，他擔著重籮筐，扁擔隨步伐彎跳，要去曠遠之地。他去哪？阿婆急了，喊住他。阿公回頭，臉上沒有痛苦痕跡，只有笑容，快樂得彷彿年

輕時扒完飯、喝口水就上工去。

「來吧！」在光影裡，阿公伸出手要她握住。

阿婆走過去，可是在那金色光芒裡，腳步是陷入泥濘，每一步都是對抗自己的信念與體力呀！最後，她搆到阿公的手了，好溫暖。然後，阿公把她從泥淖中拉起來，力道之大。她必須跌入他的懷中才行。

就在這刻阿婆醒了，發現是一瞬之夢。夢醒後，她緊握的手鬆了，阿公也過身了。家族的人都知道，在阿婆說出生命中最重要的言語時，她睡了。阿公趁那時候偷偷離開，並給她好夢，畢竟牽手與放手，充滿了愛的勇氣。

然而，真正的力量在於阿婆不吃不喝，屎尿撒在褲襠，關節跪僵了，卻能以「麵線」功夫說上七天七夜。最後，她以無比的毅力與愛情，引領阿公活到他七十六歲生日，打破了那道難纏的咒語呀！

作者簡介

甘耀明（1972～）出生於苗栗獅潭鄉，東海大學中文系、東華大學創作與英語文學所碩士，目前專職寫作。小說曾獲聯合報文學獎、林榮三文學獎、吳濁流文學獎、聯合文學小說新人獎等。

他的小說作品常融入客家語、臺灣歷史與文化，並在故事中加入臺灣民間傳說、習俗，尤其本書《喪禮的故事》描寫作者家鄉客家人的習俗、臺灣鄉間的傳說、原住民與客家族群間的糾葛，編織成一篇篇魔幻寫實風格的鄉野傳奇。與同時期小說家，伊格言、童偉格等人視為臺灣「新鄉土」作家。著有《神秘列車》、《水鬼學校和失去媽媽的水獺》、《殺鬼》、《邦查女孩》等。其中《邦查女孩》於2015年獲臺灣文學圖書類長篇小說金典獎。

書籍導讀

《喪禮的故事》以作者第三人稱旁觀的角度，以阿婆（祖母）出生（1921）年到過世為時間軸，描寫客家族群的家庭、親情與鄉里傳說的種種故事。藉由第三人稱

旁觀的角度講述出來的鄉里傳說、親情和愛情故事，加上文字中屢屢回溯至祖母過往的時空，文字使用大量意識流的手法，運用現代與過去穿插的方式，帶出故事的主軸。

這一則則出現在喪禮上的鄉里故事，源自於主角阿婆小時候生場重病，差點死去的剎那，其母親為她講述故事，竟而病情好轉。從此，阿婆的母親為了女兒的健康，四處尋訪故事為療藥，這不僅影響了日後阿婆愛聽故事、愛講故事的獨特性格，更呈現這個家族彼此間的「愛」與照顧，就是從聽故事、講故事、尋訪故事中開始。

每一則在喪禮上講述的故事，不僅回憶了逝去親人的過往，更讓活著的親人感受到親人未曾離去的安慰，同時也帶出作者身為客家子弟，為客家族群、家族紀錄歷史的意義。

 ## 篇章內容賞析

什麼樣的婚姻會被比喻為「絕配」？什麼樣的愛情才叫至死不渝？本書主角阿婆，有一綽號叫「麵線」，其取自客語囉唆的意思，因為吃麵線時嘴巴吸吮麵條時會發出窸窸窣窣的聲音，就像阿婆喜歡自言自語的呢喃般。本篇〈面盆裝麵線〉所指的「面盆」，就是阿婆另一半阿公。阿公背後老愛掛著個面盆，這個面盆在阿公過身後，阿婆透過敲打面盆還可跟死去的阿公打電話傳達思念，可看出「面盆裝麵線」這句客家俗語傳達了夫妻情感綿密深厚之意。

阿婆是整部小說的靈魂人物，文中成功塑造出一個在成長過程中充滿好奇、野性、打破常規的女性代表，加上其率直、天真的性格，即便年輕時遭遇到胸口插著竹子的意外，也能被阿公以一張四腳靠背椅帶著跋山涉水，最後以吐出胸口肉瘤而痊癒。

阿公則是另一個重要的人物，除了他背著阿婆四處旅行走訪故事，為阿婆續命的深情外，還有他為喚醒昏迷三天三夜的阿婆，以戒酒為條件的努力。曾經被算命師斷言活不過七十五歲的他，在生命的最後半年，阿婆日以繼夜，講述著不同的故事，共度最後的時光。最終因疲累而睡著，在夢境中看見阿公擔著重籮筐即將遠行，阿婆想緊拉阿公的手，卻跌入了阿公的懷裡，就在懷裡的美夢中，阿公往生了。那一刻，阿公七十六歲，故事的陪伴，也打破了命定的魔咒。

「我就是麵線，你給我好好聽一輩子。」這句話，預言了麵線婆與面盆公婚姻的

的樣貌，也照見了過去純樸的年代，情感直接真摯的表現。全文以第三人稱觀點敘述阿婆與阿公日常相處的過程，透過瑣碎日常事件的描述，營造出在二、三〇年代，臺灣人的堅韌、質樸性情，讓讀者在文字間，感受到愛情的世俗與尋常。文字中成功地運用戲謔莞爾的語氣，用日常生活的細節，演繹了面盆裝麵線愛情俗諺的想像，與面對生死的態度，陪伴對方經歷病痛、日常生活，直到死後的思念，直白的描繪出堅貞不渝的愛情模式。（薛建蓉導讀）

教學活動設計

　　本篇文章藉由想像與臺灣俗諺「面盆裝麵線」，來講述客家女性獨有的堅韌，與男性像面盆般的廣大包容。加入些宗教的色彩，使得這個故事，比起傳統情愛的糾葛的愛情故事，這樣的婚姻多了人世的歷練與磨難下的相扶持。

一、活動設計 —— 議題討論

1. 請學生在解讀文本後，說一說，文中有哪些闡述愛情的句子，給讀者什麼樣的感受？（感受可以用「喜怒哀樂愛惡慾」來表達，藉此可訓練尋找文章中的修辭、比喻與生活經驗和愛情的連結）
2. 描述自己喜歡文章中哪個人物？或那件事？喜歡的原因是什麼？
3. 請你想像自己夢想中的愛情模樣，包括對方的長相、性情、相處的模式等內涵與外在的條件。

二、寫作引導

　　請設想一個談戀愛的對象，描述你與她（他）相遇的經過、相戀的情境，最後請想像一場你跟他（她）的婚禮，婚禮儀式中，你一定要對方遵守的家族習俗（習俗緣由需解說），請解說必須遵守的原因與其中的意義。（300字以上）

〈避雨〉

《孤寂星球，熱鬧人間》／呂政達

就是你嗎？

事隔三十年，我的伊媚兒飄進這個問題，沒有來由的一個邀約，來自高中同班同學。我幾乎已想不起他的長相，如果此刻在街上相遇，我還能認出他嗎？伊媚兒如此寫道：「那天涼亭裡站著八個人，我始終記得是八個人。如果那天你也在那裡，相約春節的第四日，重回涼亭相見。」

那座公園還在吧，現在回去只剩清明、春節或祭拜的節日，匆匆經過高中旁的公園，林草繁綠，遮住想望進去的視線。幾年前地方版說市政府將人造湖填塞，難道，最後他們決定留下涼亭，像為這場同學會留下最重要的布景，像來自記憶的驚嘆號。

再多的記憶是沒有的。我其實從未再回去過，只知道校門已經移了方位，高三時，我騎腳踏車趕到學校常已遲到，我壓低帽緣擋住大半臉孔，逃避教官的注視且迅速滑進校園。我想後來教官可能記得我的名字，卻多半想不起臉孔。我養成每隔一陣在臉書上找高中同學的習慣，有名字前來相認，便問有沒有其他同學的訊息。久久，不再有回音，卻有陌生的名字來說我的訊息讚。

讚，有沒有驚嘆號的意思？高三的國文老師就常在我的作文後，紅筆一連畫幾個驚嘆號。那次作文簿發回來，我得到三個驚嘆號，同學間傳出一陣騷動，我從作文簿抬起頭，他已站在講台前，與老師對峙，像不肯退下的敗將。老師濃重的河南腔堅持他得重寫這篇作文，「同學，我是為你好。」老師說，要把作文簿還給他，他不肯收下。

我後來陸續聽說這位國文老師的事。他是典型的老兵，打過共產黨，渡過長江一路向南，烽火連天，戰爭納藏在記憶變成一只沾血的背

包。他移防到一個滿眼盈綠的熱帶島嶼，在高中謀到教職，教我們這班隔年他即退休。

後來，我也知道在那篇「家事憶往」的作文裡，我的同學，三十年後將要發出伊媚兒的這個名字，寫下了二二八。他寫他的叔叔在結婚前夜被一群人帶走，從此沒有再回家。他寫整個家族的尋找和探聽，小時候，深夜傳來狗吠聲，他的祖父每每醒來，打開所有燈，把所有人都叫到廳堂，等這陣吠聲停息。我的同學寫道，他曾陪祖父站在一棟建築物前，只記得離體育場不遠，很久後，才有人開門叫他們走了。再沒有多餘的記憶。那是我生平第一次聽說二二八，發生在過往的島嶼上。

我卻再怎麼也想不起，自己得到三個驚嘆號的「家事憶往」，寫下了何等記憶。我記得春節時全家拜訪親戚，總在那時會拿到壓歲錢。在暗得只見得到香頭明滅的廳堂，自走鐘規律聲響，有挽著頭髻的大嬸婆。她死去時，晚輩們在身旁跪拜，我還得退到門楣外，像戲院最後排的觀眾。我努力回想，也只記得她臉上的皺紋線。

會不會是，要再躓進更神祕的心內，更費力的挖掘。像小學時騎腳踏車經過的醬瓜廠，常看見穿白汗衫納涼的水波伯。每隔一陣，爸爸就帶我去跟水波伯請安，我傻愣愣站在陽光下，頂著三分頭，他同樣坐在陰暗屋內，光線明暗反差，我記憶裡的老人，於是總像團停止移動的黑影，緩慢的，從黑影核心傳來應聲：「回來了，回來就好。」

從哪裡回來呢？我一直沒有問這個問題。屋後院擺滿醃醬瓜的甕，聲勢嚇人的，隨著南風飄送，過多的鹹味占領感官，讓我只想快快逃離。

一回，爸爸帶我走到醬瓜廠前，迎面迎來醬瓜鹹味，「爸，我要去補習。」我說，「補數學的時間快到了。」爸爸也沒說什麼，隨我去，我在補習班外打了一下午的彈珠台。

那麼神祕的行走，回響，從家門口到醬瓜廠的細石子路，我記得每個轉角，跟每一隻屋簷上的貓打過照面，爸爸拱著肩走路的身影。許多年後，我才從媽媽嘴中得知，水波伯有個兒子跟爸爸是好友，一起讀書、參加排球隊，一起追女孩。二二八那年兩人才上初中，那天過後，

水波伯的兒子卻從此再無消息。

最後一次，有這樣的印象，我已上大學。過年，爸爸照常帶我來，我在彷彿仍停留鹹味的廳堂，見到雙眼已盲的水波伯，他緊緊抓住爸爸的手，像再也不願放開，「吃過飯再走，不然，我不會瞑目。」

爸爸在老人耳旁高聲喊道：「天色晚了，下次再來吃飯。」夜色，就這樣撲撲落在我們身上。

我再一次聽說二二八，是在南門的古牆邊。教英文的姨丈從國中退休後，一頭鑽入台語文和文史工作。那一天家族聚會後，我們腆著飽滿胃袋，沿南門的古牆走回家。附近，有鄭成功部隊駐守的遺跡，那個將軍在城門旁磨劍或試騎一匹馬。再早的年代有王妃為遜帝跳井，結束一個風雨飄搖的年代，我從小愛在填平的古井邊流連張望，祠內神主牌結纏蛛網，是最後的留戀。蟬鳴稍歇，姨丈在前頭停下，指著古牆上的杳杳凹痕，說：「軍隊進來留下的，都還在。」我還未曾意會過來，後頭的表弟似已聽過多回，熟門熟路低聲說：「二二八啦。」

那年，我堪堪只過二十歲，才到國文老師穿著寬大軍裝，心情慌亂隨部隊上船的年齡，黑水在艦頭劃開重合，蝦兵蟹將紛紛逃離，甲板上寒涼異常，我猜想那日海峽上空瀰罩冷氣團，他再怎麼努力向前看，也看不見前方島嶼的風景，如巨鯨浮影。

記憶裡，國文老師講過幾回家鄉的事，我記得讀韓愈文章時他異常激動，似乎是同鄉。但他鄉音濃重，一開口：「想當年我們家鄉……」像嘴裡含著饅頭，聽得我們掩嘴笑。我始終感謝他在作文簿後批的驚嘆號，有很長一段時間，我一攤開紙振筆書寫，靈感仍在意識外徘徊，先感覺有雙眼睛從高中的教室直直射來。

我當然記得他叫同學重寫時的無奈，兼且熱切的神情。那時，白色恐怖仍留在多數人的記憶，課本不教，報紙不寫，回家後沒有人談起，卻像隱形墨水書寫的，每個人的身世。他對時代氛圍的驚懼，像始終未醒來的噩夢，但是，我那一代的學生，為什麼非得承擔他的驚恐呢？我們的背上，明明才嘶嘶索索長出兩根肉芽，眼看要蛻化成翅膀？

下一次上課，作文沒有重寫，同學倔強的說：「我寫的都是事

實。」唉，老師重重嘆息一聲，「我不要在我的班上出這種亂子。」動手撕掉那篇作文。同學拿起作文簿走回座位，靜默，終於收拾書包走了，有幾名同學跟隨他的腳步離去。老師站在講台前，搖頭，卻沒有攔阻。日後，我盯著這個闖進我電腦網路的名字，標楷體十四級，感覺異常的清楚。同學，你為什麼能如此輕易的辦到呢？我在冗長煩悶的會議中途毅然站起身，想要離去，眾人無聲地看著我的舉動，「看這隻飛蛾怎樣以優美的姿勢撲進火堆。」我彷彿聽見這樣的低語。

後來，後來就下了一陣雨，濃濃稠稠的雨，沾黏所有記憶和當下，像時間已濃稠到分解不開，在一鍋沸滾的漿液裡攪伴銅鏽和鮮血，像雨落在沒有名字的墳墓，卻淋醒了安睡的魂靈。

「就是你嗎？」我逗留到深夜閱讀這封伊媚兒，他應該是上網搜尋，找到我的部落格，可能也發給所有他找到的高中同學，敘述他記得的往事。「我們翻出學校圍牆，背著書包，躲進涼亭避那場雨。雨來得又快又急，典型的南方梅雨，我差點以為雨將會下到時間的盡頭。八個人看著這場雨，都沒有說一句話。」

然而，為什麼得在一個安靜深夜，雷鳴般，驚擾起歷史的安睡？為什麼，得再次提醒已逐漸遺忘的我，沒有，我後來並沒有長出翅膀？

它出現在我面前，安靜的歷史缺口，我無法向一個看不見的人解釋，其實，我也沒有看見。你將如何向我解釋一個斷裂，一道漩渦的空洞，或歌唱到一半就夭折的旋律？

我從此將生活裡遇見的祕密，神祕的掩蓋，小時曾經發問，大人卻欲言又止，或「小孩子有耳無嘴」的輕噓，都歸給那個看不見的東西，給它一個符號，三個阿拉伯數字，歷史如果真的死去的味道，如同一次全開封的醬瓜甕，總是飄來的第一陣氣味。

那道氣味飄散在水波伯的葬禮，從此成為絕響。送葬的子孫行列留著一個位置，給水波伯沒有回來的，失蹤的兒子。沒有人幫他捧斗，那個插炷香，象徵子孫繁茂的米罐，直接送到水波伯的墳頭。「給水波伯燒一把香。」我聽見爸爸的聲音飄散在哭聲般的風中。水波伯走後，就不再醃醬瓜，後院填起水泥，只是後來我一直喜歡吃蔭瓜，輕輕打開透

明的窄口瓶，小心不要打擾裡頭精靈的安睡。我吃第一口醬瓜仍常陷入恍神，那是來自記憶的強大魔法，「很鹹喔。」同伴望著我的表情，同情地說。「是苦，真的是苦。」我默默回答。

我一直猜想，為什麼爸爸帶我去見水波伯，卻從不告訴我關於二二八的事情。後來我這樣相信，爸爸將我這個長子，當成他的子嗣，他帶著自己的子嗣去見水波伯，始終是場尊貴的儀式，要告訴一個老人，這世間始終還有兒子，兒子還會有兒子，我曾默默地以自己的存在，成為那個儀式的重要角色。

直到解嚴前，記憶裡，爸爸絕少與我談政治，更多時候，那一代的人總將心事藏起，如發酵的醬瓜，封口杜絕外界的探知。他去世前幾年，一次，和我去聽政見會，會場氣溫熾熱，喇叭時而齊響，數千個聲音一起吶喊，舉起顏色鮮明的布條。會後，候選人的車隊出發遊行，人群身影晃錯，我和爸爸跟在隊伍裡走，走著走著，我拉起他的手，怕走散了，那其實是我僅記得惟一一次牽爸爸的手。走著走著，像時間已沒有盡頭，所有的喧鬧，遠方已沒有地平線，記憶裡沒有不曾歸來的兒子。千門萬戶外有場雨躲著，在等我們。

總是有場雨躲著。日後，我常想像跟隨爸爸的身影走進城市，思緒沒來由轉岔，在街道深處，那年軍隊穿越同樣的古城。五十年代，一把火燒掉了古蹟，隨後照原式樣建起城門。雖然，我仍想像新漆的牆頭會留有彈痕，甚至留下血跡和哭聲。熟悉的城市，陌生的城市，一個共同的，卻未曾充分訴說的巨大身世。當雨終於落下來，每個人都淋到雨，來不及躲避。

我始終想問爸爸，卻已不再能得知答案：「於是，爸爸，」我儘力作出輕鬆的模樣，「那年以後，你失去了什麼？」

比較感覺到的，卻是我所失去的。我始終記得，和同學的最後一次見面，畢業典禮後，在公車站牌前相遇，彼此加油，望向仍不可知的未來。他的公車來了，臨上車前，他回頭跟我說：「別怕，這世界將會是我們的。」我向他點點頭，願意相信他的樂觀。

我足足等過三十年，在深夜的電腦螢幕前，不可知的磁波吞吃我的

歲月，我望著他的名字，輕聲說，同學，顯然我們的願望沒有實現。

別怕，我跟爸爸說，我們要回家了。連續鍵入三個驚嘆號，回信給他，不是，不是我。那天，我留在教室寫完作文，這才是我面對人世的態度，我記得後來下起一場雨，在綿延不止的往事裡，從那時一路淅淅瀝瀝。

別怕。我跟自己說，別怕，雨終究會停。

我伸出手，不知想抓住什麼，便關掉電腦。

作者簡介

呂政達（1962～），臺南市人，輔仁大學應用心理系博士。曾任《張老師月刊》總編輯、《自立晚報》藝文組主任及副刊主編、《信誼基金會學前教育月刊》主編與大學心理學教師等職。文學創作內容包含散文、心靈小品乃至政治相關書籍。1997年開始至今，屢獲文學獎散文首獎等獎項，被九歌出版社選為臺灣三十位散文代表作家之一。張艾嘉導演曾將其作品〈諸神的黃昏〉改拍成短片，收錄在電影〈10+10〉中。

呂政達本身就是一位自閉兒的父親，《與海豚交談的男孩》便是描寫與其自閉症兒子相處的點滴，本書並榮獲2005年《中國時報》開卷美好生活獎。另著有《怪鞋先生來喝茶》、《從霸凌到和解》、《我在打造他的未來》、《爸爸，我們好嗎》、《臺灣女兒》等作。

他的人生歷練，讓他具備了看待是生命的另一隻眼睛，敏銳地觸動心靈深處的脆弱與堅強，展現兼具文學與哲思的創作風格。

書籍導讀

《孤寂星球，熱鬧人間》收錄呂政達2004年至2010年間的得獎作品，書中諸多主題是徵文主題，作者以疾病、家族與歷史為背景，再以詭譎的文字穿梭於親情，與佈滿悲嘆的生命謳歌的經驗寫成。因育有一自閉症的兒子，加上長期任職心理輔導月刊的經歷，文章中更見對精神與生理病痛的描述。

本書對於篇名的命名多能引經據典，〈秋天，海德格不在公園〉以海德格、公園、秋天來描繪自己於公園中等候自閉兒的心境；〈國王的祕密花園〉指的是阿公在病理上病徵與面對病痛的折磨；而〈白雪公主跟七矮人〉，白雪公主是滿頭白髮的外祖母，七矮人則是鎮伏外婆血糖的七顆藥丸。本書先以詩意的文字，並於謎題揭曉處張揚了作者顛覆現實的戲謔之意，嘲諷至極，令讀者閱畢悲喜交集。

篇章內容賞析

　　本文描述二二八事件與白色恐怖年代的小說、電影相當的多，無論是浪漫描述的林燿德《1947‧高砂百合》還是李喬《埋冤一九四七埋冤》、田雅各〈洗不掉的記憶〉等，在在都想從歷史真相出發。不同於以往，呂政達〈避雨〉一文從「就是你嗎？」及「別怕！」開啟二二八與撰寫者之間的關連性。從一封來自高中同學的Email，到打過國共內戰的國文老師身份，最後帶到家族中某人或某同學的叔叔於二二八時被強行帶走之事。二二八事件之後，到底歷史真相是什麼？對誰產生了什麼樣的影響？透過文末「別怕」一詞，展露人性對於恐懼無處遁逃的心情，這不僅是主述者描寫家中長輩面對歷史考驗的寫照，更加深了整個經歷過二二八政治風暴當下的人們，難以忘懷歷史與政治所帶來的驚嚇，因此「平安」已經是面對過現實挑戰後無力的祈求。

　　文中不將二二八歷史脈絡講述清楚，反以「怕」字，點出歷經政治恐懼人們的無奈與無力，藉由「怕」字控訴，曾經歷過歷史創傷的臺灣人，在心理上是何等的恐懼與無奈。

　　作者藉由每一個人都有過的恐懼經驗，包括面對恐懼後的創傷，以及在驚嚇發生過後，會自我保護的種種行為與跡象，描述著人們是如何運用保護自己免於受傷的情緒，以致於像文中的水波伯一般，面對別離有些不可理喻的狀態。或許恐懼像是一種有毒的情緒，強烈操控人的生命，讓我們一輩子都會活在莫名的威脅下。

　　正如心理治療師諾伯托‧利維博士曾描述這種感覺：「感受到威脅時，如果覺得自己沒有能力或沒有資源解決，便會產生憂慮、苦惱的感覺。」面對歷史的存在事實，我們已無力改變，但，包容與樂觀是面對恐懼最好的療癒藥方。傷疤難免仍在，愛可以撫平痕跡，過去的悲情，其實是創造希望美好歷史的新契機！這也是作者在文末以「別怕，這世界將會是我們的」收尾之因。（薛建蓉導讀）

教學活動設計

活動設計——我的恐懼清單

說明：每個人都有自己害怕的人事物，不敢去面對、接觸的恐懼，這樣的不碰觸是一種自我保護的現象，但是，恐懼是會一直留在心裡，而我們也會一直被這樣的情緒操控著。以自由書寫的方法，面對恐懼，以承認自己脆弱的方式，找到讓自己問題所在。

執行：

1. 面對恐懼：條列三件自己恐懼的事或經驗，追溯恐懼形成之因。

2. 克服內心的恐懼：與同學分享感受，嘗試解決心理的恐懼陰影，或尋找面對恐懼的方法。

〈最後的咖啡〉

《後來》／廖玉蕙

兩頰凹陷、神態疲憊、精神恍惚的母親，應家人的要求，對著鏡頭，緩緩說出了她的新年新希望：

「身體健康！明年莫要讓恁那麼辛苦。」

一輩子操勞且好強的母親，在除夕夜裡，病弱地許下了這樣的心願，四年前初三的凌晨，她依照自己的承諾，不再讓我們辛苦侍奉，永遠遠離病痛，去了極樂世界。

那個舊曆年前，徵得醫師的同意，母親從台大醫院請假回來吃年夜飯。我取出數位攝影機為她留下身影。從鏡頭望過去，枯瘦的母親，眼神時而渙散迷離、時而凝鍊一如鷹眼般凌厲，打開紅包袋的手微抖乏力，雖然習慣性地取出鈔票，企圖數出張數，卻總無法如願；鈔票散落地上，她吃力地想彎身拾取，終究還是徒勞。

運作遲緩卻仍企圖掌控，被病痛折磨得失心掉魂的母親，一如往常地，對她的人生採取主動，即使已近油枯燈盡，仍掙扎著振作起來，接受了我們和孫子給的紅包後，也顫危危地包了一個紅包給侍候她的越傭，說：

「今年阿深真辛苦！我的腳不太會走了！」

阿深就站在她的右側，母親卻往左方漫漫尋索，幾度企圖凝神聚精，卻總是不能，鏡頭捕捉了母親最後的一個除夕。

母親過世百日後，我們再次透過鏡頭尋找母親，赫然發現母親的魂魄原來早早離了身，只是當時我們身陷執意搶救的局子中，竟都無所察覺。

那捲DV，留下母親最後的身影；那日，也是她最後的除夕。

那夜，穿上彩色圍兜的她，強打起精神，和家人共度最後的歡樂時

光。她最掛心的小兒子——我的小哥，在我們切切的盼望中終於現身，我深吸了一口氣，差點兒哭出來。我多麼害怕居無定所、行無定向的小哥，會在這個特別的日子中，讓虛弱的母親望斷秋水！母親見到她的小兒子出現，露出一絲恍惚迷離的笑意。

「吃了東西？」小哥問。

「呷飽了。」母親木木的回說。

母親幾乎粒米未進，我向小哥告狀。母親低下頭，吶吶回說：

「愛呷的物件莫知佇叨位！」

長久食不下嚥的母親，意外的在我們的一再鼓勵誘導下，喝下了她人生中最後一杯咖啡，和一小口蛋捲。母親走了！每每想到在她生命途程中喝下的那杯最後的咖啡，總讓我感受到無限的安慰。胃動脈出血過後，醫生叮嚀不能再讓母親喝咖啡，然而，母親和咖啡已纏綿幾近半世紀，乍然宣告必須分手，母親雖然謹守醫命，但總覺她忽忽若有所失。每回，帶母親回診，我老和醫生廝纏，告訴他咖啡禁令的不人道。醫生終於鬆口，說「嚐一些倒也無妨，不過量即可。」得到赦令的母親，仍舊謹慎小心，只有在我百般逗引下，才試它一杯，不過，喝咖啡的享受表情，令人難忘。而母親在油枯燈盡的最後時刻，萬念俱灰，食不下嚥，卻喝下那杯咖啡，一滴不剩，我將這杯咖啡詮釋為母親一生完美的結束。

母親和咖啡的關係非比尋常。父親猶然在世時，他們夫妻倆，就經常對坐同飲。喝咖啡時，必佐以可口的小餅乾。父親過世後，母親守著父親留下的百餘盆蘭花，形單影隻地繼續父親生前為蘭花分枝散葉、繁衍後代的工作，將他們倆共同的蒔花愛好照顧成滿園的花繁葉茂，好不燦爛！咖啡和蘭花成為我們思念父母時最美好的記憶。

母親極嗜吃甜品，這是子女都知道的。外公家開枝仔冰店，母親常回憶小時候自己製作冰品，上學時，邊走邊舔的往事，堪稱是她最甜美的回憶。我剛結婚初期，家境稍有起色，母親常在我返家度假時，從菜市場攜回仙草、愛玉、涼粉或紅龜糕、鹼粽……等，興沖沖地端上兩碗，邀我一起吃。而我一點也不肯湊趣，總埋怨這些鄉土味十足的點心

早就過時。

　　母親過世後，姊妹相聚，話題總還是離不開母親。二姊告訴我們，一天午後，忽然強烈地思念起母親，想起母親每回到豐原，總不忘蹺到一家特定的店裡去吃一碗雪白的米苔目，於是，她立即換上衣服，特地從城西開車到城東，到該店叫一碗母親的最愛。

　　「我埋頭一瓢一瓢地往嘴裡送，一點一點地嚐，想從中了解媽媽為什麼喜歡吃它！到底米苔目有什麼好吃的，而從來就不喜歡吃米苔目的我，竟然因此破天荒地將整碗吃光光！」

　　三姊最多情，一想起母親便淚流。無論何時，她總是依著母親的習慣，一杯咖啡、一疊小點心，早餐桌上，下午茶裡，嘴裡喝著，吃著；心裡想著，不斷複習著母親的舉止，她說：

　　「奇怪的是，媽媽走得越久，我好像跟她越來越接近。」

　　炎炎夏日，炙熱的陽光橫過大片玻璃窗，直射進冷氣室內。姊姊們幽幽地說著，我不由紅了眼眶。母親逝去已屆四年，她的影像卻似乎越來越明晰，姊姊禁不住思念的召喚，坐到母親常坐的位置上試吃著母親最愛的甜品，設想著母親的心情；而我又何嘗不然！否則又怎會在忙碌的工作中，不辭辛苦地備置各項材料，在粽葉飄香的端午佳節，用著沒有章法的雙手，認真弓身艱難的包粽！儘管包出來的粽子簡直長相乖戾到極點，但吃過的兄姊無一不嘖嘖讚嘆！說裡面分明是媽媽的味道！

　　母親亡過之後，每過一天，思念便添一分。日日，我們姊妹循著母親生前的足跡，悠悠走過她曾經走過的路，每走一步，便覺又多了解母親一樣。遺憾的是，母親在世時，我們似乎從未如此設法和母親接近。

　　那年除夕夜，雖親人圍繞，實際卻已魂歸離恨，枯瘦如影的母親，在寂滅的夜裡，喝過最後一杯咖啡、嚐了最後一口甜點後再沒進食，兩天後的夜晚，她自己悄然拔掉鼻胃管、呼吸器，主動向世界宣告她不再留戀，在長媳、長孫和外傭稍一閃神間撒手塵寰。在暗夜裡，不停發出急促呼吸聲的機器不知何時悄然停止運轉，螢光幕上跳動的曲線姿態決絕地直直往另一個世界奔去！我那一輩子辛勞又堅強的母親哪！她銳意主宰命運、扭轉乾坤，丈夫的、兒女的，像逐日的夸父，一輩子從不肯

認輸，最後，連何時歸去都強勢地自我主宰，不假他人或上帝之手。

——原載2011年2月號《幼獅文藝》

作者簡介

廖玉蕙，臺中縣潭子鄉（現臺中市潭子區）人，為臺灣當代散文作家。畢業於臺中女中、東吳大學中文系，東吳大學文學博士。大學在學期間，便開始擔任《幼獅文藝》月刊編輯。先後任教於中正理工學院文史系、世新大學中國文學系、國立臺北教育大學語文與創作學系、國立臺北教育大學臺灣文化研究所、國立臺灣海洋大學共同教育中心，教授古典小說、戲劇、現代小說、散文創作，以及文學與電影等課程。現已從教職退休，目前專事演講與寫作。

其創作以散文為主，兼及小說、繪本和學術著作。曾經獲得中山文藝獎、吳魯芹散文獎、「文協」文藝獎章及中興文藝獎章等獎項，2015年榮獲臺中文學獎文學貢獻獎。有多篇作品被選入高中、國中課本及各種選集，《後來》一書且入選文建會的「一○○精選・全民大閱讀」。

廖玉蕙認為：「人生行道上處處俱是驚詫與歡喜，大時代裡，即使是小人物也有屬於他自己，卻又返照他人的說不完的故事。」因此，她的筆下充滿對人生、世事的興味，從而細細勾劃出各種面向的人世情緣。其生動直率的文字與層次分明的結構，也為臺灣文壇樹立了少見的歡喜自在的文風。

書籍導讀

作者藉著《後來》一書，追憶了亡母不再有「後來」的生前種種，也整理出自己可以繼續走下去的「後來」。在書名上，便直指核心地同時點出書寫者與被書寫者的內在處境，呈顯兩者相承為繼的緊密關係。

本書將收錄的二十五篇散文分為三輯，並有一篇自傳性短篇小說作為外一輯和附錄答客問。不論是散文、小說或附錄，其內容都直指自己與母親互動的諸般愛恨情結，毫不閃躲。就在這些坦露的過程，作者梳理了母親倔強自主的悲歡人生，也看見身為女兒的自己一路怨憎母親的背後，其實是為了填滿孺慕渴愛之情。而在探討兩代女性生命故事與細數母女情緣的脈絡中，更在〈最後的咖啡〉一文中，反映了臺灣普

遍面臨的家庭照護與老病臨終自主的兩難問題。這使本書已不只於個人、家人的親情梳理，更揭露了普遍存在人心的大惑：該如何維護臨老安頓的尊嚴？

 ## 篇章內容分析

〈最後的咖啡〉談的是臨終前幾天，熱愛美食的母親，在飲食受限、病體困頓之下，終於喝到平生鍾愛的咖啡，而且一滴也不剩。而那杯咖啡，不但讓陪伴在側的兒女事後詮釋為「母親一生完美的結束」，也是思念母親時最美好的回憶。

回憶從咖啡，追索到佐食的甜點，及至母親嗜吃的種種鄉土甜品。於是，子女們在一次次重複這些飲食習慣的當下，重新認識母親、理解母親乃至接近母親的心靈。

想像並接近那一生操勞又好強的母親，是如何在喝過那杯咖啡後，沒再進食，卻悄然拔去維生的管線，強勢主宰了自己終命的時刻。是的，那正是他們那意志堅定，銳意主宰、護衛家庭子女的母親。一幅以文字摹畫，鮮明深刻的精神圖像。

當然，在回顧臺灣傳統甜食的同時，除了勾起兒時的記憶，展開與父母生命經驗的連結之外。作者也透過母親在臨終前的處境和選擇，帶我們一起看到許多家庭裡，在日常生活中，曾經、正在或將來要經歷的生命議題──如何面對親人臨終時的自主與尊嚴。

本文的取材皆是生活中的尋常瑣事，但正如作者回答散文寫作的提問所強調的：「如你認真生活……會發現文學題材就在抬頭、轉首間。」其實，生活中的諸多瑣事，才是構築生命全貌的基石，甚至是協助個人爬梳內心紛擾的重要資源。至於使用的書寫技巧，不論是在姊妹追述、模擬母親的多視角敘事與示現，或母親在茫然尋索中猶對越傭表示感謝、包年終紅包的側寫與烘托，以及關於父母對飲咖啡的些許岔出的情境描繪，都讓讀者在不知不覺中，走進母親的世界。不僅知道她的嗜好、為人，也明白了她的性情和感情。

對於老病的照護與臨終的自主這些議題，作者使用的表達技巧，則是在追述的文句中，埋藏了伏筆：「母親的魂魄原來早早離了身，只是當時我們深陷執意搶救的局了中，竟都無所察覺。」如此一來，悄然拔管之舉不但與其「銳意主宰命運」的性情一致，也揭開了關於老病的照護與維護臨終尊嚴的思考。（張百蓉導讀）

教學活動設計

請沿虛線剪下

一、問題與討論

1. 家中生病的長輩不遵守醫生交代的飲食禁令時，你會怎麼處理，以兼顧病人的意願和健康？

2. 對於高齡病重的家人，身為晚輩的我們應該如何照護才能維護其晚年的尊嚴，又不至於心生怨懟或悔恨？

二、引導寫作──遇見童年的爸媽

　　請先訪問爸爸、媽媽，小時候常吃哪些零食、點心？及其當時的生活環境及背景。並循線走訪販售那些食物的店家或製作的方法，將其記錄，撰寫成一篇文章。（300字左右）

〈醫院浮生錄〉

《誰在銀閃閃的地方，等你：老年書寫與凋零幻想》／簡媜

「一個人如果從來沒有參觀過痛苦的展覽所，那麼他只看見過半個宇宙。正如海洋的鹽水蓋滿了地面的三分之二以上，憂傷也同樣地侵蝕人的幸福。」

——愛默森

1. 窗口

從病房走廊盡頭的窗口望出去，是座小公園。左邊的樹枯萎著，留著殘冬的氣息，想起奧瑪·開儼《魯拜集》，「不論在納霞堡或在巴比倫，不論杯中物是苦還是醇，生命之汁滴滴流盡，生命之葉片片飄零。」可是，右邊的樹卻蒸蒸然萌發嫩葉，好似一縷綠煙。自然界每年說法，每一片枯葉指涉一個名字，每一枚新綠亦對應一名嬰兒。該老的人要平安地老去，該長的要健康地壯起來。

生生不息。

2. 新鞋

醫院旁星巴克咖啡廳，大片玻璃牆閃著銀燦燦的冬日陽光，像出清存貨，所有人都穿錯了，毛衣、夾克、圍巾，若是趁機曬衣倒還可以，若是逛街辦事，撐不了多久就得進7-11吹冷氣。

偏偏店內響起輕快活潑的聖誕歌曲：jingle bells, jingle bells, jingle all the way。又一個錯亂的場景，這麼個剝人皮的熱天，實在沒心情迎接耶穌誕生。

掛著聖誕花環的玻璃窗外，駛來一輛復康小巴士。接著，一名外傭

推出輪椅，椅上老者套著毛線帽，身上裹著蓬鬆大衣，加上毛料長褲，包得嚴嚴實實。臉上露出透明的鼻胃管，像一條小蛇。腳上一雙NIKE球鞋，太新了，閃出一道光，好像剛從盒裡取出來試穿的樣子，怎知是魔鞋，年輕小伙子霎時變成老朽，急著到醫院找解藥。一種錯亂的感覺衝激著我，那雙鞋不應該穿在他身上。有個聲音接著問我：「妳叫他穿什麼？」

能穿著新球鞋走路，原來是這麼幸福的一件事。

3.醫院

我不喜歡醫院。這是句廢話，除了經營者與醫護人員，誰喜歡醫院？哦不，病瘟與死神喜歡醫院，這是祂們拚業績的好所在。

上天給我異乎尋常的勞役卻也賜我優良的體質，生了病只要巷口藥房就可以解決，被玻璃劃破手掌血流不止，也是小診所在沒有麻醉的情況下縫了七八針了事。十多年前難得做一次胃鏡，醫生親切地向我說明胃炎情形，說著說著，問：「妳是作家對不對？」我含著令人作嘔的管子能說什麼？年輕醫生說他很喜歡我的作品，讀了很感動，念醫學系時曾寫過一封信給我，「不過，妳沒有回。」我含著管子能說什麼？心裡擠出一絲突梯念頭：「難怪你剛剛通管子通得我不舒服！」

我不喜歡醫院，不是自己的身體受什麼折騰，是心裡不能承受。第一次在醫院暈倒，是半夜趕到醫院看到我的小弟重大車禍腦部開刀之後的樣子，霎時阿爸、大弟、阿母三場車禍的血色記憶沟湧灌入我的腦海，以致不能承受而眼前發黑。對我而言，醫院是邪魔盤據的所在，是惡靈凌虐病人與家屬的刑場，我恨一切跟病痛、膿血、藥物、救護車、醫院、棺材店、殯儀館、墳墓連結的事項，卻偏偏，這些事項主動連結到我。

大約隨著醫療環境改善，醫院經營趨於人性化、服務導向，而我雖然馬齒徒長一事無成，卻也因入世漸深而能拔除不必要的驚恐，因此對醫院的看法也逐漸改觀——有什麼地方比這裡更能卸下一個人的肉身

苦軛？誰比醫護人員更能撫慰病中的脆弱？這裡仍是邪靈惡魔盤據的地方，正因為如此，以親切的態度全力以赴、為病患解痛除病的人，有了天使的光。

由於這燈光明亮的建築，是每個人都會來到的血淋淋生死競技場，是心靈遭受鞭笞的刑庭，所以醫院必須是病苦者、受難者的堡壘；城牆上有一排驃悍武士戍守著叫做醫術，一條護城河名曰仁慈的心阻擋暗夜邪魔。對壽元尚豐的人而言，醫院只是維修、養護的地方，短暫停留即能返回豔陽下，但對肉身殘敗的重病者來說，進得來恐怕出不去了。是以，醫院是他們闔上眼睛離開人世的最後月台；列車駛來，離情依依，一個人若在月台上得到站務人員的溫暖對待、親切安慰，踏上列車的腳步應該是輕盈的吧。那麼，醫院等同於方舟，披袍的人是神的使者。看盡生老病死，不是為了得到冷硬的心，而是能更柔軟地對待下一個與死神搏鬥的人，更懂得以暖語拔除驚怖，在醫療的限度內撫慰病者的脆弱，鼓舞其堅強。那一身袍，不是白色粗布，確實是天使的光。

跟醫院打交道，最折磨的是掛號。被認為名醫聚集的大型教學醫院，網路掛號往往一個月內全都額滿，為了必看此醫——傳說中武功高強的名醫、權威、主任、院長，只好當天到醫院現場掛號；為了搶到較前面的號碼牌，往往必須凌晨四五點鐘就去醫院排隊，等七點鐘號碼機開動能抽到較前面的號碼牌，八點鐘開始掛號時能掛到該醫生的號，九點鐘開始看診能較早看到醫生，等到終於拿到藥，耗費六七個鐘頭是小事。曾聽聞，掛了早診七十幾號的，直到下午三四點才看到醫生。人老了，生病了，看個醫生也要這麼競爭，使我無比嘆息——十二年國教要減輕學生的壓力，唉，殊不知人生最沒壓力的是學生，請在凌晨四五點去幾家大醫院現場觀摩，看那中老年人徹夜排隊、媲美年輕人為了買iPhone或演唱會門票睡地上在所不惜的盛況。連生病看醫生都得具備高度競爭力、承受壓力，這裡才是最需要「減輕壓力」的地方啊！

貼近病人需求、流淌親和氣氛的醫院，能讓看病的焦躁感降低。有朋友在美國史丹佛醫院做電療，療程結束後院方發給他一張證書，表彰其勇氣。做電療像參加夏令營，這真是人性化的體貼，值得仿效。多麼

幸運，離我家最近的萬芳醫院展現了以病人為尊的經營方向；明亮的大廳，舒適的椅子，掛號、報到模式，候診環境，電子螢幕呈現各科看診進度以疏散診間的擁擠，輕音樂與畫廊……，除了受限於空間無法規劃有樹的小公園讓住院病人曬太陽之外，大約也不能再要求什麼了——當然，如果能更精準地縮短每個人在醫院等待的時間，有志工招呼站一對一協助獨自來看病的老人批價領藥、檢查免其奔波，當能更臻完善。

然而，等待，在醫院等待自己的號碼亮起，是一件磨人的事。如果等一兩個小時，卻匆匆不到三分鐘被惜話如金、不願多解釋的醫生打發出來，心中一定懊喪不已啊！

醫院的靈魂人物仍是醫護人員，他們決定了這家醫院是病人的堡壘，還是拚業績的批發商店面。一個受病人深深感念的醫生，從來不是因為他一天能看三百個病人、開出兩公斤藥粒、抽了一公升鮮血，而是讓每個病人覺得，他的眼睛裡有誠懇與關懷，深深地看進了自己。

勞動過度的阿姑傷了手骨，一位骨科醫生要她不能再做田了，阿姑說：「沒法度哩，要做啊！」醫生握著她的病手、拍拍手背，看著她，溫和地說：「妳叫妳兒子來，我講給他聽！」

事後，阿姑說：「這個醫生實在勁——好！他這樣講，我當場病好一半嘍！」

4.阿母的藥袋

原本以為苦命女人都是鐵打的，我母是苦海女神龍，照說應該像一尾活龍不受疾病侵擾。沒想到才靠近七十，竟然出了狀況。有一天，她主動要我帶她看醫生，胸口很悶，感冒咳嗽不癒。我深知我家都有「死個性」，極度不喜歡上醫院，她自己開口，表示茲事體大了。

胸腔科醫生從她那因車禍斷過兩根肋骨的X光片判定胸部沒問題，但是，心臟看起來比較大，叫我趕快掛心臟科。

我忍不住揶揄：「妳心肝黑白想是在想啥？想到心臟變大粒！妳若閒閒無代誌，多想看眠床下有沒有埋金仔塊，緊的挖出來給我較實在

啦！」她嘻然而笑：「金仔塊？屎塊啦！」

我當然能猜到原因。人的身體，不會無緣無故變化，身體就是一份會議紀錄，巨細靡遺地記下浮生戰火、世間勞役、內心憂懼與憤懣。「若無閑事掛心頭，便是人間好時節。」難就難在，人心一排鉤，掛滿了髒衣服（苦命）、泥巴鞋（路途坎坷）、別人的痰盂（罵你的話），這不過癮，還把廚餘桶放到床上整夜嗅聞，抱著廚餘桶睡覺當然睡不著，身體怎能不敗？我們無力消滅別人的痰盂與廚餘桶，只能鍛鍊自己養成天天倒垃圾的習慣。

心臟內科依例做了X光及驗血、心電圖等一系列檢查。膽固醇數據不好看，心血管有阻塞現象，醫槌一敲：吃藥！從此變成心臟科病號。

心臟科是大科，每日一開診，爺奶公嬤級的老病人擠滿候診間，看診前需先量血壓，排隊的人蜿蜒著，乍看以為在買鳳梨酥。有兩三位醫生大概就是「江湖中傳說的名醫」，掛號的人往往破百。爺奶公嬤大多是每三個月來看一次的老病號，大約像看兒子一樣跟醫生建立了探親的潛在聯繫，所以有的看來不以等待為苦，有的由外傭推著輪椅來就診，應該也不苦，有的由子女陪同，中年人頻頻講手機聯絡事項，一看就知道很苦。

每次看完醫生，才出診間，我母必從皮包掏出一千元當著眾人的面給我，起初被我唸了幾句，但她執意不讓我出掛號費，我懶得爭執也就收下，免得母女倆在擁擠的心臟科扭打起來，最主要是，我若不收，她下次會帶五個蘋果一個高麗菜半隻土雞這些讓我氣到血壓飆高的東西到醫院給我。護士拿藥單出來，我對她說：「走喔，來去樓腳領金柑仔糖嘍！」

領完藥，十點，正是喝杯咖啡吃小點心的時候，我們都喜歡鹹食，最理想的地方就是肯德基的早餐酥餅，「來去呷酥餅嘍！」成了看完醫生的必定行程。她不宜喝咖啡，但偷喝幾口有益心情也就不管心臟了（反正有在吃藥）。幾次後，我發現她頗期待吃酥餅，70歲的人開始過「童年」，成為速食店老童，這意外得來的母女悠閒時光，竟拜那顆不乖的心臟之賜，想來唏噓。

吃餅的時候，我得幫她弄好藥品服法，她不識字，要把四五種不同的藥、一天一次或三餐飯後、半顆或一顆標示清楚讓她一目了然，可不容易！我很怕她吃錯藥在地上打滾，只好用最原始的圖示法在每個藥袋畫小圖；早上畫太陽，中午畫時鐘十二點加一碗飯，晚上畫月亮，睡前畫一人睡床上與檯燈。一一解釋，講完之後要她複誦一遍，吃完酥餅，再抽問一遍，如家教老師對待即將上考場的基測學生。她一面說一面笑，非常不認真。

　　有一次，她要跟親戚去大陸玩，醫生特地開了一小瓶舌下含錠，又針對暈眩問題開了暈眩藥。吃酥餅時，我在暈眩藥袋上畫了皺眉的女人，「這個就是妳啦！」頭上畫了圓圈圈，冒幾顆小星星，「暈到頭殼頂五粒星金閃閃！若是這樣，就吃這個藥。」她看了，笑到流眼淚，自評：「真慘，不識字！」

　　她期待看我畫小圖的樣子像個小女生。我想起小學時，同學撕下數學練習簿的紙張，央我幫她們畫歌仔戲或布袋戲主角的情景，搞得我下課比上課還忙。我在藥袋上畫出興頭，又給暈眩女人畫上一串珍珠項鍊，說：「給妳一串項鍊，免得妳突然間心臟按怎樣（怎麼樣），黑頭車要來接的時候，身上什麼首飾都沒有！」

　　她一點都不忌諱，覺得蠻好玩的。

　　我常勸她不要想太多，自己要懂得調適，「吃乎肥肥，裝乎鎚鎚（憨笨貌），吃乎瘦瘦，裝乎懶懶」，天下即太平。她頗能聽進幾句，有時不免又有事端惹惱心血管，我就語帶威脅說：「妳自己心臟顧好最重要，我公婆年紀這麼大了要顧，公公又生病，如果妳怎麼樣，我顧不到妳，豈不是很艱苦？妳把自己顧好，就是幫我的忙！」她也聽進了，深覺會同情女兒的還是自己的老阿母。但太平日子裡總有想像不到的烏雲，高齡九十五的外婆於睡眠中離世，她奔回鄉下，在電話中對我哭號：「我沒老母了！我沒老母了！」

　　有一天，我問她：「妳以後還要不要出世做人？」她毫不遲疑說：「不要。」

　　「那妳要做什麼？」

「做仙。」

「我也不要再做人。」我説。

講完，才意識到，我跟我老母相處的時間，也不多了。

5.鼻胃管與抽痰機

　　至醫院幫阿嬤拿藥。等候中，有人推來一病床，大約要做超音波
的。床上躺著枯瘦老翁，接近九十貌，插著鼻胃管，右手被綁在病床的
邊欄，左手也許有綁也許沒有，看不見。看來，已不太能言語了，身體
孱弱，但還有意識及些微的活動力。他的身體左右顛動，幅度雖不大，
但很清楚地知道他在「掙扎」，腳弓起來，又伸直，蓋在身上的被子忽
而攏起忽而塌下，這動作如果出現在熟睡的孩子身上，意味著正在夢中
回味有趣的遊戲，因此會伴隨一陣鈴鐺似的笑聲。而此刻病床上被硬是
插入鼻胃管的老人，口中發出痛苦的呻吟聲，坐著的、走動的人都望向
他，彷彿望著影片中的人物。不久，運送工將病床推走，診問的燈號聲
此起彼落，恢復了各人的現實。

　　我們的鼻腔被設計讓空氣進出、液體流出，不是被設計來插鼻胃管
好讓八十歲的可以活到九十，九十歲的活到一百，一百的因為管灌得法
而延長四個月又二十九天十個小時的壽命，成全了兒女的孝心。

　　除非已癱軟昏迷，否則從未聽過插鼻胃管的老人不需要戴手套或綁
手以防他們抽出管子。即使身體已然癱瘓像植物人的阿嬤，九十八歲那
年住院，因吞嚥困難被插入鼻胃管，她也奮力地、奮力地伸出岩石般沉
重的右手要拉下那條讓她痛苦的軟管。

　　她閉著眼，不知是睡著了還是內在渙散，不能言談僅能發出嗯喔
之聲，但知覺還在。因肺炎必須抽痰，因吞嚥困難必須插鼻胃管，這是
普遍的醫療作為。當我們把病人送到醫院，就是希望醫生治療她，而
醫生下令抽痰、插鼻胃管絕對是合理的作法。我們有什麼好抱怨的？
但是──但是──，看著九十八歲老人被盡責的護士拿著管子強行伸入
口腔、下探咽喉抵達氣管，打開馬達轟轟作響，抽出痰液連同粉紅色

的血液，做家屬的得按住病人的手，說：「忍一下快好了，不要動忍一下」，聯手讓她因現代醫療的奇蹟而延長了壽命，當此時，卻有個聲音在心中響起：「結束吧！結束吧！」

對面病房，床上，也是一位老者，逼近一百的樣子，老到從門口望去不能分辨是男是女，一逕維持不甦醒的休眠狀態，表情留著眉頭深鎖的樣子，輸送氧氣的軟管、鼻胃管、掛在牆上的抽痰設備，顯示他的生命已跟我阿嬤一樣毫無品質。五點一刻的晚餐時分，看護舉著一包灌食液，讓豐富的營養繼續維持殘軀的生命狀態，繼續哺育尚未衰竭的心臟、胃、腸、肝、腎，不必理會腦部崩坍、肢體癱瘓、肺功能衰弱、吞嚥閘口關閉的事實，繼續活下去。

如果在五十年前，他應該已經解脫了。如此說來，活在現代，是幸還是不幸？現代醫療，是不是給了老人不能結束的痛苦？當我們懇求醫生盡一切積極作為讓老病屏弱的父母活下去，不惜氣切、插管、電擊時，我們是從生命的律法、至親的角度來衡量這件事還是從自己的感受來下決定？「我不允許我爸爸（或媽媽）死！」是一條潛在命令，是以，至親必須為我活下去，而活下去的代價是，一天灌五次鼻胃管，抽三次痰，至親叫得越痛苦越表示活了下來。

活著，是勝利，是王道，是一切。

是這樣嗎？

澳洲曾傳出一群老人集體在家製造非法的安樂死藥，被查緝共有數百多名老人祕密進行實驗，經過無數次失敗，終於製成獸醫用來讓動物安樂死的藥劑。想像有個年輕人問這群老者：「你們為什麼要製這種藥？生命是很美好的，要珍惜。」想像有個癱臥老者回答：「給我一顆，我會覺得更美好！」

某位曾從事護理工作的老婆婆，纏綿病榻多年後對女兒說：「我現在連自己結束的能力都沒有了！」

但是，自我結束的意志有時會做出令家人不可置信的事。美國小說家安娜昆德蘭《One True Thing》，改編成電影《親情無價》（梅莉史崔普、威廉赫特、芮妮齊薇格主演），那位在女兒眼中只是一位普通家

庭主婦的媽媽，飽受癌末痛苦，夜裡竟撐著孱弱的病體起床服用大量嗎啡而逝。

問題是，在現代醫療面前，哪一個子女敢說不，誰敢對醫生說：「不要給他插鼻胃管！」

不必等到醫生解釋，自家手足已伸出食指指著你的額頭，怒目質問：「你想餓死他嗎？你要活活餓死他嗎？你太不孝！」

「你看他那麼痛苦，這樣活下去有什麼意思？」你說。

「沒有啊，他睡著了哪有很痛苦，他是國寶耶，爸爸越長壽我越高興！」你的兄弟說。

「孝」這個字，是醫院裡的熱門關鍵詞。「孝」與「活」聯手鞏固了老病者的病榻現實。

老的時候能避開抽痰機的伺候，絕對是一樁值得跪下來叩謝皇天隆恩的事。

一根細管子連著馬達，醫療器材行有賣，身價一萬多元。性能完足，強又有力，附一只透明圓杯用來裝水，準備恭敬地承接那費盡氣力卻唾不出、積在氣管腔壁、對人世的諍言與深沉的眷戀。細長的管子探觸咽喉，伸入，你啊呀咿哦，夾著：「難過啊，受不了啊！」舌頭抵制小細管不讓異族入侵，那持管的手豈容猶豫，一箭似地成功刺入，按下開關，咻咻急抽，再深入一些，急抽，你面容扭曲現出痛苦，咿哦聲更高亢，再抽，細管抽出的「諍言」直直落入水杯，那杯上立刻浮上一坨坨淡黃色的濃言稠語。抽完之後，你長長哦咿一聲，兩眼緊閉，虛弱疲憊如鬼門關歸來。哦──咿，你哀鳴著，又活過來了！

一天抽兩次。活著真好，還是，真不好？

6.急診室

在急診室，護士為病患做了必要的處理之後，家屬陪在旁邊，等待病房。

「要等多久？」

「不知道，有了會通知你。」護士風一般飄走了，手上拿著我們永遠搞不清的器具；量體溫、血壓、血氧濃度、抽血，打針的、拿藥的、寫資料的，監控生命跡象。一間急診室像7-11，有時沒什麼人，有時忽然湧入放學的學生，擠得手忙腳亂。護士們連喝口水的時間都很難得，我甚至懷疑她們連廁所都不必上，大約身體已進化到直接蒸發吧。血壓飆高呼吸不順的婦人、被蜂蜇的妙齡女子、車禍的年輕人、骨折的小學生，腹痛的胖漢，消防員、警察、志工、警衛、清潔員加上家屬及好奇的路人，川流著，抓到護士就問，「等一下」是標準答案，護士的兩條腿沒停過，飄走了，等待的人焦躁起來，再抓一個正好路過的護士問，這個高聲問那個，那個急忙趕來「接case」，難免也要接一兩句抱怨的話。門口隨時駛來咿哦作響的救護車，尖銳的聲音聽久了也就麻痺了，鏗鏗鏘鏘一陣，擔架輪子滑動，推進來病患及面色倉惶的家屬，護士高聲叫這喊那，兩條腿像「爆鼓筷」（打鼓），圍簾拉上，緊急處理中。

　　「唉唷喂呀，護士小姐！唉唷喂呀，護士小姐！」有一位生命跡象看來蠻穩定的口罩中年人呼叫著，叫不到人，他發火了，音量飆高，有個忙得要死的護士趕過來，此老兄說他屁股癢要護士幫他擦藥膏，護士取來一條藥膏請他自己擦。到此，我這旁觀的人實在看不出他有何必要躺在急診室「叫爸叫母」？臀癢老兄從廁所回來躺下不久一陣咳嗽，又呼叫了，這回說他肚子餓，嚷嚷一陣，有個志工媽媽對好奇的其他人使個眼色：「常來的」，一面走過來「接case」，幫他去買便當，要素的喔。此時，我那分泌旺盛的邪念像醃漬在甕裡的豆腐乳，散出重鹹味道，我控制不住這樣想：「急診室應該與監獄建教合作一下，請獄方派一個改邪歸正、刺龍刺鳳的大哥來駐點，凡有亂民，請大哥出面，問：你有啥米貴事？哪裡在癢？」我承認我心術不正，也願意因這不正的心術將來去地獄住一天一夜，但看到有人在急診室毆打醫護人員的新聞，加上眼前這位把急診室當自家客廳的老兄，我的修養也飄走了。我不禁想，若我是護士，可能早就開罵了，但她們不可以，必須自我壓抑。這一行何止傷身，也有礙心理健康。

　　忽然，空檔出現，我好像也跟著放鬆，可以欣賞他們的穿著；住

院醫師，深藍制服短白衣，年輕，睡眠不足，有鬍渣，頭髮接近油麵程度，衣服是皺的。有個女醫師十分時髦，穿格裙，長靴——難得在急診室看到時尚，取悅了我的眼睛。

他們的一天看起來沒什麼樂趣。如果不是對這一行懷有形上層次的理想性，具有強烈的熱血助人的特質，能從工作中獲得跟金錢報酬無關的內在富足，否則很難不變成一個冷漠、失望、嫌棄病人必須轉行的醫護人員。這可能是醫美這一行與醫院崗位極其不同的地方；轉跑道的人找到九十九個必須轉的理由，沒轉的人只需要一個不轉的理由。那位早逝的醫生說：「即使死在工作崗位上我也願意。」偉哉斯言！生命是什麼？生命雖是蜉蝣朝夕，卻應該如馬偕所言：「寧願燃盡，不願朽壞。」

在我眼前有兩位年輕醫生，衣皺髮亂，腳穿布希鞋，下午六點半，尚未吃晚飯，幾乎沒上廁所——至少在被我盯上的這兩個小時是如此。可憐的年輕人，完全沒料到背後有個阿姨這麼關心他們的膀胱！

趁著空檔，兩人閒聊某次考試那條蛇是不是眼鏡蛇？一個說，沒把握，反正都是神經毒。一個立刻google圖片，兩人湊近，專心觀賞，指指點點，如看A片。

我怕看蛇，把頭轉開，因此看見門口又有一輛救護車駛來了。

7. 手術室

一早趕到醫院，有個不聽話的親人需開刀；第一台刀，八點，病人被推進手術室等候區。共有十幾床病患等待著，旁邊坐著穿粉紅色罩袍的家屬，陪著即將上戰場的家人。由於開刀之必要性、手術同意書皆已確認，所以，病患與家屬的臉上都很平靜，顯然也沒有交談的需求。我忍不住挪揄這個不聽話的傢伙：「拖到必須挨一刀，給醫生做個業績，很值得對不對！」挖苦之後再補上正經話：「不要怕，這是小手術，睡一覺就好了。我們都在這裡。」

時間一到，一群綠衣護士蜂擁而至，叫家屬到外面等，她們各推各

的病患進入手術室，入口處竟有「塞床」現象。不久，全部進去了。

　　手術室外，一排排藍椅，坐滿了人，盯著螢幕看自己家人的名字標著「手術中」，彷彿看一遍就能給他灌注一些平安。

　　寬闊的長廊，明亮且潔淨，等待中覺得這空間太大了，大到足以迷路。

8.感應

　　在醫院前面等紅燈，忽然一輛救護車鳴笛而來，駛向急診室，當它經過我身邊，我竟起了非常奇怪的感應；鼻酸，眼眶熱起來，滲出了淚，我起了悲傷念頭：今天是車裡那個人的最後一日了。小綠人出現，我隨著人群過馬路，心情仍未能平復。

　　一年前，我前往松羅山區，必然遠眺那巍然雄壯的山群，之後才知，那日正是一位因登山踩到枯木而永遠跌入山林懷抱的人的最後一日，數日後，我行經板橋殯儀館，見一群媒體待命，立即明白那是等待他返回台北的，做為路人的我，也是一瞥。遂憶起大學時期，與詩相關的某次招徠新生的活動，年輕、瘦小的他，有一朵詩似的笑容。甚至不記得季節，只記得一笑。

　　我們都有機會以一瞥的情份，旁觀一生命之崛起或忽然隕落。

9.路人

　　在藥局領了藥，忽然看見急診室那裡有熟面孔。待我尋去，見簾子拉得密密實實，只看出四五雙腳圍在床邊，隱約聽得到錄音機放誦梵唱。我問站在外邊的那孩子：「阿嬤現在怎樣？」他說：「應該是走了。」

　　我是個不著邊際的路人、鄰人，竟恰巧站在老人家淒苦一生最後一刻的最外邊，稱不上目送，算是耳聞，可又離她只有三步，遂在心裡向她鞠躬：「再見了，老前輩，您解脫了，去做仙女，做蝴蝶，做任何一種會飛的生命，二十九年中風的枷鎖今天解開了，真的解開了，您就自

由自在地飛一次吧！再見了，做沙鷗，做什麼都好，就是不要再回頭做人！」

　　佛號續續如流水如輕風，想必她已啓程，我心裡響起振翅之聲，鼻頭忽然一酸。

10.看護

　　梁實秋有篇文章〈病〉，以其一貫詼諧筆法寫住院見聞；他說中國人最不適合住院，因爲會把醫院家庭化，一旦住院，把整個家連同廚房都搬來了。進而又把醫院旅館化，人聲嘈雜，「四號病人快要咽氣，這並不妨礙五號病人的客人高談闊論；六號病人剛吞下兩包安眠藥，這也不能阻止七號病房裡扯著嗓子叫黃嫂。」

　　《雅舍小品》的時代遠矣，醫院生態與今日相差如天地，但亦有不變之處，例如，文中寫到：「是夜半，是女人聲音，先是搖鈴隨後是喊『小姐』，然後一聲鈴間一聲喊，由元板到流水板，愈來愈促，愈來愈高，我想醫院裡的人除了住了太平間的之外大概誰都聽到了，然而沒有人送給她所要用的那件東西，呼聲漸變成號聲……」令人拍案叫絕。

　　較輕型的住院狀況，通常由家人一手照顧，所需住院期間大約數天，這種住院可視作小放假。重病老者住了院，半月一個月是常有的事，礙於健保規定，常必須先出院再回鍋住院，或是因身體不穩定必須常常進出醫院。街上的救護車多了起來，我總認爲車裡大多是老人。

　　老病長者住了院，若非由家人看護（大多是媳婦或兒女輪流），就是由家中外傭看著，要不就是僱用一日二千元的二十四小時看護。若是無外傭，又礙於財力無法僱請看護，直接把老人家「丟」在病房也是有的。

　　雙人病房，另一床，來了個八十多歲胖爺，神智不清爽或許有癡呆之虞，已不能自行下床，據云是因腎臟問題住院的。夜裡忽睡忽鬧，不鬧的時候就打鼾，吵得旁人無法安歇。白日，也不見家人來，據云是做便當生意的，胖爺叫護士打電話給他兒子，護士說打過了。不久，胖爺

喊要小便，沒人理會，隔床的正好有家人在，那好心人幫他拿來尿壺，尿完了，胖爺手拿著尿壺竟睡著了，一壺楊桃汁斜斜放著，怎辦？好心人幫他拿去倒。胖爺醒都沒醒，手指頭撐得開開地，還拿著壺的樣子。

像胖爺這樣的病人，實在需要一台「仿真機器人」，如果科技能快快走到那一步，也許像他這樣處境的老人能少受一點罪。

到醫院看到的外傭，應該都是受僱在家照顧老奶奶老爺爺或阿嬤阿公的，老人家進出醫院，她們也跟著駐守營區。醫院固然不是好場所，但她們在這裡可以遇到很多同鄉，幾乎可以開小型「同鄉聯誼會」，因此，反倒可以從她們臉上看出難得的笑容。

自一九九二年引進以來二十年間，這群照護軍，是步向高齡社會、平均餘命越來越長的現代台灣不可或缺的助手與穩定力量。目前在台的外籍看護約有二十萬人，以印尼居多，超過十五萬。報載，五年後恐出現看護荒，而政府所推展的長照體系與本國照顧服務員能否因應變局、順利接軌，有待觀察。除了工作內容、時間、薪水，是難以克服的障礙之外，歷年來偷跑的外傭活躍於社會各個角落已自成黑市生態，相較之下便宜的薪資也衝擊本國的長照機會。換個角度看，本國照護員寧願到醫院擔任看護工作，日薪二千，誰願意住進僱主家二十四小時包山包海地工作？

是以，在醫院擔任看護工作的，本國女性與陸配是大宗。她們靠鐵打的體力賺錢，二十四小時豈是好玩的，手上拉著滑輪行李箱來報到，三五天或半月綁在病床邊，床上那個人全交給她了。

管灌、抽痰、拍痰、按摩，把屎把尿、洗浴、餵藥、翻身、檢查傷口、注意點滴，體溫、血壓、心跳……，掌握病況，做醫護與家屬間的橋樑。盡責勤快的看護幫家屬扛了重擔，換得子女喘息——這種身心煎熬的重擔，沒挑過的人永遠不能理解。放眼望去，穿梭在病房、走廊、護理站、檢驗室、地下室餐廳的異國姊妹、大陸姊妹、本國姊妹，成為醫院戰場上不可或缺的照護兵卒，如果沒有她們以異乎尋常的韌性與體力扛起這份任務，久病床前即使有孝子孝女孝媳，恐怕身體也敗了一半。需知，越長壽的老病者，越需要用子女的健康去換。

正因為病者與看護者是這麼辛苦，所以，理想的醫院病房區應該有曬得到太陽的花園與樹蔭，有音樂有影片有小型的筋骨活動設備，有大魚缸讓病人與孩童觀想另一個無憂的世界，有接受訂製的特調食物小站，因為自第三頓飯起，中央廚房變成令胃部害怕的地方，十一點半、五點半，碰隆碰隆的餐車輪轉聲就像要逼你吞筷子嚼盤子的母夜叉出巡聲，如果有熱呼呼的地瓜粥、魚湯，應可拯救一點胃口。病中心靈脆弱，醫院還要有小佛堂可祈求、禮拜堂可禱告。當然，有的人可能較喜歡批八字看流年的命理攤，每張論命單都寫著「否極泰來」。

如果醫院在不失其專業的範圍內，自成一完整的生態區，或許能讓成天在醫院進出的人稍微嗅得到滾滾紅塵的氣味吧！需知，在病房待久了，連馬路上的灰塵都是香的。有一天，我忽然明白，為什麼一樓大廳旁附設的麵包店總是播放莫札特的《A大調第二十三號鋼琴協奏曲》及《魔笛》序曲，在這沉重的病殿，也只有莫札特能讓病人與侍病者的腳離地十公分。

病中日月長，有時長得看不到盡頭。一條病繩，綁的豈是只有自己：第一圈綁住了看護，第二圈綁住了家人。看護隨時可以因病人命在旦夕她不願碰死亡而辭職不幹，管你是否措手不及，外傭從醫院偷跑的也不是新鮮事，你不是她的家人，她對你不必同情。但家人怎能自行鬆綁？病榻上是自己的至親啊，看護的重責，終究還是落在自家肩上。

 ## 作者簡介

簡媜，原名簡敏媜，1961年出生於宜蘭，臺大中文系畢業。曾任聯合文學、遠流出版公司，現專事寫作。在蘭陽平原的懷抱中成長的她，有一份纖巧敏銳的心，無論是情竇初開的困惑憐傷，或是初為人母的喜悅和忐忑，或是回溯自己和父母之間的情分，或是思索中西教育文化的異同，簡媜都能駕馭自如，擅長以日常生活的思考點切入，樹立了她筆觸細緻又雍容大度的文風。

書籍導讀

　　從民國74年出版第一本書以來，簡媜在《水問》寫青春，《月娘照眠床》寫原鄉，《女兒紅》寫女性觀點，《紅嬰仔》寫初為人母的喜悅，《只緣身在此山中》尋求生命意義，寫了二十八年，作家遞上第二十九號作品《誰在銀閃閃的地方，等你》則是以理性又不失機智幽默的方式談「老病死」。

　　「我們的一生花很長的時間與心力處理『生』的問題，卻只有很短的時間處理『老病死』，也有人抵死不願意面對這無人能免的終極課題。然而，不管願不願意，無論如何掙扎、號叫，『老病死』聯合帳單終會找上門。」不容否認，「老病死」一直都是華人文化的禁忌，能避則避，能免則免，尤其對「死亡」的議題，更是忌諱！莊子因為體認到人的生命「方生方死，方死方生」，所以主張用理性的態度面對生死的實質，相信唯有以「齊一生死」的超然態度，才能免除對死亡的焦慮。簡媜領悟到「生是珍貴的，死也是珍貴的，生只有一回，死也只有一次，我們惜生之外也應該莊嚴地領受死亡，禮讚自己的一生終於完成。」生老病死雖是自然律，但走這條路的人怎可毫無準備，順其自然？一個毫不準備的人是不負責任的，他把問題丟給家人及社會。於是決定書寫關於「老病死」聯合課程的導航書，企圖為讀者的人生旅程，找到可以仰望的的星圖，讓生命有更為圓滿的可能。

　　全書共分為五輯，從初老、漸老、耄耋、病役到死亡，簡媜以寓言式的魔幻奔想，仔細勾勒「老人共和國」裡的鎏銀歲月；又以深情至性的筆觸回想至親晚年生活的點滴。這是一本談論「老病死」的百科全書，也是一本老年生活奇想版的導航散文，不同年齡階層的讀者都可以透過這本書找到安頓的力量，進而領悟：誰會在銀閃閃的地方等你不再重要，重要的是你已無憾、無悔、無懼。

篇章內容賞析

　　你，準備好服病役了嗎？什麼人生什麼病，不可臆測，也不重要。重要的是，生了哪種病，你變成什麼樣的人？

　　仁人難期永壽，智者不免斯疾，肉身是浪蕩的獨木舟，一條條的舊痕承載了人世浮生的遇合離散、悲歡愛憎，即使如此，仍要悠悠蕩蕩的往前，航向疾病猛獸遍布的叢林險路，直至遍體鱗傷、朽壞。「病」是人生最後一項修煉，也是最為折磨的關

卡，如果無法克服經濟和照顧方式等問題，無情的戰火便在病榻前蔓延，燒出人性底層最猙獰的原形。帶病延壽的老人生不如死，眼睜睜看著一生劬勞換得親情薄如一張紙。世間有幾人能像文豪蘇東坡的「因病得閒殊不惡，安心是藥更無方」的灑脫和詼諧呢？所謂「病中日月長」，這條名為「病繩」的鎖鏈，綁的豈是只有自己？

　　本篇文章是作者陪同家中長輩就醫時，觀察「痛苦的展覽所」——醫院的心情紀錄。從醫療的服務態度、領藥後為不識字的母親自創藥袋圖示提醒、鼻胃管與抽痰機的折磨、像7-11的急診室、在病房和門診間穿梭的家人看護、外傭等，看似零散的觀察筆記，除了刻劃醫院的日常面貌，更多的是以病人和家屬的角色，對醫院和醫療人員提出更多的願景和期待。作者認為「醫院等同於方舟，披袍的人是神的使者。看盡生老病死，不是為了得到冷硬的心，而是能更柔軟地對待下一個與死神搏鬥的人，更懂得以暖語拔除驚怖，在醫療的限度內撫慰病者的脆弱，鼓舞其堅強。那一身袍，不是白色粗布，確實是天使的光。」貼近病人需求的人性化醫療環境固然重要，但是「醫院的靈魂人物仍是醫護人員，他們決定了這家醫院是病人的堡壘，還是拚業績的批發商店面。」

　　只是病榻上的眾生和疾病對抗的身影固然令人不忍，但陪同眾生力抗病魔的醫護人員和照顧者的背影也委實令作者心生憐憫：文章裡時而出現的衣皺髮亂近油麵程度、腳穿布希鞋的住院醫師，被病患無禮對待的護理師，把屎把尿餵藥翻身的異國看護姊妹，在「孝」與「活」裡掙扎是否要給病人插鼻胃管的子女們……這些畫面交織成「醫院的浮生」，也是通向死亡的旅程中不得不看的風景。如果，我們必須經過病榻上修煉才能自病輒解脫，迎向死亡，你會選擇什麼樣的方式為這趟旅程劃下完美的句點？這肉身的包袱值不值得用家人的人生和無謂的醫療資源來換？如何面對病、死，沒有標準答案，只能不斷的在心裡練習，反覆辯證，直到那天來臨，才可以從容的回答：讓我自己決定……。（季明華導讀）

教學活動設計

一、課堂活動─譬喻練習

　　以下兩則資料，是不同作家對「生命」的不同比喻。

1. 生命好比是一只箱子，這箱子很小，裝不下太多東西。——王鼎鈞《旅行箱》

2. 生命是一條淺灘，臨岸徐行雖可以見影，倒不如風裡來浪裡去，感覺活魚的拍動。——簡媜《私房書》

　　他們除了採用「生命像□□」的表達方式，並對這種比喻做了更進一步的描寫（即「意象的延伸」）。請以「疾病」為題，運用類似譬喻的手法，寫一小段文字，文長以100字為限，並上臺分享。

二、引導寫作

1. 以下文章節錄自簡媜〈晚秋絮語 ── 寫給晚年的自己〉：「十四年之後，妳六十五歲，是個初老之人。我曾從鏡中想像妳的模樣，那必是以我現在的形貌為基礎加以細膩化毀損而得的。其實，我不關心形貌，想必妳能接受六十五歲的模樣如同現在的我完全接受五十一歲該有的樣子，我一向關心心智是否壯碩，靈魂是否朝向自由。」請同學想像一下自己老年的生活樣貌，除了形貌的變化外，還會帶著什麼樣的信念和期待進入老年？請以「寫給晚年的自己一封信」為題，寫作一篇文章，文長不限。

2. 簡媜用心刻劃了醫院浮生的樣貌，一面為現實際遇的悲歡離合拭淚，一面提出自己的感觸和期待。請同學模仿〈醫院浮生錄〉的寫作方式，以「大學校園和學生生活」為觀察對象，完成〈校園浮生錄〉一文。

〈臨行密密縫〉

《實習醫生的祕密手記》／阿布

遠方儀器發出急促的嗶嗶聲，腳步由遠而近，有人用力推開我值班室的門，門板撞上牆壁發出砰地一聲巨響。

「CPR！」

熟睡中的我腦子還沒轉醒，身體已反射地撐了起來，抓起放在一旁的白袍與聽診器，從上鋪直接跳到地板上。

腳底接觸到冷硬地板的疼痛讓我瞬間清醒，循著吵雜的聲音衝進第六床，護理師早已圍在一旁壓胸的壓胸，打藥的打藥，就等我上去接手。

其實我對於這床今天晚上會CPR早有預感。整個小夜班，病人的肝腎功能急速惡化，儘管吊上了很強的升壓劑使用，血壓還是一路疲軟，只是沒料到過不到兩個小時就不行了。

心律監視器上的線條，呈現一行破碎的波浪，隨著壓胸的動作起起伏伏：我滿頭大汗地汲水器般壓著病人胸骨，想辦法讓那團死結的亂線能夠壓成原本漂亮的節律。住院醫師學長走出門外跟家屬解釋病情，一陣低聲的說話之後，外面爆出了嗚咽。我在病房裡頭繼續一下一下規律壓著胸骨，手掌底下骨節偶爾幾下喀喀聲；整個病床也隨著我的動作，發出了唉吱唉吱的聲音。

一下一下壓，十九、二十、二一……監視器的波形愈來愈弱，愈來愈弱；我凝視著下方那位病人的臉：中年，乾瘦，眼皮微張，上吊的眼白被膽色素染成一暈髒髒的黃；嘴無力地半開，凌亂的短鬚密布於骨節突出的下巴。我雙手交疊壓著的胸前，一排肋骨清楚地浮現於黃疸的皮膚下。

學長走了進來，拍拍我的肩膀：「學弟辛苦了，就這樣吧，家屬也

同意了；等一下我先去開醫囑跟死亡證明。你幫我把身上的管路拔掉，氣切口跟大腿放雙腔導管的傷口吊個一兩針。」

護理師們走出去忙各自的事了，儀器也都被關掉。原本呼吸器的幫浦聲、監視器的嗶嗶聲，以及雜沓的人聲都靜了下來，整間病房瞬時只剩我單獨一人，面對著剛過世的屍體。我停下壓胸的動作，定定地看著屍體。

你活著的時候是怎樣的人呢？肝硬化到了末期，評估各項衰敗的功能之後決定進行換肝，接下來就是一連串的手術與治療、進出加護病房、管路、各種感染與器官衰竭等等。

這是我從半年份病歷上所知道的你。而我所不知道的你呢？失去意識前的最後一刻，你腦子裡面閃過什麼樣的畫面，或者還有什麼話來不及說？剛剛匆匆一瞥，大學年紀的兒子、紅著眼睛憔悴的太太，他們又在想什麼？會不會覺得醫療給了他們希望，現在又無情地把希望給戳破？

總之，一切就只剩我與屍體了。此刻屍體躺在那裡，維持急救後嘴巴微張的狀態，生命離去之後，體內正細微地腐敗著。

我回過神，找了拆線包與縫合包，首先把大腿用來洗腎的雙腔導管拔掉，一汪暗紅色的血隨之汩汩湧出。我拿一疊紗布使勁壓住；過一會放開，血已經不流了，只是在鼠蹊部的地方留下了一圈青紫色的瘀血。

我拆開縫合包，左手鑷子小心夾起皮膚，持針器銜住半圓形彎針後段，亮著光的針尖仔細穿過大腿的皮膚。密教的儀式般，我小心翼翼，即使你再也不會喊痛。

沒有隨之滲出來的血珠。線拉起，又繼續穿過另一邊皮膚之後，在持針器上繞幾個圈，打結。大腿的縫合就完成了。

然後是氣管。

縫合時湊近氣切口，這時候已經不會有任何氣流通過了。但是隔著口罩，依稀能感覺到那個小小的黑洞有什麼東西正悄悄逸散。生命的氣息，死亡的氣息。

針線起落，那個小洞上打了兩個翹翹的外科結。

至此，所有的點滴針、動脈導管、尿管、鼻胃管、氣切管與洗腎用的雙腔導管都被拔除，無牽無掛，你又回到完整的一個人了。

　　護理師先前進來裝的唸佛機在角落無盡循環地唱著佛號，接下來的事我就不太清楚了。大約是家屬聯絡禮儀公司，他們隨後會穿著西裝，推著厚實的棺木進來。你將被移往死亡的下一個階段，我所不知的階段。

　　我把剪刀與針線丟進收集桶，沾血的紗布丟進感染性廢棄物的紅色塑膠袋，把其他用過的縫合器械包成一包。最後再一次看你，順手幫你把病人服穿好，打結，褲子拉高。我忽然想起了一首詩：「臨行密密縫，意恐遲遲歸。」眼看你即將出發前往未知的遠方，而我所能做的，就是在床邊一針一針，爲你縫合，送你一程。

作者簡介

　　阿布，本名劉峻豪，1986年生，長庚大學醫學系畢業。曾任林口長庚、臺大醫院實習醫師，駐史瓦濟蘭醫療團外交替代役。曾出版詩集《Déjà vu似曾相識》（2012，遠景）及遊記《絕色絲路　千年風華》（2010，大旗）。獲教育部文藝創作獎、聯合報文學獎、時報文學獎、懷恩文學獎首獎、香港青年文學獎首獎等。

書籍導讀

　　擔任實習醫生的一年間，阿布有意識地留下紀錄，因他有預感「這一年將會是完全無法取代的一年。」在《實習醫生的祕密手記》一書裡，從卷首的麻醉科、眼科、復健科等的「其他專科」，到「外科」、「婦兒科」、「內科」，到最後「值班室內外」，這些被劃分好領域的故事，恰似一張醫院導覽圖，敘事分明清楚，讀者很容易便能循著作者引領的路線，與他一同在各科短暫停留，聆聽他敘說生離死別的眞實故事。

　　《實習醫生的祕密手記》緊扣「醫護的觀照」主題，阿布善於運用隱喻與象徵，例如：形容開刀房是被裝點得像某種神祕宗教的祭壇，擠身手術檯一側的麻醉醫

師，宛如遠古時期的巫師，祕密調製出各種得以將人的意識短暫剝離的藥劑；在產檯邊，望著分娩中的孕婦，鮮血迸射的霎時，產婦狂亂的尖叫，彷彿與原民部落朗朗的鼓聲交疊纏繞，預示著一場祭儀的揭幕；而看護此起彼落地為臥床病人拍痰，又多麼像是祈神時的舞蹈，只見眾人捱著鮮烈的火光，渴望藉由靈魂與肉體的撞擊，逼出體內鬼神，就此化解災厄。「我覺得醫學是半神性跟半科學的結合體。」一開始，阿布從未想過，看似現代化的冰冷病房，在他眼中竟吞吐著熾烈且原始的能量，那是一處跨越人性與神性的幽冥地帶，而醫學原來如此迷人。

　　阿布將醫師比擬成普羅米修斯，在希臘神話中，因宙斯禁止人類用火，普羅米修斯不忍人類受苦，遂擅自盜火，因而觸怒宙斯，自此被鎖在高加索山的懸崖上，日日承受遭鷹啄食肝臟之苦。而醫師所盜出的「火種」又是什麼呢？阿布說：「我覺得那就是所謂『生命的奧祕』，醫學從神那裡偷到的就是這個，代價是我們也受到相應的懲罰。」而這懲罰，指涉的正是層出不窮的醫病糾紛、惟恐崩盤的醫療體系。

　　如同詩人鯨向海的推薦序：善用隱喻和象徵，每每把醫學生日常零星所見美好與哀愁，拉拔到更開闊的視野，既有亙古流傳的醫學知識，也有奇幻文學般的詭譎想像；寫醫學而超越醫學，與所有的美學與藝術共感悲憫，不只是寫給過往的生者，也致意未來的死者。

篇章內容賞析

　　〈臨行密密縫〉以作者阿布醫師為第一人稱——我，與病患——你之間的臨終互動，細膩描述一位肝硬化末期的病人，在心律監視器紋風不動之後，醫師走出病房開立醫囑與死亡證明，留下作者為過世的病人移除管路，縫合氣切口和大腿放雙腔導管的傷口。寂靜的病房，只留下作者和死者，作者將所有外來的管線一一拔除，細心縫合每一個缺口，還病人一具無罣無礙的軀體，一針一線，是溫柔的慈悲和對生命的敬意。

　　這篇文章從遠方儀器發出急促的嗶嗶聲，熟睡中的作者腦子還沒清醒，身體的反射動作，從上鋪直奔直接跳到地板，衝進的六床緊急施以CPR（心肺復甦術），周遭護理人員的忙亂、強烈的藥物，對比病患心律監視器上愈來愈平緩的波形和家屬的嗚咽，眼前中年乾瘦的病人，半年內從肝硬化到末期，到換肝，到一連串的手術與治療，到各種感染和器官衰竭，住院醫師學長和家屬解釋病情，家屬了然於心接受離別

後，學長交代作者：「你幫我把身上的管路拔掉，氣切口跟大腿放雙腔導管的傷口吊個一兩針。」

作者凝視眼前的病人，從半年份病歷看著眼前的他，猜想自己所不知道的部分。病人失去意識前最後一刻，他的腦海會閃過什麼樣的畫面，或者還有什麼來不及對神情憔悴的妻子及大學年紀的兒子想說的話？

回過神後，作者取出拆線包與縫合包，依序拔除死者身上洗腎所用的雙腔導管、針點滴、動脈導管、尿管、鼻胃管、氣切管，即使病人再也不會喊痛，依然小心翼翼如密教儀式般止血、繞圈、打結，從大腿到氣切口，感覺到生命的氣息和死亡的氣息從氣切口流過，直到針線起落，兩個翹翹的外科結落在氣切口的小小黑洞，死者又回復為完整的一個人了。面對即將出發前往未知遠方的死者，身為醫者所能做的，就是在床邊一針一針為他縫合，彷彿〈遊子吟〉詩裡「臨行密密縫，意恐遲遲歸」的深情母親，送他最後一程。（李興寧導讀）

教學活動設計

活動設計 ── 情境體驗

1. 在安全無虞的情境下，讓學生在限定時間內嘗試手（腳）被包紮約束、絕對臥床、禁食固體食物等常見的病人經驗與感受，並且體悟疾病對生活的衝擊。同時也請學生從病人的觀點，思考當生命即將走到盡頭時，有什麼話想對親愛的重要他人說。

2. 視覺疾病體驗面具製作：購買現成的面具（眼罩），眼睛部分貼上不同材質顏色的紙張，模擬不同情境的眼疾，例如：黃綠色盲、青光眼（視覺範圍狹窄）、視網膜剝離（部分區域無影像）、散光或白內障（影像模糊）、飛蚊症、全盲等，體驗眼疾病人所見的世界與感受。

主題四

跨界的交會

導言

■ 陳淑滿老師

「跨界」一詞，譯自英語的CROSSOVER，本意是指突破原有界限而進行的跨領域合作，有交叉、跨越的意思，指成功地跨越學科、行業或領域的邊界，進行創新設計（〈互動百科〉）。

因此「跨界」可以詮釋爲「兩個領域或兩種不同類型事物的交叉、融合或混合」。

在《說文》的釋義，「跨，渡也。」；「界，境也。」跨界也代表著跨出自己的邊境，跳出原有的格局和舊有經驗。它的創作精神在於讓人們突破思維的壁壘，讓原本不相干的元素相互滲透融合，從而帶來一種別緻的美感。

因而跨界的文學書寫，並不是一種新的書寫體裁，而是融入新元素的書寫態度，代表著一種新銳的生活態度與審美方式的融合。跨界的生活態度隱然成爲一種時尚與潮流，在文學創作上，也開啓另一種心的體驗與美感視窗。

主題四「跨界的文學交會」，共計選錄了六本書籍的導讀與文本的鑑賞。這些篇章不僅在文學書寫上有精緻的巧思與深刻的筆觸，更打開別於文學領域的智慧之眼，在跨界的精神下，帶領讀者深入體會不同領域的藝術美感。

其一，攝影與文學的交會──羅青的〈天淨沙〉，摘自《錄影詩學》，古典與現代的對話，羅青與馬致遠的心領神會；詩歌語言與科技語言的撞擊，含蓄抽象與後現代寫實的對立。古人的荒漠蒼茫，移植到現代，則以攝影鏡頭捉住類似穿越劇的對比畫面，作者將攝影技巧與語法融入在意蘊豐富的詩境中，自然而不顯突兀，讀者隨著詩人，進入〈天淨沙〉如詩如畫的世界裡，讚之爲跨界翹楚，絕非過譽。

其二，植物學與文學的交融──蔡珠兒〈驚紅駭綠慘白──張愛玲筆下的花木〉，出自《南方絳雪》，作者是飲食文學的代表作家，此文本以植物與張愛玲做爲書寫核心，跨越美食領域的味覺感受，融合芳香文學的氣味與色彩，與感情世界文字書寫，做最深切的連結。此文是「食物誌」，也是「名物誌」，也是緬懷遠逝偶像的「張迷」。跳脫出飲食的框架，文章呈現了跨界的視野，也樹立書寫花木的另一種典範。

其三，禪學哲思與文學心靈──奚淞〈女紅與觀音──說白描觀音〉，摘自

《光陰十帖──畫說光陰》一書，文本內容透過女性形象做了跨界的聯想，母親織裁間的溫柔，與觀音無私的慈悲，給予作者療癒哀傷的憑藉，字裡行間流露觀音的普世形象與作者繪畫佛像的藝術天分，是一幅充滿禪理哲思的畫像，也是作者感念母親的溫潤之作。

其四，文明演變與文學想像──詹宏志〈有咖啡的故事──之二〉，收錄在《綠光往事》一書，此處不談咖啡的氣味口感，而是隨者作者的記憶，回溯咖啡攻陷臺灣文明的歷史脈絡，一洗眾人對咖啡的既有書寫形式，談行銷、談流行的茫然隨從，也感傷傳統的美好悄然遺落，對歷史的演變，作者賦予了文學的筆觸。

其五，生活美學與文學描繪──蔣勳〈大福〉，選自《手帖──南朝歲月》，談的是書法行筆之美，並帶入傳統寺廟建築之雅致，與老店傳承之大福。書香、禪相，與紅豆綿密的口感，交融呈現一種恬靜虔敬的生活調性，作者透過藝術的結構概念，令人領悟到文學其實藏在尋常生活的細微處。

其六，寵物育養與文學生命──心岱的〈聘貓有禮〉，選自《貓事大吉》，作者不僅寫與喵星人的相遇情深，對於貓的歷史形象，傳說與迷信，收藏與紀錄，皆能深入探究。而貓的心性、習性，也是認知心理學的範疇，作者以跨界的觀點來敘述她心靈寄託的愛貓，帶領讀者深入貓的世界。

跨界的文學除了展現情性與文字之美，更連結生活的諸多面向與知識，呈現更精緻的生活文學。誠如前者所言，跨界的文學書寫，是一種新銳的生活態度與審美方式的融合，期盼讀者從中體會更多層次的美感，以及與文學的交會，所激盪出的生命花火。

〈天淨沙〉（節錄）

《錄影詩學》／羅青

枯　藤：鏡頭從
　　　　一條電線
　　　　移到一團
　　　　或緊或鬆或糾纏不清的電線
　　　　然後跟著出現
　　　　一朵被千萬條電線
　　　　五花大綁的白雲
　　　　出現出現
　　　　不斷的出現

老　樹：鏡頭順著
　　　　一隻狗抬起的腿
　　　　上移到水泥柱渾圓的腰
　　　　特寫——紅色的「高壓危險，請勿靠近」
　　　　特寫——藍色的「三民主義，統一中國」
　　　　特寫——黑色的「民主人權，敬請賜票」
　　　　特寫——金色的「保留戶推出歡迎訂購」
　　　　再上去，是搖搖欲墜的變壓器
　　　　是半截孤零零的水銀燈
　　　　雙雙被掛在水泥柱的頂端
　　　　維持不平衡的平衡
　　　　變壓器夢囈似的振動著
　　　　嘶喊出一串模糊的口號
　　　　水銀燈獨眼似的眨動著

拍發出一組不祥的密碼
提示著各式各樣若隱若顯的
危機

作者簡介

　　羅青（1948～），本名羅青哲，生於青島，輔仁大學英文系、美國西雅圖華盛頓大學比較文學研究所畢業，曾任國立臺灣師範大學教授，是臺灣著名現代詩人及畫家，在新詩與繪畫方面都有極高的聲譽。

　　十三歲起，羅青即隨溥心畬習北宗山水，十六歲又隨任博悟習南宗潑墨，他的水墨繪畫獲得藝壇的重視，舉辦多次的個展，榮獲許多國際藝術獎項。他的畫作開創自家風格，研發新的藝術語言與技法，開發新的繪畫內容，被梁實秋及楚戈譽為「新文人畫的起點」。繪畫的創作，深化了羅青現代詩中的意境與構圖，在詩的語言裡，勾勒出中國山水畫的靈魂。

　　對於現代詩的創作，始於就讀輔仁大學期間，1972年出版第一本詩集《吃西瓜的方法》。余光中稱讚他的詩作為「新現代詩的起點」，在詩壇上開始嶄露頭角，知名民歌常以其新詩譜曲，風行一時。1975年與朋友創立「草根詩社」，出版《草根》詩刊。詩作獲第一屆現代詩創作獎、鹿特丹國際詩獎等，多次榮獲國內外大獎，著作有詩集：《吃西瓜的方法》、《錄影詩學》、《水稻之歌》等，另有《羅青散文集》、《羅青書畫集》、《從徐志摩到余光中》等著作。

書籍導讀

　　《錄影詩學》一書，被譽為「五四新詩運動以來，第一本同時呈現詩作與獨特詩學理論的詩集」（《書林詩叢》編輯部誌）。詩人羅青在這本詩集裡，開展出新現代詩的風格，也建構了錄影詩的理論基礎，是一本兼具立論與實踐的創作。

　　詩集首篇為「錄影詩學宣言」，便點破他創作的意圖：「且看我／如何運用這支／由電子攝影鏡頭所改裝的／新型畫筆／拍攝出一首／既古典又現代的／視覺詩」，以錄影的視角貫穿整本詩集，包含六卷：錄影詩學舉例、文字錄影世界、文字錄影臺

灣、墾丁國家公園錄影專輯、文字錄影內心、後現代情狀實況轉播。而〈後記〉則是最重要的理論架構，帶領我們領略「錄影詩學」的文字影像之美。

「錄影詩」和一般以影像爲主、文字爲輔的攝影詩集不同，也非傳統的「圖象詩」。羅青爲自己「錄影詩」下定義：「在理論上可以動用所有與錄影相關的機器語言技巧及思考模式；也可以保存相當的傳統語言手法。重點還是以文字印刷爲主，可以閱讀可以朗誦。這是詩在手法上的拓展，精神上的改變，把二十世紀科技在中國社會裡所產生的影響，在詩中具體地反映出來。」

錄影詩是詩人羅青創造的一種現代詩表現形式，他將電影或一般拍攝、後置、攝影機運作等使用的術語加入詩內，例如開麥拉、淡出淡入、近中遠景、搖鏡等，來配合詩句表現的畫面，與文字意象相互輝映，達到言外之意的藝術效果。他以「影像分鏡概念」創作出的七十多首詩作，可說是具有跨界創作思維的代表著作。

篇章內容賞析

〈天淨沙〉一詩，是詩人羅青錄影詩裡的代表作品，他解構了馬致遠的〈天淨沙〉，將傳統詩歌注入科技語言的元素，呈現類似蒙太奇式的詩歌創作。

羅青把馬致遠的〈天淨沙〉的繪圖構想方法稱之爲「手卷思考」，這種創作技法受到宋朝以來的畫風影響，是以「散點透視」具體圖象，綜合時、空次序的表現手法，呈現出類似鏡頭自由移動的畫面，藉以傳達出文字之外的意境。

從元曲〈天淨沙〉的書寫視角，我們可以看到其中的構圖畫面，先有「枯籐」攀附樹幹的特寫，然後拉開鏡頭取景「老樹」，而隨鏡頭的上下，帶出「昏鴉」；廣角的取景，出現「古道」、「瘦馬」，最後長鏡頭拉近了遠方的畫面，「天涯」「夕陽」下的「斷腸人」，進入眼簾。整首元曲，其實是電影鏡頭下呈現的，帶著悲涼、孤獨、蒼茫的情境。

羅青的〈天淨沙〉，不僅解構了原作，更具實驗性的精神，嘗試將「現代鏡頭語言」直接與詩作結合。「現代鏡頭語言的特色是，既可以做正方形定點透視的思想，也可以做手卷式散點式透視的思考。」（羅青〈錄影詩學之理論基礎〉）詩的本身標記所有取景鏡頭的拍攝手法，成爲詩的一部份，如「在翻滾一陣子之後／仍若無其事的流下去／鏡頭推進／特寫並分析水質」、「斷腸人：（按照拍攝進度）」、「在天涯：（開麥拉）」……等，羅青的〈天淨沙〉呈現出類似「詩劇」的劇本形式，又像

是元代雜劇中的「作科」，在詩的形式上做了創新的挑戰。

　　除了運用鏡頭語言解構詩的形式，詩人對文字的抽象意象也做另類而大膽的詮釋，他將元曲〈天淨沙〉的意境，移植到變遷的現代社會，意象的元素也產生了極大的變化。現代的蒼涼孤獨不同於荒原的悲涼，時代的移轉，畫面已然改變，枯藤成了電線林立的畫面，老樹已成路燈，昏鴉是凌空的電視天線，小橋的人行路橋下只剩黑色的車流如水，雜亂的夜市人家、高速公路上靈車播放的古道進行曲、西風引進的千里馬跑車，最後是沉淪在夕陽下漂流的中華民國，超現實的蒼涼，結合古典元曲的構思，形成一種新世代的孤獨之感。

　　「在舊的淡水河道上／一條新的淡水河／以蒙太奇的手法／五顏六色的正式宣告誕生」（〈天淨沙〉），羅青嘗試以遊戲的方式，超顛覆的思維，達到解構、乃至嘲諷既定詩法的意圖，呈現「後現代」的創作風格，對於臺灣的現代詩壇，羅青開啟了創作的嶄新視角。（陳淑滿導讀）

教學活動設計

一、活動設計 —— 拼貼現代詩

1. 分組活動，約四人一組。

2. 選擇報紙上的詞語，剪下備用，每個詞語不超過三個字，成語可例外。盡量不剪虛字、連接詞、語氣詞，如：「的」、「了」、「嗎」，也不剪標點符號。

3. 收集的詞語不要設限主題，一概剪下，資料夠齊全，才有更多組合想像的空間。各詞性的語詞都要兼具，主詞、動詞、形容詞、副詞、名詞等類型的詞語都要具備，尤其是動詞與形容詞，更應齊全。

4. 最後依據所蒐集的詞語歸納出適切的主題，並且加以修飾，組合成一首五～八行的詩作，文意要完整，內容要具有文學的美感，並為自己的作品訂一個適切的題目。

二、引導寫作 —— 創作「一口詩」

　　「一口詩」的特色在於用很短的一句話，去形容一個物件，一個事物的特性。因此必須避免以下的情形：

1. 作品裡有很多行。

2. 作品裡有很多句號。

3. 作品雖只有一行、一個句號，但有很多空格與逗號、分號……等。

　　請同學選定一個事物或現象為題目（標題5個字以內），針對他的特徵或特質展開聯想，寫下15個字以內的一句詩（包含標點符號）。

〈驚紅駭綠慘白——張愛玲筆下的花木〉

《南方絳雪》／蔡珠兒

張愛玲小說中的花木，
看來都像《紅樓夢》九十四回裡
冬月盛開的海棠花，
有一股拂之不去的「妖氣」，
美豔中夾帶著肅殺之氣。
然而最令人不寒而慄的，我以為不是小說，
而是她自傳性散文〈私語〉中的白玉蘭。

張愛玲酷嗜色彩與氣味，對線條形體的敏感也異乎常人，所以從不放過小節，舉凡長相、衣飾、妝扮、食物、家俬擺設等等，她無不娓娓道來，細加鋪陳勾勒，有時近乎耽溺。

然而正是這些細節瑣事，參差對照出人生的大而無當，笨重蒼涼。相形於外物的琳琅華美，人性愈發顯得虛怯而寒蠢。在張愛玲近乎「戀物」的文字迷霧下，埋伏著幽夐的微言大義，蛛絲馬跡羚羊掛角，略懂門道的「張迷」們，因而樂得在文字的夾縫間索隱推敲，各自蒐集線索拼湊案情。

忝為張迷，我也不免患有戀物之癖，搬到香港後，有天特地去了一趟淺水灣，冀望能找到一丁點〈傾城之戀〉的精神遺骸。這當然是痴心妄想，當年的淺水灣飯店早已改建，成了中間挖了個大洞的「影灣園」，而那堵白流蘇與范柳原靠過的山牆，恐怕也已灰飛煙滅，遍山的護土牆森白冷硬，簇新得教人灰心。倒是海灘邊零零落落幾株鳳凰木，

依然紅得不可收拾，這是流蘇初履斯地，范柳原特地指點給她看的：

「你看那種樹，是南邊的特產，英國人叫它『野火花』。」

調情初階欲拒還迎，浪漫如異國的氛圍把一切都敷上綺旎色澤，難怪她雖然看不出黑夜裡的紅花，但卻「直覺地知道它是紅得不能再紅了」，一路燒過去的豈僅是野火花，還有朦朧的亢奮、忐忑的期盼與熾熱的慾望。

然而兩個「精刮」的高手都不肯貿然出招，始終被「窗子上面吊下一枝藤花，擋住了一半。」必得歷經一番波折延宕，才能回到原始的地點，在鏡象中完成燔祭般的靈肉儀式，「涼的涼，燙的燙，野火花直燒上身來。」而等到驚天動地的戰事過後，兩人死生契闊相濡以沫，華美的羅曼斯洗盡鉛華，「野火花的季節已經過去了」。

原產於非洲馬達加斯加島的鳳凰木，十九世紀初葉被一位法國植物家發現，以其美麗奪人，立即廣被栽植，成為熱帶與亞熱帶的常見花樹。大概它太讓歐洲人驚豔了，幾個英文俗名都是火辣辣的，什麼火燄樹（Flame tree）、森林之火（Flame of the forest）、燦爛木（Flamboyant）等等，張愛玲用的「野火花」不知是沿用或自譯，頗有豐富的弦外之音，既能明喻熱望情欲，又暗點激情稍縱即逝，如火花飄忽明滅。

然而同樣的一株野火花，在〈連環套〉中卻全然改觀，不但一掃異國情調的浪漫綺旎，而且成為窮鄉僻壤的恥辱烙印（Stigma），小說中屢次提及野火花，都是用來烘托廣東鄉下的貧瘠荒蕪，閉塞滯悶。

霓喜大鬧綢緞莊後，被同居人雅赫雅逐出家門，臨行前收拾衣物，不由得勾起前塵往事：「水鄉的河岸上，野火花長到四五丈高，在烏藍的天上、密密點著硃砂點子，終年是初夏。初夏的黃昏，家家戶戶站在白粉牆外捧著碗吃飯乘涼，蝦醬炒蓊菜拌飯吃。」

那是她再也無法回頭窮山惡水，霓喜後來跟了中藥店老闆竇堯芳，沒幾年竇就撒手西歸，他鄉下的族人親戚前來接收家產，與霓喜大打出手。她爭產失敗卻還想賭一口氣，揚言要下鄉守節，但話一出口自己都怵然一驚：

……（鄉下）那無情的地方，一村都是一姓的；她不屬於哪一家，哪一姓；落了單，在那無情的地方；野火花高高開在樹上，大毒日頭照下來，光波裡像是有鏨鏨的鼓聲，鏨鏨舂著太陽裡的行人，人身上黏著汗酸的黑衣服；走幾里路見不到一個可說話的人，悶臭了嘴；荒涼的歲月。

　　幾句白描平鋪直敘，讀來卻觸目驚心。雖是一個窮鄉女子的心聲，其實也透露了張愛玲對嶺南的觀察印象。出身世家，畢生出沒於都市的張愛玲，顯然對農村沒太多好感，而嶺表南粵（南）向來是化外之地，即使繁榮洋派如香港，在四十年代初期從上海而來的張愛玲看來，可能也就是個「陰溼、鬱熱、異邦人的小城」（〈沉香屑──第二爐香〉），殖民地的詭麗情調、奇花異卉的南方風情，固然激發了她的好奇與靈感，但並沒有撩亂了她的心眼。她那一雙剔透的冷眼看穿了驚紅駭綠的皮層色相，灼灼逼視人性底層的滄桑荒涼。

　　除了野火花，張愛玲另幾篇以香港為背景的小說，都不乏鮮明的紅花意象，諸如〈茉莉香片〉的杜鵑花、〈沉香屑──第一爐香〉的象牙紅，還有〈沉香屑──第二爐香〉的木槿花等。嫣朱醉紅，看似璀璨不可方物，實則暗藏殺機，隱伏著凋零破滅的先兆；花木之明豔，恰恰是為了對比反諷人事的殘敗。

　　張愛玲在港大就讀三年，對附近想必相當熟悉，這幾篇小說的背景都在港大與半山一帶，不時可見花樹扶疏的姿影。〈茉莉香片〉的聶傳慶一出場，就是坐在半山的公車上，掩映在一大捆杜鵑花的後面，枝枝椏椏紅成一片，令他「襯著後面粉霞緞一般的花光，很有幾分女性美。」可惜這飽滿熱情的花色與傳慶無關，那是他妒羨的言丹朱（又一個紅色意象）的專利，徒然對照出他陰沉畏葸的生命狀態。

　　而〈第二爐香〉的木槿花，則出現在大學教授羅傑迎娶少女愫細的新婚夜：

……挨挨擠擠長著墨綠的木槿樹；地底下噴出來的熱氣，凝結成了一朵朵多大的緋紅的花，木槿花是南洋種，充滿了熱帶森林中的回憶……

然而這樣一個春意蕩漾的熱帶月夜，登場的卻是一齣尷尬難堪的性鬧劇，最終不得不以悲劇收場。原產於中國南方的木槿，台灣慣稱扶桑、佛桑或朱槿，粵人則呼爲「大紅花」，枝葉強健花朵肥碩，本來富含肉感與情慾的暗示，但在這裡卻充滿壓抑扭曲的詭異氣息，散發出淒屬不祥的意味。

張愛玲似乎頗爲偏愛杜鵑，〈第一爐香〉的葛薇龍初次到姑母的半山大宅，看到花園中就栽著玫瑰與杜鵑；前者「布置謹嚴，一絲不亂」，後者雖只是草坪角落的一株小花，卻與園外遙相呼應：「牆裡的春天，不過是虛應個景兒，誰知星星之火，可以燎原，牆裡的春延燒到牆外去，滿山森森烈烈開著野杜鵑，那灼灼的紅色，一路摧枯拉朽燒下山坡子去了。」野杜鵑有如薇龍蓬勃奔放的情愛，雖能破格而出，終不免付諸一炬心事成灰。

喬琪的浪子行徑傷透薇龍的心，大病一場之後她決定去訂船票回上海，回家時天色已晚：「竹子外面的海，海外面的天，都已經灰的灰、黃的黃，只有那丈來高的象牙紅樹，在暮色蒼茫中，一路上高高下下開著碗口大的紅花。」不料喬琪開著車出現在路上，一語不發，只是亦步亦趨跟著薇龍，反倒令她心軟了：「天完全黑了，整個世界像一張灰色的聖誕卡片，一切都是影影綽綽的，真正存在的只有一朵一朵頂大的象牙紅，簡單、原始的、碗口大、桶口大。」

張愛玲又一次實物虛寫，以夜色中的紅花來擬狀薇龍心中的悲壯決絕，「碗口大、桶口大」的恐怕不是象牙紅，是她飛蛾投火般的慘烈決定。

不過，請容我小小充一下內行，這裡提到的象牙紅樹，似乎應該是火焰木，張愛玲可能一時不察混淆了。象牙紅即是台灣常見的刺桐，

屬蝶形花科，有雞冠刺桐、珊瑚刺桐等數種，爲灌木或小喬木，樹形不高，花色則豔紅且彎翹如象牙，故名。然而每枚花粒長僅數公分，整串象牙花約只廿餘公分長，說什麼也不可能「碗口大、桶口大」。而紫葳科的火燄木則是常綠大喬木，樹高十餘廿公尺，翠鬱挺拔，符合「丈來高」的描述，而其花朵呈猩紅色圓杯狀，簇生樹頂，酷似巨型的鬱金香，尺寸大小亦較貼切。

火燄於小說結尾再次出現，兩人去逛灣仔的年宵市場，花炮漫天狂飛，薇龍先是棉袍著火，復被水兵當成流鶯亂擲花炮；當她黯然自傷時，喬琪卻只能點上一枝菸：「……在那凜冽的寒夜，他的嘴上彷彿開了一朵橙紅的花，花立時謝了。又是寒冷與黑暗……」這朵橙紅的花雖非眞花，卻是前述杜鵑花與火燄木的綱領註腳，魅異淒豔，須臾即逝，預告了將來「無邊的荒涼，無邊的恐怖」。

除了紅花之外，張愛玲還寫了不少南方的花木，例如〈連環套〉裡的木瓜、雞蛋花、仙人掌；〈茉莉香片〉的白匏子樹（「葉子一面兒綠一面兒白，滿山的葉子掀騰翻覆，只看見點點銀光四濺。」）；〈第二爐香〉的熱帶蘭花、濃藍色牽牛花、虎斑並蒂蓮；而〈第一爐香〉描寫黃梅雨中「滿山醉醺醺的樹木」，她索性逐一唱名：「芭蕉、梔子花、玉蘭花、香蕉樹、樟腦樹、菖蒲、鳳尾草、象牙紅、棕櫚、蘆葦、淡巴菰」等等，這份青翠欲滴的草木清單，渲染出濃烈的亞熱帶風情，顯示出張愛玲對南方植物確有相當的認識與觀察。

這幾篇以香港風情爲背景的小說，悉數發表於一九四三年五月至一九四四年七月之間，其後張愛玲的作品幾乎全部以上海爲本，不知是否深受環境影響，她筆下的花木愈來愈稀少。

寫得較多的，自然是上海出名的法國梧桐。例如〈留情〉的敦鳳與米先生走出弄堂時：「沿街種著的小洋梧桐，一樹的黃葉子，就像迎春花，正開得爛漫」。〈金鎖記〉中長安與童世舫在公園裡分手：「……稀稀朗朗的梧桐葉在太陽裡搖著像金的鈴鐺。」張愛玲似乎對落葉有偏愛，見它「極慢極慢的掉下一片來，那姿勢從容得奇怪」，甚至靈感大發，破例寫了一首詩〈落葉的愛〉。

其他還有〈年輕的時候〉的楊柳，〈留情〉中「兩盆紅癯的菊花」，〈多少恨〉裡插在破香水瓶中的洋水仙，〈五四遺事〉湖邊白屋的深紅薔薇與紫藤蘿花，以及〈殷寶灩送花樓會〉中洋派的蒼蘭、百合、珍珠蘭等等，泰半泛泛掠過，無以深究。

　　即便長篇小說《怨女》中，提到的植物也不出十種：套著紅紙圈的水仙、床頂吊著的茉莉花、路邊的冬青樹、旅館裡叫賣的白蘭花、過年用的紅梅花、天竹、蠟梅等，無非一閃而逝的枝梢末節；只有銀娣給三爺泡酒的乾玫瑰，有明顯的喻意，乾枯的小玫瑰在酒中變成深紅色，彷彿復活過來，「死了的花又開了，倒像是個兆頭一樣，」其魅異不祥，毫不遜於生鮮的熱帶紅花。

　　也不知有心抑或無意，張愛玲小說中的花木，看來都像《紅樓夢》九十四回裡冬月盛開的海棠花，有一股拂之不去的「妖氣」，美艷中夾帶著肅殺之氣。然而最令人不寒而慄的，我以為不是小說，而是她自傳性散文〈私語〉中的白玉蘭。張愛玲被父親毒打後監禁在空房，計畫脫逃之際，卻染上痢疾幾乎致命：

　　花園裡惟一的樹木是高大的白玉蘭，開著極大的花，像污穢的白手帕，又像廢紙，拋在那裡，被遺忘了，大白花一年開到頭。從來沒有那樣邋邋喪氣的花。

　　白玉蘭，更確切的名稱是洋玉蘭或荷花玉蘭，花白而香，碩大如盆。然而透過悲憤與驚悸，張愛玲看到的是巨大的絕望，完完全全孤立無援。而這孤絕終於成為她逃不出的宿命。張愛玲極少在文中寫到白花，不知是否與此有關？

　　不過，管它是紅花還是白花，綠樹還是黃葉，南國風情還是海上景物，在張愛玲通靈人一般的眼中，統統都剝盡繁華消紅褪綠，世界只剩下一種叫做「蒼涼」的青灰色。

——原載一九九九年九月十八日《中國時報》人間副刊

作者簡介

　　蔡珠兒（1961～），南投埔里人，臺灣大學中文系、英國伯明罕大學文化研究系畢業。曾任《中國時報》記者，現居香港，專職寫作。自封為專業的家庭主婦，全職的自然及社會觀察員。

　　蔡珠兒熱愛植物與食物，2005年以《紅燜廚娘》一書榮獲中國時報開卷好書獎、聯合報讀書人獎，其它諸多飲食散文的著作——《南方絳雪》、《饕餮書》、《雲吞城市》等都寫得極為精緻入味。隱然是當代的飲食文學的代表作家。

　　蔡珠兒因鍾情於文化研究，於是在她的美食與植物的品茗之中，流露出濃厚的歷史文化的芳香，將無法言喻的植物美學，注入綿長的生命情感，也將食物的滋味提昇至亙古的幽香。

書籍導讀

　　《南方絳雪》一書，是集蔡珠兒散文特色於其中之跨界之作。此書有著植物愛好者的私語、味蕾舞動的竊喜、與歷史聯結的魂牽夢縈，是一本「食物誌」，也是一本「名物誌」，兼具情性與理性，融合味覺、視覺、嗅覺各種感官的描繪，帶領讀者深入植物的世界，除了咀嚼美好的滋味外，更能用心聆聽植物無言的聲情。

　　書中以三主題呈現豐富的自然品味，「綠香沁鼻」寫植物的故事；「食髓知味」寫香港、上海、嶺南等地烹調之特有風味；「目光深處」則放眼天地，縱情宇宙之驚喜。在她的有情世界中，花草鳥獸皆能有相知的互動，心靈的邂逅。

　　誠如南方朔於序中所言：「《南方絳雪》即是蔡珠兒名物之學和抒情述感交錯而成的新文類和新文體。」她在創作專屬的知性散文，不只是文采，而是更有實質內容的豐厚。她對植物是熱情且虔誠的，於是在時間脈絡的痕跡中，為這些名物找回它們的記憶與身分。在我們讀著〈冷香飛上飯桌〉一文時，不只品嘗著蔊菜的香鬱氣息，而多了一分幽邈的、虛實的、清冷的文化的芳香。這即是蔡珠兒的芳香美學。

篇章內容賞析

　　〈驚紅駭綠慘白——張愛玲筆下的花木〉這篇文本，充分展現作者跨界散文的

風貌，植物的價值不應只是品茗的口慾、觀賞的奇巧，除此之外，我們更尊重花木的靈魂深處。蔡珠兒身為張（愛玲）迷，於是透過小說中的花木進入張愛玲的世界，呈現出張愛玲式的「蒼涼的手勢」，植物若有情，亦有同悲之感。

她穿透張愛玲的小說，以「張看」植物的色彩與氣味，尋覓張愛玲生命的軌跡，已然跳脫她慣常的美食與自然書寫，以更細緻的心眼，來解讀花木無情也動容的姿態。作者以「野火花」來分析張愛玲的花木之情，〈傾城之戀〉的「野火花」：「頗有豐富的弦外之音，既能明喻熱望情慾，又能暗點激情稍縱即逝，如花火飄忽明滅。」；然而〈連環套〉中的野火花卻是：「烘托廣東鄉下的貧瘠荒蕪，閉塞滯悶」。她在解讀植物，不僅要了解生長習性，其實更要了解張愛玲的精神領域，才能與之相呼應。

整體而言，文本以植物帶領我們認識張愛玲，〈茉莉香片〉的杜鵑花；〈沉香屑──第一爐香〉的象牙紅；〈沉香屑──第二爐香〉的木槿花，嫣朱醉紅，呼應了題目的「驚紅」。而作者同樣在張愛玲的諸多小說中，細數南方植物的蹤影，列出青翠欲滴的「駁綠」草木清單，最後以「白玉蘭」作為「慘白」花木的收尾。

「也不知有心抑或無意，張愛玲小說中的花木，看來都像《紅樓夢》九十四回裡冬月盛開的海棠花，有一股拂之不去的『妖氣』，美艷中夾帶著肅殺之氣。」她把張愛玲善用對照的筆觸，以外物的琳瑯華美，對比人性的虛怯寒蠢，抽絲剝繭，傳達的絲絲入扣。

小說家莫言曾於〈小說的氣味〉中言道：「拿破崙曾經說過，哪怕矇上他的眼睛，憑藉著嗅覺，他也可以回到他的故鄉科西嘉島。因為科西嘉島上有一種植物，風裡有這種植物的獨特的氣味。」置身於充滿花木氣味的文章中，不僅讀取蔡珠兒雋雅靈秀的文學內涵，也讀取張愛玲消紅褪綠的蒼涼人生，風中襲襲吹來，應是她們豐富的生命氣味吧！（陳淑滿導讀）

教學活動設計

一、植物物語─拓印葉脈

　　在與植物相依相存的世界裡，你可曾細心觀察與接觸植物的細部特徵，看似平凡無奇的葉脈，靜靜的呈現它的美感。請你摘取不同的葉形，拓印彩繪它們細細的紋理，你會發覺，小小的宇宙，有意外的驚奇。

二、引導寫作

　　請以你熟悉且鍾愛的植物為書寫的主角，從不同的感官角度來觀察它的存在美感，撰寫一篇詠物散文500字。

　　書寫的構思方向：

1. 我與植物的特殊緣分 —— 視覺、嗅覺、觸覺、聽覺、味覺、心靈等諸多感官的情感連結。

2. 對植物本身的描述 —— 如枝幹的型態、紋理等特殊性；葉子的呈現的獨特性；花朵的萬千姿態⋯⋯

3. 植物與環境的交融 —— 如光影、季節、天氣、人情、建築⋯⋯

〈女紅與觀音——說白描觀音〉

《光陰十帖——畫說光陰》／奚淞

　　發覺舊唐衫的衣襟，有一道縫邊統線散開了。它並非機器縫製，而是二十年前母親爲我手工剪裁縫成。如今母親逝世多年，唐衫成爲珍貴紀念品，我已不輕易穿它了。

　　本來想把它依舊摺疊收存，畢竟覺得散了線可惜。沈吟一會，我終於找出針線，決定要摹倣母親的女紅技藝，重縫那一行針線。

　　舊針痕宛然猶在。當我笨拙地嘗試重新縫攏那道衣邊時，才驚訝於母親的手藝有多巧。通件衣衫，每道縫邊，幾乎都是依○點二公分的間距落針。無以計數的千萬針、繁密又均勻的手工，造就了這件唐衫。

　　我爲搜尋舊針痕而感覺視力模糊時，當年鼻掛老花眼鏡、在公寓落地窗前靜靜做針線母親的身姿，在腦海中清晰浮現。

　　父親猝然去世之際，我身在國外。一九七五年我由法返國。未久，我與母親遷居於新店溪畔的一幢公寓三樓。彼時公寓窗外面臨都市邊緣最後的一片水稻田。田外隔了土堤便是蔓生野薑花、秋來芒草花開成白茫茫一片的新店溪。看白鷺橫飛、翠禾翻浪；黃昏時，得以在陽台上憑欄觀落日；夜闌猶可聆聽田野裏蟲鳴蛙叫……回想起來，母親也應該算是度過了頗富田園之樂的晚年罷。

　　當時的我很天眞，自己喜歡文學，便鼓勵母親閱讀文學作品；自己愛畫畫，便備妥畫材工具，要教母親學畫。我所期望的，是母親從喪偶的傷痛中能開展出新生活。

　　對於我極力推薦的書，她略翻讀，就不予置評的堆放床頭。至於我示範教授素描、水彩基本技法，她但把手攏在套衫口袋裏，以帶著憂傷的微笑道：「這輩子我從來也沒畫過畫，你別瞎整人了。」

　　但畢竟母親手巧，畫著畫著，便也就畫上手了。我把她畫的花卉靜

物，高高低低貼滿客廳牆壁，像是在新店溪畔、水稻田邊佈置出了一座花園。

見母親變得開朗，我頗感得意。如今回想起來，母親真正的興致，還是在於把原本繫在父親身上的心情，轉移到對我無微不至的關懷上了。我自以爲照料了年老的母親，卻不知不覺又被母親多照顧了十年。

知道我喜歡傳統式樣、寬鬆的唐衫，勾起母親幼年做針線活的女紅記憶。她說：「做唐衫，不難。」從衣箱裏找出積放多年的白麻夏布，鋪平在地板上，她動手爲我量身、剪裁。

我對她製作唐衫的過程充滿興趣和期待。一旁觀望，我也幫她畫線、動剪。原來中國人處理布料如此大方、簡潔。不需一小時，一塊布料就已剪出通連的胸、背襟及袖、袋布片了。剪殘的布塊，得用以製作有核桃結的中式鈕扣，一點都不浪費。

在那段時日裏，母親有空暇，便背靠陽台落地窗，坐在小凳上，腳邊堆放針線籮和布塊，鼻頭架著老花眼鏡，一針一線的縫製唐衫。埋首於女紅的她，偶而會對觀望的我說：「別急，有你穿的。」

我可真有得穿了。夏天，有清爽的棉、麻唐衫；秋冬，有薄厚不等的燈芯絨及呢料唐衫；至於參與較正式的場合，我不必穿西服、打領帶，而是穿著母親手製、以核桃結爲鈕扣的酒紅色絲絨背心及外套，引起多少朋友艷羨；還有那難得一見的黑亮香雲紗唐衫，是母親手製最搶眼的寶貝。身穿唐衫的我，多麼意氣風發。母親的手藝，不只使我得好處，幾位親近的朋友，也得到她手縫的唐衫。

世事變化莫測，生活中某些看似恆常的愉悅，也會猝起遽變。八〇年代中期，母親以心肺疾始，一再入院，以至於癱瘓、去世，使年輕、不經事的我爲之顛倒失措。

記得病中的母親，一次在床榻上伸出顫搖不穩的手，用動手術後半失聲的模糊語音道：「你看這手，以前可以做好多事的……」

母親的手從此不能做事了。那麼，我的手呢？我總可以用我的手做點什麼罷。

原本傾向於佛學的我，在母親的病中，我開始不斷的用毛筆抄《心

經》、畫白描觀音。與其說為母親祈福，不若說是為平定自己易慌亂並陷於憂鬱的心。

當母親住醫院，我有時會把她所畫的水彩花卉、或我的白描觀音攜去，張貼在病床對面的牆上。為帶給她一點「家」的感覺，或使她茫然四顧的眼有所寄託，我在病房貼畫的方法很有效。更有利的是，每當護理人員乃至清潔工，看到牆上的畫，都會放鬆了職業化的面容，跟病床上的母親藉畫輕鬆聊起天來。

母親終於去世。縱然在這世界上，每分每秒都有人正在死去，母親的死，卻是我所經歷、第一次親人在我身邊病重、死去的經驗，其艱辛歷程及結束化為虛無的方式，使我大受震撼。

持續好幾年，我工作之餘，總埋首於白描觀音的畫作。佛菩薩造像，本屬一項民間師徒承傳的技藝。在我並無人教授，只是自己揣摹打稿造形的工作程序，再用毛筆最簡樸的鐵線描法，笨拙的在礬宣上一筆筆勾勒而已。

這階段的畫作，曾在「雄獅畫廊」以「每月一畫、一散文」的方式展出，共延續了三十三個月。在為期近三年的工作後，集結成了《三十三堂札記》散文集和《自在容顏》畫冊。

或許我和母親都有共同「手藝人」的血在流著罷。母親穿針引線做唐衫，與我伏首勾勒白描觀音，兩者形體雖異，本質並無不同。

事隔多年，我翻檢母親手製唐衫，並試圖重新縫合一道綻裂的衣襟。此時的我，似乎可以從一針又一針、連線而均勻的針腳中，感受到彷彿虔誠唸佛人口誦無間斷佛號的韻律和節奏；又像是禪行托缽僧的平穩腳步，不論世事如何紛亂變動、風雨飄搖，總能一心不亂、堅忍的向前走。從前我可以意識到屬於母愛流露的手藝，如今卻可以從針腳均勻的佈列中，感受到一份超於血緣私愛的寧靜觀照和慈悲了。

母親過世的初幾年，我不太敢看案頭所供放，她在公寓陽台上攝得的半身相片。我怕看到她在面對鏡頭的笑容中，藏有太多對人世的疑慮和憂苦。十多年過去，一次我拂拭香案灰塵，驀然發現：照片中母親原來的笑容明亮，並無一絲愁憂影翳。

那麼，愁慮並不存在於母親遺照中，而是藏在我心裏？我從什麼時候起，開始戴上一副「愁慮的眼鏡」？而又在什麼時候不知不覺的把這副眼鏡脫卸下來了呢？

學佛的我開始瞭解到：在一切因緣的生滅變化中，親人之死原是一種恩寵和慈悲示現，使人能有機會痛切的直視無常本質，並從中漸漸得到對生命疑慮的釋然解脫罷。對佛法有了更多信心，我繼續我的手藝。

作者簡介

奚淞，1936年生於上海。本名奚齊，父親有兩房太太，生養十二位子女，奚淞是最小的一個。彼時碰上國共內戰，家人分批來臺，奚淞與表姐與表姊夫先來臺灣，寄養在表姊家，五歲才回到原生家庭。報戶口時，只記得他小名為「小淞」，就此稱為「奚淞」。1970於國立藝專美術科畢業，後於法國巴黎美術學院留學習畫，曾任《漢聲雜誌》編輯、《雄獅美術》主編；現已退休，專事繪畫、寫作，為臺灣少數用西方美術技巧繪畫東方佛教文化的藝術家。在文藝創作上，奚淞有著多元化的表現，他創作散文、小說，並將文學作品配合畫作一同呈現。

奚淞的人生經驗有很強的不安定感與認同的焦慮，來自於幼時寄養於表姊家，表姊與表姊夫對他教養的差異，造成他的不安定感。而原生家庭的焦慮，則是對於母親角色認同的錯亂。奚淞母親是二房，所以奚淞的法律母親是大媽，母親與父親則登記為父女，使得奚淞產生憂悶鬱積的性格，然而這也孕育奚淞成為文藝青年的搖籃。

由於他的藝術涵養與對佛教的虔誠，在他的作品裡，我們看到了令他安定的力量。著有《封神榜裡的哪吒》、散文集《姆媽，看這片繁花！》等、小說《夸父追日》等。

書籍導讀

人生不安定的焦慮與身分認同的錯亂，蓄積奚淞的文藝性格，尤其是自幼展現的書法繪畫才能，在培植的沃土中，奚淞開始往藝術文學哲理鑽研。在1975年留法歸來之後，投入藝術編輯與散文寫作，更向佛法鑽研，探討生命原初的光亮。奚淞說：

「我經常於清晨、黃昏到新店一代丘陵山頭去登高、散步。朝暉夕陰的光線穿透樹林，帶給我許多把古聖人還歸入自然光照的創作靈感。」他說：「心靈的本質就像一杯水，如果你不斷地攪它，它是會冒泡冒煙的；可是你若不去攪它的時候，它會慢慢露出澄清的本質。」這是奚淞對生命原初之光的證悟。奚淞用油畫畫出他對生命本質的認識，而禪修證悟就是奚淞的法門，「樂受不放逸，苦處不增憂」，就是奚淞對境鍊心的座右銘。

《光陰十帖》，源自於九五年初，奚淞日日固定坐於畫室窗臺前，面對簡單靜物，進行「光陰系列」的油畫創作。收存的正是這多年來，奚淞「以手牽引心，以心推動手」始終無倦的手藝人歷程。書名沿用九五年的靜物畫題，在此改換為十篇散文的總題。其中記述的流逝歲月，一如書中的「光陰」靜物畫，傳遞著一份手藝人靜觀萬物的自得，及了悟世事的澄淨。願此光陰智慧，帶給讀者心靈的寧靜與喜悅。

篇章內容賞析

《光陰十帖》一書，是作者在流逝無聲的光陰中，感悟生命的無常，而藉由沉潛踏實的手作，體悟佛法，得到澄澈寧靜的心。當支持奚淞學藝術的母親因病辭世，內心的傷痛，透過白描觀音，佛理的參透，而得到心靈的寄託與釋然。

《光陰十帖》中的第四帖〈女紅與觀音──說白描觀音〉，起因於奚淞思念母親為其手製唐衫之作。母親之愛與孩子的連結，常常與針線掛搭，這是中國文學的母題之一。每年由西方發起、傳入、盛行的母親節，雖說1905年成立，但是中國唐詩人孟郊（751─814）的〈游子吟〉：「臨行密密縫，意恐遲遲歸」，早就比母親節的康乃馨、蛋糕，深入敏感、敦誠的中國人心中。

女紅，是中國女性的代表意象，唯有在針線之中才能織裁出女性的生命意義。作者的母親身分卑微，沒有得到夫家該有的尊榮，但她甘之如飴，就像一朵野花一般，沒有供奉在優雅尊貴的花瓶裡，仍舊在野地散發自開自放的芬芳，那就是母愛。母親就像觀世音，千處祈求千處應，苦海常作渡人舟，母親渡她的孩子離苦得樂，所以，女紅借代的母親形象與觀世音有了聯結，散發人世間的愛裡最高的真諦，造就普世無懈可擊的慈悲，發出內心深處對人間最溫暖的擁抱，這就是奚淞沉潛修佛中，對人世最溫柔的初心。他自己，也在尋向最原初的光亮走去。

此文有幾點修辭特色：

1. 借代：文章最開始從斷了縫線的唐衫點起。唐衫是先母一針一線密密縫的愛串起來，經過十年光陰，奚淞以爲他已淡去對母親離世的傷痛，沒想到自己拿起針線修補母親那0.2公分的縫線距離時，驀然發現母親是這樣縝密保護著他。所以，女紅——唐衫的針線，借代著母親，又一層的普天下女性的命運。

2. 象徵：從母親在陽臺縫製唐衫的針線情，象徵母親的愛是綿密無盡的；流逝的光陰，也象徵流逝的女性命運的眼淚。

3. 白描：奚淞的散文總是透露對過往的哀傷，尤其是滄海桑田的無奈，緊鄰所居的新店溪，被水泥轟隆車聲掩沒在鋼筋叢林的失落，如實呈現在讀者眼前，描繪出無情流逝的時間，與現實冷酷的人生。

奚淞透過白描觀音，將對母親的懷思與憫然，寄寓於溫潤的字裡行間，不露悲喜，是慈悲中的定慧，足見作者學佛後的澄淨之心。（陳金現導讀）

教學活動設計

引導寫作

1. 家中哪樣寶貝可以讓你聯想到重要的親人？請模仿奚淞寫出具體的聯結。

2. 你能否用一段文字訴說生活中消失的某種情景或物品（200字以內）？

〈有咖啡的故事——之二〉

《綠光往事》／詹宏志

咖啡是何時以及如何潛入我的生活的？現在的我，每天清晨以一壺新煮的咖啡爲開幕儀式，白日在辦公室工作進行時以一杯接一杯的黑咖啡爲續航的能源，每餐飯後以咖啡爲速食或慢食的句點，最後在夜晚結束時還以咖啡作爲暖胃好眠的睡前安慰。但這些酗咖啡的柔情陷溺是如何開始的？

那不會是來自我成長時的鄉下農村，因爲那裡根本找不到咖啡。

在我已經咖啡中毒的成人時期，有一次回家過年，那大概已經是八十年代初期，大年初一早上起來，突然強烈地想要有一杯熱騰騰的咖啡，我在鄉下的家中遍尋不著咖啡的痕跡，老家的其他家人顯然是不喝咖啡的。我走到街上想要找到一家咖啡店，但那也是徒然，哪裡會有這種東西？逛尋鎮上那幾條街之後，不料竟在某個街角發現一部賣咖啡的自動販賣機，就是那種投幣之後會自動轉出紙杯、注入熱咖啡的機器，眞讓我喜出望外。買到之後，我捧著紙杯就在街角蹲著喝了起來。

那部偶然救了我的命的咖啡販賣機是哪裡來的？我後來幾次再回鄉下，找回原來的街角，卻再也找不到那部咖啡販賣機的蹤跡，倒是在各處牆角看到幾部販賣可樂冷飲的機器，可見擺一部賣熱咖啡的機器原本是一場美麗的誤會，那個小鎮緊急需要咖啡因的人大概是不多的。

等到我來到台灣中部大城讀高中，我仍然只知道「冰果室」，不知道有「咖啡店」。或許也是知道的，我只是不記得了，我們可能都聽說過「咖啡廳」，但那好像是提供女色的不良場所。我們會去的地方是第一市場賣「蜜豆冰」的攤販，如果我們要去比較正式的談話場所，我們會去外面用白色大字寫著「冷氣開放，內有雅座」的「冰果室」。冰果室我是熟悉的，即使是我出身的小鎮也有一家冰果室，我們從未有機會

登堂入室，但在門口買一支冰棒或雪糕的機會則是常有的。我們看著店老闆從布滿結霜管子的冰櫃中拿出冰棒，冷風撲到臉上，這就讓我們想像「冷氣開放」的滋味或許就是這樣。

有一次，我被班上同學派做外交使節，去邀請隔壁女校共同出遊，在當時的男校這是一件大事。我遞了紙條邀請女方代表放學後見面，約見的地方就在學校附近一家冰果室。容貌清秀的女方代表進門來的表情比冰果室的冷氣還要冷，等我表明來意之後，她橫豎的柳眉才柔軟下來，原來她誤以為這場約會是衝著她本人而來，她對這位妄想吃天鵝肉的傻小子頗為不悅，等到弄清楚那只是兩國交會的來使，她的防衛就大大解除了。冰果室裡有沒有咖啡？我倒也完全不記得，我在當時只知道點又大碗又好吃的「刨冰」，對其他不能有飽足感的飲料是不感興趣的。

高中暑假我到台北探視在中央研究院打工的姐姐，夜裡跟著一群大學生去一家「海鷗咖啡西餐廳」。到咖啡廳的目的不在飲料、西餐，甚至不在交誼、聊天，那群「愛樂社」的大學生是去咖啡廳聽音樂的。咖啡廳有百萬音響為號召，專播古典音樂，大學生們把它占領了，拿出一份曲目，央請老闆照單播放，儼然是一場自選曲目的音樂會。音樂是免費的，進場的來客都得點一份飲料，飲料的價格在我當時的認知當然屬於天價，我還記得我點的是與那家店的摩登裝潢完全不搭調的木瓜牛奶，夠本土了吧？咖啡店裡當然是有咖啡的，只是那時候我也還不知道要一杯咖啡來做什麼。

當晚的音樂饗宴也是令人印象深刻，貝多芬的第五號交響曲〈命運〉在百萬音響的播送下，聽起來果然和家裡那部古董唱機完全不同，每個樂器發聲的細節清晰入耳，連演奏者的編組和位置都可以辨識，閉上眼睛，你就「看見」一整團的交響樂團就在你眼前。

但也許你我都不必為我錯過這一次喝咖啡的大好機會感到惋惜，不要忘了喝咖啡本是「外來文化」入侵和「全球化」大浪潮的一環，這時候還只是七十年代的第一頁，從後來的經驗我可以知道，我們從來不是去找咖啡的，而是咖啡找上了我們。在我們仍懵懵懂懂的時候，「全

球化」這個概念已經從遠方虎視眈眈垂涎於我們，看了很多年了，很快地，我們將蛻去青澀，成為全球市場的一個標的，而我們自己（以及我們的知識技能和勞動力）也都即將成為市場中的一個「商品」。

　　大學時候，我來到台北，因為半工半讀的緣故，很快地投入到雜誌社的工作，廁身「文化圈」，成為其中邊緣的一員。其實我真正的工作是擔任雜誌的美術設計，我的工作更像個工人，而不像文人。我要設計刊頭，發排稿子，盯印刷廠，但並不決定內容，也不需要和任何作者接觸。也許是看到我這種「封閉式」的工作型態的不忍，或者只是純粹善意地要我多看看世界，辦公室裡一位資深編輯突然問我願不願意和他一同去採訪一位歸國學者，我也很高興地答應了。

　　訪問正是在一家咖啡店進行，訪問的對象是當時還很年輕、尚未寫文章轟動台灣的留美經濟學者高希均教授。咖啡店是當時很常見的裝潢式樣，厚重的棕色沙發椅，巨大的吧檯，低矮的桌子，昏暗的燈光，以及穿著及地長裙的女服務生。訪問不是我的工作，我從頭到尾正襟危坐在一旁，一句話也不敢說。但我試著學其他人一樣點了一杯咖啡，咖啡端上來時，黑色的液體冒著輕煙，香氣迷人，我又把一旁的奶精也倒進去，奶精在咖啡表面形成一個小小的漩渦，有一種夢幻不現實的畫面，我也加了兩匙糖，但它的滋味甜中帶苦，還是一種陌生的、可疑的、不可輕狎的味道，我有點著迷於咖啡與牛奶相混時發出的香氣，並沒有立刻覺得這是一種可以親近的飲料。

　　但畢竟我是來到文藝界了，在文藝界裡不是每個人都喝咖啡嗎？我不但坐咖啡店的機會愈來愈多，而且也進到幾家有名的咖啡店，像是在台灣文學史上可有一席之地的「明星咖啡店」。走了進去，我會看到第一張桌子坐著埋首疾書的小說家段彩華，裡面另一張桌子坐著黃春明，我還會看見高談闊論的張默、洛夫以及各方人馬；從明星咖啡店走出來，路邊就看見擺攤賣書的周夢蝶……。

　　坐咖啡店變成了交際場所或生活儀式，但我和咖啡的關係還是不可確定的。在明星咖啡店裡，我一定點一杯它裝在淺杯子裡、味道清雅帶酸的咖啡；然而在別家咖啡店裡，我有時點咖啡，有時也點其他飲料。

咖啡於我，在那個時候，並不是什麼不可或缺的東西。後來，因為工作的緣故到了美國，可能因為異鄉寂寥，也可能因為天寒乾燥，每當坐下來，一杯咖啡在手，就感到身心安頓，不知不覺養成了喝咖啡的習慣。回到台灣，我還沒完全意識到這個新習慣，有一天早上起來未喝咖啡，到了中午，右手不聽使喚，激烈地顫抖不停，喝了咖啡才停止，這才知道已經咖啡因成癮了。

不只是我自己已經陷進了咖啡世界，咖啡世界也侵入我的家鄉。八十年代末期，中部地區掀起「庭園咖啡」風，特別是在台中，一家比一家豪華寬敞的咖啡店在市郊冒出來。我在過年假期回到鄉下，導演侯孝賢和幾個朋友忽焉來訪，我看到附近農田裡有新的「庭園咖啡」營業，遂邀他們共同前往。只見農田之中，一座像「樣品屋」似的建物立起，屋內有雕琢繁複的法式家具，落地窗外不遠還可以看見水牛耕稼，曬得黑裡透紅的農村女孩拿著厚重的菜單重重放在桌上，台灣國語說：「參考一下。」我看著這一切，突然有一點不知今夕何夕的超現實之感。

 ## 作者簡介

詹宏志，出生於基隆礦工工程師家庭，畢業於臺灣大學經濟系，他一直以來自鄉下的孩子自稱。就因為鄉下物質缺乏，反而養成他看書的習慣。他不僅是PChome Online網路家庭國際資訊股份有限公司董事長，也是電腦家庭出版集團和城邦出版集團之創辦人。擁有超過三十年以上的媒體工作經驗，曾任職於聯合報、遠流出版公司、滾石唱片、中華電視臺、商業週刊等；於各媒體擔任總編輯期間，曾策劃或編輯超過千種書刊，並曾創辦《電腦家庭》、《數位時代》等超過四十種雜誌。

他是臺灣著名作家、意見領袖、電影人、編輯及出版人，職業橫跨數十種，他對文化及網路趨勢、社會經濟問題的精闢見解，受當代的尊重，用「博觀而約取，厚積而薄發」來形容詹宏志，一點也不浮誇。與著有《國宴與家宴》的妻子王宣一，鶼鰈情深的情感，更是他在行旅書寫中的好夥伴和生命的出口。著作包括小說評論、社會趨勢報告及散文等，著有《兩種文學心靈》、《創意人》、《城市人》、《閱讀的反

叛》、《人生一瞬》、《綠光往事》、《偵探研究》等作。

書籍導讀

　　《綠光往事》一書是詹宏志回憶家族過往與生活中人、事、物的種種回憶，以散記的方式撰寫而成。全書分輯成兩部：第一部〈家族私史〉，二十篇與家人的故事，巧妙編織出作者從懵懂到認知的成長經緯，其中有著對家人親友的追想，同時帶出五、六○年代的社會氛圍，正如他在該書〈持子手——之四〉中提到，「我們之所以還活著，並不是我們做過什麼善事或有什麼優點，而是因為死亡還沒來帶走我們，我們的生命因而都是死亡給予的。」他年少時，歷經父喪，肩負家庭重擔，長期接受各種不同工作上的挑戰，重新回憶過往，才發現家人、父親，一直是支持他最大的力量。藉由回憶往昔，為自己人生勾勒出成長的足跡。

　　第二部〈綠光往事〉，記錄著作者的啟蒙片段——音樂的啟蒙、文學縫隙的窺見、咖啡生活的品嚐，時間上跨越了幼年到成年；空間上則由成長的故鄉到浪跡的異國，以旅行展開綠光般的記憶，書寫了人、事、物的感覺，也傳達了與生命不可分割的前塵往事。

篇章內容賞析

　　現代人生活隨手可得且不可或缺的咖啡，卻是作者家鄉裡難得一見的飲料。透過回到家鄉後，在渴求咖啡之時遍尋不得，才發現八○年代的臺灣鄉村，對於咖啡與咖啡廳均是陌生的。藉此憶起第一次接觸咖啡的大學時期，以及鄉下曾經流行過冰果室的歲月。咖啡既是提神的飲料，也是屬於藝文界的交際品，後來到了鄉下興起「庭園咖啡廳」時，那店員以國臺語夾雜的語音招呼客人的景象，也成了臺灣鄉村中超現實的一面。

　　對於咖啡，令人迷戀的應是嗅覺與味覺交織的滋味，而令人訝然的是，作者的咖啡的故事，失焦於氣味與口感的美妙，聚焦在成長的連結與商品的經營，在追求時尚品味的潮流下，「坐咖啡店變成了交際場所或生活儀式」，咖啡的滋味不曾被記憶，也談不上被遺忘。

　　咖啡之於臺灣，是一種潮流與鄉土幻化的矛盾情節，但作者仍被咖啡的柔情所

陷溺，從可有可無的淡然，無形地潛入作者的靈魂，緊緊牽絆著如綠光般的往事，成為低迴淺唱的記憶，伴隨年少時的青澀夢幻、初出社會的才情理想、遠遊異國的思鄉情懷，都在咖啡的歲月中得到了寄託，於是「香氣迷人」、「甜中帶苦」、「清雅帶酸」的咖啡才有了意義，上了咖啡的癮，作者終於得到「身心安頓」。

　　作者以倒敘式跳接式書寫，讓人體悟一個外來文化被本土接受的歷程，文字中，也吐露出現代人在接觸咖啡之後，迷戀上煮咖啡、四處尋訪咖啡豆、咖啡廳的過程。到底世界上有沒有完美的、永不變滋味的好咖啡？作者曾提到「過了一段時間，咖啡愈煮愈平凡，喝起來和其他來源不再有明顯的差別，不復有初遇時的感動……」咖啡到底是提神的飲料，還是氣氛？還是習慣？我想，只有愛上咖啡的人才懂。（薛建蓉導讀）

教學活動設計

尋找咖啡舊時光

　　活動規則：尋找家鄉有歷史的咖啡店，請為它拍些照片，或找一些家人、鄰居手邊舊咖啡店的照片，並寫下你喜歡或聽過這間咖啡店有趣的故事。

1. 五感寫作：從視覺、聽覺、嗅覺、味覺與心情描述自己的感受，或與家人訪談，追溯咖啡店的歷史。每位同學於課堂上進行三分鐘故事短講分享。

2. 明信片短文製作：以五十個字做撰寫原則，將有關照片與情境文字並排，製作成圖文明信片。

〈大福〉

《手帖：南朝歲月》／蔣勳

　　細粉鬆爽，麻糬滑膩，咬下去，內餡兩種不同質感紅豆，一綿密，一脆實，好像踩在初雪上，鬆脆滑膩，口感豐富，使人欣悅滿足。不知道如果是王羲之，今日的手帖會是「音羽帖」，還是「大福帖」。

　　東京文京區音羽附近有護國寺，是幕府五代將軍德川綱吉母親「桂昌院」建立的寺廟，正殿供奉如意輪觀音。

　　在日本看到漢字，常有讀東晉人手帖的感覺。就像「音羽」二字，華人的地區已經不常用。古代分宮、商、角、徵、羽五音，最高、最細、最飄逸的音，稱爲「羽音」。京都清水寺有「音羽瀧」，是一線細泉從高崖處懸空飛下，泉聲極細，聽覺上如聞「羽音」，因此定名「音羽瀧」。

　　手帖時代的文人多擅鼓琴，對「音羽」二字應該有很深感受。總覺得「音羽」二字，可以寫成很漂亮的帖。

　　護國寺建於十七世紀，廟門口兩尊木雕金剛力士像，兩公尺多高，猙獰威武，肌肉虯結，雙目圓睜，炯炯有神，很有叱吒天地的大唐之風。民間常說「哼哈二將」，很形象化地形容了傳統廟口守護神像又「哼」又「哈」的誇張動作姿態。寺廟安靜，有近江移來重築的桃山時代的書院「月光殿」，素樸平和，毫無霸氣，使人想起奈良的唐招提寺。

　　寺廟中茶花極好，白色單瓣，中間一圈黃蕊，安靜不喧譁。紅色極艷，開得爛漫，一朵一朵，在深綠色油光發亮的葉叢間，鮮明奪目，不可勝數。如天上繁星，數一數，又要從來。

花朵和星辰一樣，計量數字彷彿都無意義。

護國寺鐘塔石階前一方清晨陽光，如金黃的方巾，也像絲緞坐褥，方方整整，恰好可以容一人盤膝靜坐，把面前數錯的花都從頭再數一次。

寺前有一條大道，走不遠就看到一西式洋樓，面寬約有三十公尺，門前有希臘式巨柱，是著名的出版社——講談社。

講談社是一九○九年成立的老字號出版公司，原來是大日本雄辯社，一九五八年才改為現在的名稱，出版青少年雜誌，舉辦漫畫徵獎比賽，出版通俗暢銷讀物，是日本活躍的出版機構，有一千多名員工。

我有許多七○年代在神田二手書店買的畫冊都是講談社出版，因此有些熟悉的感覺，又看到出版社大樓門口懸掛大幅大江健三郎新書廣告，就停下來看了一看。早上十點鐘左右，講談社大街對面，人來人往，川流不息，不一會兒，一間小店門前就排成一列隊伍。小店門寬大約只有三公尺，店門上懸著一橫匾，白色木牌上墨書「群林堂」三個秀雅漢字。

朋友告訴我這是東京有名做傳統大福的小店，主人姓池田，創立於大正五年（一九一六年），現在的經營者已經是第二代，還堅持用傳統的方法，精選北海道富良野的紅豆，加上十勝的小豆，做出口感特殊的豆大福，近一百年來，成為東京著名小吃的老字號。

「群林堂」每天九點半開張，民眾自各地來排隊購買，賣完為止，決不多做。我忽然想起台南小巷弄裡同治年間的包子店，也一開張就引來排隊人群，老字號的品牌能不蕭條，特別使人覺得人世安穩。

朋友也告訴我，因為「講談社」有一千名員工，文化領域的工作者，多講究美食品味，「群林堂」就有了基本客戶支持。大出版社又常以小店小吃做禮物，贈送知名作家，如三島由紀夫等，有知名文人背書，「群林堂」的小吃更增加了不同的內涵。

我偶然到此，恰好是開市時間，覺得有緣，也排隊買了四個大福。重新走回到護國寺的茶花前，坐在陽光裡，打開大福來吃。

大福外層麻糬灑有白霜一樣細粉，細粉鬆爽，麻糬滑膩，咬下去，

內餡兩種不同質感紅豆，一綿密，一脆實，好像踩在初雪上，鬆脆滑膩，口感豐富，使人欣悅滿足。

我無端想起，王羲之《轉佳帖》裡用到「噉」這個字。是說他身體不好，少「噉脯」，時「噉麵」。一幅手帖裡用了兩次「噉」，這個字，現代人不多用了，或有時用同音的「啖」，有嗜吃的意思。

我在冬日陽光裡口啖大福，不知道如果是王羲之，今日的手帖會是「音羽帖」，還是「大福帖」。

作者簡介

蔣勳（1947～）出生於西安，父親為福建長樂人，戰後舉家移居臺灣，自小成長於臺北大龍峒。他畢業於中國文化大學史學系和藝術研究所。於1972年到法國留學，1976年返臺。在繪畫創作之餘，蔣勳也在文學界勤勞耕耘，他出版過多本詩集，曾擔任臺灣早期美術刊物雄獅美術的主編，亦曾擔任「聯合文學」社長。近年以寫作、演講為生活重心，專事兩岸美學教育的推廣。

蔣勳作品屢獲獎，曾得過廣播金鐘獎最佳藝術文化主持人獎。藝術論述有《美的沈思》、《中國美術史》、《手帖：南朝歲月》、《漢字書法之美：舞動行草》等；散文集有《今宵酒醒何處》、《大度·山》、《萍水相逢》等；詩作有《少年中國》、《多情應笑我》、《眼前即是如畫的江山》；小說集有《因為孤獨的緣故》、《希望我能有條船》、《傳說》等；有聲書《孤獨六講有聲書》、《細說紅樓夢有聲書》等，是屬於一位多才多藝的作家。

書籍導讀

手帖，書信體文，是文人隨手拈來寫給朋友、家人或抒發己懷的信。短短的幾行文字，卻飽含情感，這種類似筆記的文體，在魏晉南北朝十分流行。作者蔣勳將魏晉有名的的手帖加以解說，並配合書法的刊載，讓讀者可從其中更體會當時文人的生活態度。在時代動亂、社會紛亂之際，人命微淺，寄上簡單文字，卻人情厚重。

本書分為第一輯平復帖，有九篇文章；第二輯萬歲通天帖，有三篇文章；第三輯十七帖，有二十八篇文章。前有代序，後另有跋與附錄。書中論及南朝傳世最重要

的多幅手帖，包括王羲之墨寶最有名的〈快雪時晴帖〉、〈蘭亭序〉、王獻之〈中秋帖〉等，論析最多是王羲之，每一手帖背後都有故事，重複用最多的詞是「奈何」，顯出其孤獨與寂寞。其他許多手帖的解讀，也讓人領悟知識份子在亂世如何率性表現自我的個性，活出生命的信念與對美感的堅持。

《南朝歲月》是蔣勳透過一篇篇述說南朝的手帖為始，再加上一些生活的小品，帶引出時代動亂中，人也能在其中透過對於生活美的堅持與自我情性的表現，活出屬於自我的生命意義。這應該是本書最動人的意念，就如作者代序所說：「小吃，比大餐深刻，留在身體裡，變成揮之不去的記憶，是可以讓人連官都不想做的。做大官，常常就少了小吃的緣分。」平常的生活之美味勝過大餐滿溢的雕琢之美。

篇章內容賞析

「大福」這一篇散文是放在《南朝歲月》中的第三輯十七帖中。是描述作者到達京都文京區音羽的護國寺，護國寺附近有家出版社「講談社」，講談社對面有家賣大福店，名為「群林堂」，這間店歷史悠久，用料實在又堅持。這家店生意好，但賣完就關店，有著他誠心的堅持。作者在其中品味箇中滋味。

整篇從護國寺源起談起，再敘述護國寺附近的講談社出版社，這家出版社歷史悠久，以出版漫畫為主。然後再描繪講談社對面的群林堂，也是散發史蹟建築的幽香，作者以邊行走邊敘述典故的方式進行，最後排隊買大福，並在一旁啖食美味，在歷史與現實中享受人間美味。

作者以遊記方式帶引出對於歷史的關注與親炙，以及生活中深刻的滋味所在。「大福」代表京都人對於歷史保存的用心，也代表對於綿延流長的人間美味的堅持。生活的滋味就在於那一份對於生活的美的體會以及尊重。

作者以娓娓道來的筆調，帶出歷史典故，展現細膩的觀察力及生活的趣味，是以淡筆寫閒情、淡筆描繪景色。本文讀來淡而有味，悠然省思歷史與自我境遇，值得細細品味。（宋邦珍導讀）

一、問題討論

　　「大福」一文代表京都人對於歷史的尊重與小店手工打造的堅持，請分享你在生活中對何種事物有著美好的堅持。

二、活動設計 —— 古蹟踏查之旅

　　臺灣的寺廟建築，展現出與日本寺院建築風格迥然的氣息，它們散發出屬於臺灣的悠遠歷史，與精緻之雕刻藝術，請同學來一場屬於自己的踏查之旅，以文字結合鏡頭取景，深入領略臺灣傳統建築之美。

〈聘貓有禮〉

《貓事大吉》／心岱

　　貓進入人類社會雖然有五千年之久，但在遠古時代，貓並非一開始就被視爲「寵物」，合理的説，應該只能算是「半家貓」，飼主最多給貓一餐，以交換貓在穀倉捕捉老鼠的工作。

　　當時的貓生活自由自在，以自然的繁殖與淘汰維持著貓的族群與勢力，人們要養貓，必須等待鄰居或親朋的母貓受孕，並獲得飼主的允諾。到了迎接小貓時，一定要送上「聘禮」，其愼重如同嫁娶之儀式。

　　清咸豐年間，永嘉人黃漢將古今典籍裡面所蒐集到的貓資料編撰成「貓苑」一書，書中記載黃山谷的詩句：「買魚穿柳聘銜蟬，意思是『用柳條提著買來的鮮魚，將貓迎娶回家』。」

　　中國各地方的聘貓習俗互異，浙江人用加鹽的醋，比對南宋詩人陸游的詩句：「裹鹽迎得小狸奴」，可見用鹽當聘禮的流傳已有相當歷史。

　　蘇州話唸「鹽」爲「緣」，所以在婚嫁時送「鹽」和「髮」代表「緣法」。想必聘貓用鹽，也是取「緣」的意涵。

　　紹興人聘貓用的是「芋麻」，當地有「芋麻換貓」的成語。

　　潮洲人用糖當聘禮，富貴人家則更加豐富，如備上：茶、黃芝麻、大棗、豆芽等。

　　台灣的習俗亦是以「砂糖或糖果」爲主，有的則換成「白米」或「紅包」。

　　民國四十四年，六歲的我跟著父親去田莊伯父家迎貓；大清早搭上人力三輪車，父親懷裡抱著包裝精美的禮盒，聽説都是製作冬衣的「毛料子」，伯父家是佃農，稻穀、雞鴨等吃食都不缺，而開「布莊」的父親，大方的以昂貴衣料當做迎貓「聘禮」。

母親交給我一袋大約兩斤的紅砂糖，讓我提著去。當伯母帶我們去看母貓窩時，最先抬眼的小貓，便是要跟我們回家的貓，一切似乎都有命定，我剛剛蹲下身子把糖放一旁，一隻黑色小貓聞聲掙脫了貓媽媽的乳頭，好奇的四處張望，不知是受到砂糖氣味的吸引，還是認了我，竟奮力爬到我跟前。

伯母說，一般人不喜歡黑貓的，你可以再選選。

父親說，哪有這種事，什麼貓都好，沒有分別心的。

伯母應和的說，黑貓抓老鼠頂拿手。接著拿一個小紙箱把黑貓裝進去，這小貓完全沒有驚恐或掙扎。

當我們步出穀倉時，我聽見母貓號叫，貓窩似乎有著騷動，但沒有人回頭關切，一切都是天經地義，這一直要等到我長大了，我才知道小貓離乳時，母貓是如何忍著像刀割的疼痛，這種悲淒之鳴，當時的我毫無察覺。

歷經半個世紀，禮聘貓的習俗早已消失不再，貓隻的來源有人工繁殖場、有被遺棄街頭的流浪貓，反而等待母貓受孕生產小貓的機會很稀有，大部分的貓小小年紀就被送去割閹、結紮。

有一天，朋友送來一個紙箱，打開來，先聽到微弱的喵喵聲，一團破布包裹的東西在蠕動。最搶眼的是一張紙條，寫著：「善心人士，請收養牠。」箱子角落放著一罐已經打開過的貓奶粉與小奶瓶。

這種棄嬰故事不稀奇，市井皆常聽聞，如果你沒有遇上，是麻木不仁的；但當紙箱從天外飛進你家，這時，就不只是一個笑話而已。

這個禮物是輾轉而來的，也就是善心人士發現了紙箱，但自己無法處理，便送到我家。「因為是一隻黑貓，你不是很想要有黑貓嗎？」朋友說。

我也承認，童年迎黑貓的記憶難忘，這些年確實很想再養黑貓，可是，並沒有料到是在這樣的情況下。

「緣分啊。我就是那個媒人，還不知感謝！」朋友理直氣壯。

乳貓根本還沒有睜眼，想來初生還不到十天呢，失去媽媽哺乳的幼貓，不但飢餓難耐，也將會失溫而亡，我望著在我掌心蠕動的小傢伙，

一時也不知所措，眼前籠罩著不祥的氣息。

「既然來到你家，你一定要收留。」朋友看我不說話，便用威脅口氣。

我滿腦子在想著，這是怎樣的一場生命連結與變局？

原來不相干的我與小貓，只因為「黑色」而結緣嗎？還是我為了要幫忙解決「朋友」的難處，而不得不扮演那個紙條上註明的「善心人士」？

「何況，你家多養一隻貓也是福氣。」朋友的這種說法，我沒有反駁的藉口，因為小貓就在生死邊緣；他來自何處？貓媽媽一定苦苦在找尋這個嬰兒，遺棄他的又是怎樣的一個人？我忽然覺得這世界上，大概沒有一個生命和另一個生命是絕對沒有關係的。在冥冥之中，藉著什麼氣息或聲音，我與小黑貓的命運開始交會。

從前，貓要用「聘」的，也就是把貓當成女子下嫁的意思，這是何等的美事一樁。而現在，貓不是被當成「商品」買賣，就是棄之如垃圾。在「貓苑」書中，作者寫張夢仙在江西當官後，曾經以「嫁貓」為題徵求各方詩文。他自己發表的文章內容如下：

天底下有這麼多不可多得的動物，一般人養貓就像養女兒，剛出生就費盡心思當她的母親，撫養長大便期待她會捕鼠。她的品相優良，毛色特別，無論是發威或撒嬌，那喵喵聲響如同天籟。於是有人上門來提親，在收到鹽聘要將她娶走時，做母親的想反悔已經遲了，只能抱著她辭行，心中不捨淚流滿面。仔細整理她脖子繫的銅鈴和美麗的皮毛，送出門時還再三叮嚀：要勤勞滅鼠，以博取主人歡心、不可怨天尤人自己受苦。

來聘她的人不斷答應會疼愛相待，並允諾會給溫暖的毯子睡覺，每餐也會準備魚鮮，但即使如此，做母親的卻始終難以放心，嫁了女兒完成使命，卻給母親留下一生的遺憾。

這篇「嫁貓」之文，當時感動很多人，可說是愛貓如命的經典之作。

回到現代，我的黑貓雖非「迎娶」得來，卻是從天而降，我珍惜這樣的緣分，無論是古代或現代，無論貓來自何處，我相信，貓永遠都是人類的守護神。（本文選自作者於時報出版「貓事大吉」一書。）

作者簡介

心岱，出生於彰化縣鹿港鎮。十七歲離鄉到台北求學，即以書寫散文與小說發表於各大報章雜誌，而成為知名作家；已出版著作，類別有：小說、散文、報導文學、兒童文學、傳記文學等共計六十多本。

1974年，本土意識逐漸萌芽，她受到作家也是「社會人」的感召，開始投入報導文學的領域，上山下海到台灣各個角落從事田野調查，致力於本土人文與自然生態兩大系列的採訪報導，是國內為環境保育與文化資產保存工作呼籲催生的第一代作家。因蟬聯兩屆「中國時報文學獎」的「報導文學」首獎，而進入報社成為記者，之後，轉進出版部，從事編輯歷時十八年之久。

1992年，她創辦「愛貓族聯誼會」，發行《MAO雜誌》致力貓美學的傳播，舉辦相關藝文活動，並在1997年與台北市政府文化局共同制定「四月四日台灣貓節」，向世界發聲。目前已出版貓著作二十多本，所收藏的貓藏書與貓逸品共有千百件。

書籍導讀

心岱的愛貓散文，運用感性的筆觸書寫愛貓的感動，融合個人特質、日常經驗，並從中體會生命哲學。身為老么的心岱，童年時因緣際會成為一隻幼貓的褓姆，開啓與貓的緣分。但貓的逝去帶來極大的震撼，絕望的情緒在文字中找到出口，開啓成為「貓作家」的因緣。於是與貓有過的回憶，成了作者筆下最感性的眞情流露。

《貓事大吉》一書記載作者與貓的緣分起始，記錄與貓的互動。因為愛貓、養貓，將貓當成一門博大精深的學問來探究，蒐集關於貓的圖書、藝術品、繪畫等，最後更成為貓的最佳代言人，為貓發聲，為貓寫作，為貓爭取「貓節」，籌辦相關社

團，致力於人與動物的情感教育上。本書分為三大部分：其一，透過與貓的生活，談貓如鏡花水月般的生命，與貓結緣的感悟；其二，蒐集世界各地關於貓的蒐藏品，記錄收藏品由來、形貌與背景故事，建構貓在各種歷史與國情中的形象；其三，關於貓的傳說與迷信的探討，談貓的個性與幽默之處。

書中介紹諸多與作者命運相連的貓，並為愛貓建立獨一無二的「年譜」，讓貓不再只是一種動物的總稱，每隻貓都有各自無法取代的生命旅程。對作者來說，貓領她進入生命的刻痕，帶來人生修行的功課，圓滿了生命，更體會緣起緣滅的生命哲學。

篇章內容賞析

〈聘貓有禮〉一文出自《貓事大吉》，為作者紀錄與貓相處的點滴。在介紹「聘貓」由來與自己養貓所感的行文中，穿插現代人對於飼養貓的態度與觀念改變的省思。本文先說明「聘貓」之禮的典故、形式；再寫童年時期「聘貓」的經驗與成年後收養黑貓的心境；最後回到開頭，緊扣古時「聘貓」的美意與現今社會將貓視為「商品」的差異。

開頭以擁有古典貓科文學之稱的清人黃漢《貓苑》一書，列舉古時送貓，以禮相聘，如同嫁娶的儀式。敘述各地「聘貓」的習俗，飼主將貓視為子女，疼惜其出嫁，透過「聘禮」與認養人相互結緣，認養人除須有機緣外，更須耐性等待母貓的孕育，才有機會飼養小貓。

正文憶述童年時「聘貓」的經過，最初先等待親友的母貓孕育小貓，後以載滿禮盒的三輪車，到伯父家「迎娶」人生中第一隻飼養的黑貓，可見其中對認養的慎重與對生命的愛護。成年後，因緣際會再次飼養黑貓，最初僅因貓是「黑」色，結緣的奇妙讓作者體會生命與生命的相遇都是自有安排，於是與黑貓的命運又再次交會。

結尾回到《貓苑·嫁貓》一文，敘述養貓就像養女兒，嫁女兒充滿喜悅與擔憂，期望「出嫁」的女兒能在新的家庭盡其本份，討獲主人家的歡心。在古禮，「聘貓」即是將貓視為女兒般出嫁，本是一樁美意，但現今的「聘貓」儀式已不復存在，飼養貓的機會更不如以往需要機會與等待，造就現在人們對於飼養貓不再抱有珍惜的態度，貓不僅成為被販賣的「商品」，甚至視如草芥，呼之則來，揮之則去，隨意丟棄。作者對於現代人養貓的輕率，有著沉痛的感觸，認為不論貓來自何處，是否「迎娶」而來，都應珍惜彼此相遇的緣分。（陳凱琳導讀）

活動目的

　　〈聘貓有禮〉一文例舉諸多古時聘貓的相關詩文，字裡行間流露對貓的愛護與疼惜。本文活動設計針對相關詩作討論，並透過角色置換，設想自己即為「嫁」貓的主人，並書寫一封給即將「出嫁」的孩子一封叮嚀的家書。

活動步驟

1. 相關詩作閱讀

　　宋·黃庭堅〈乞貓〉

　　秋來鼠輩欺貓死，窺甕翻盆攪夜眠。

　　聞道狸奴將數子，買魚穿柳聘銜蟬。

　　宋·陸游〈贈貓〉

　　裹鹽迎得小狸奴，盡護山房萬卷書。

　　慚愧家貧策勳薄，寒無氈坐食無魚。

2. 就上述詩作情境，擇一改寫成一封家書，寫作立場以家長角度出發，並以「出嫁」為文章主旨，運用詩句內容設計文章轉折與故事橋段，亦可增加詩文中未提及的場景，或想像婚嫁過程的種種與離別的不捨。

國家圖書館出版品預行編目資料

我。文學時光：燦爛的閱讀／陳淑滿主編. --
初版. -- 臺北市：五南圖書出版股份有限
公司, 2017.09
　　面；　公分
　　ISBN 978-957-11-9297-0（平裝）

1.國文科　2.讀本

836　　　　　　　　　　　106012373

1XD9 通識系列

我。文學時光——燦爛的閱讀

主　　　編 ― 陳淑滿

編　　　著 ― 宋邦珍　李興寧　林豔枝　季明華　涂藍云
　　　　　　　張百蓉　張慧珍　陳金現　陳凱琳　曾敬宗
　　　　　　　薛建蓉

發 行 人 ― 楊榮川

總 經 理 ― 楊士清

總 編 輯 ― 楊秀麗

副總編輯 ― 黃惠娟

責任編輯 ― 吳佳怡

封面設計 ― 韓大非

出 版 者 ― 五南圖書出版股份有限公司

地　　　址：106台北市大安區和平東路二段339號4樓

電　　　話：(02)2705-5066　　傳　　真：(02)2706-6100

網　　　址：https://www.wunan.com.tw

電子郵件：wunan@wunan.com.tw

劃撥帳號：01068953

戶　　　名：五南圖書出版股份有限公司

法律顧問　林勝安律師事務所　林勝安律師

出版日期　2017年9月初版一刷
　　　　　2021年9月初版四刷

定　　　價　新臺幣380元

經典永恆・名著常在

五十週年的獻禮——經典名著文庫

五南，五十年了，半個世紀，人生旅程的一大半，走過來了。

思索著，邁向百年的未來歷程，能為知識界、文化學術界作些什麼？

在速食文化的生態下，有什麼值得讓人雋永品味的？

歷代經典・當今名著，經過時間的洗禮，千錘百鍊，流傳至今，光芒耀人；

不僅使我們能領悟前人的智慧，同時也增深加廣我們思考的深度與視野。

我們決心投入巨資，有計畫的系統梳選，成立「經典名著文庫」，

希望收入古今中外思想性的、充滿睿智與獨見的經典、名著。

這是一項理想性的、永續性的巨大出版工程。

不在意讀者的眾寡，只考慮它的學術價值，力求完整展現先哲思想的軌跡；

為知識界開啟一片智慧之窗，營造一座百花綻放的世界文明公園，

任君遨遊、取菁吸蜜、嘉惠學子！